마음이 길이 된다

비폭력대화로
다시 만난 삶

마음이 길이 된다

김숙희
김순임
이은령
정희영
하미애
홍상미
지음

한국NVC출판사

비폭력대화를 배우는 것은 어렵지 않다.

우리의 오래된 습관과 생각을 바꾸는 것이 어려운 것이다.

우리의 오래된 습관을 바꾸려면

시간과 정성과 연습이 필요하다.

캐서린 한

비폭력대화를 배우고 난 초기에는 새로운 삶에 대한 희열, 희망, 달콤한 기대가 생겨납니다. 하지만 우리 몸에 배어 있는 습관으로 좌절이 따라오지요. 그럼에도 불구하고 연습을 계속 이어간다면 그다음에는 거의 필연적으로 오는 것이 있습니다. 내면 깊은 곳에 있는 자신의 순수한 본성을 만나게 될 때 올라오는 뜨거운 울림입니다. 이 감동을 경험하신 분들은 그것을 많은 사람과 나누고 싶어 하며 비폭력대화 강사가 되기도 합니다.

이 책의 내용은 지금 활발하게 교육 활동을 펼치고 있는 비폭력대화 강사들이 비폭력대화를 처음 만나 어떻게 일상으로 받아들였는지, 이론이 아니라 실제 몸으로 겪으며 배운 이야기들입니다. 실감 나는 사례들이 재미있게 읽히면서도 읽는 이에게 배움과 감동을 줍니다.

행복한 삶에 도움이 되지 않는 생각이나 말의 패턴을 알아차리고 비폭력대화로 주위 사람들과 서서히, 한 걸음씩 사랑의 연결을 만들어가는 모습은 우리 본성에 대한 신뢰를 새롭게 해주어 마음이 벅찰 때가 있습니다. 사랑하는 가족이나 주변 사람들과의 관계는 언제나 자신이 바뀌었을 때 변화가 일어난다는 것을 실제 경험에서 나온 참신한 이야기로 들을 때 우리의 눈이 맑아지기도 합니다. 어쩌면 나이를 먹고 세월이 흐르면서 우리 안에 통찰이 생기며 저절로 일어나는 변화일지 모르지만, 글쓴이들은 분명하게 의식하면서 비폭력대화와 함께 연민으로 사람과 삶을 다시 만나고 있습니다. 벅찬 희망이기도 합니다.

비폭력대화 강사들은 내가 사랑하고, 감사하고, 의지하고, 자랑스러워하고, 신뢰하는 동료들입니다. 이 책을 쓴 강사들의 삶의 기쁨과 눈물을 책으로 만난 것은 근자에 나에게 일어난 가장 의미 있는 일이었습니다.

나의 동료, 이 책의 저자들에게 감사의 마음을 전합니다.

캐서린 한

차례

1부

비폭력대화를
만나다

자신이 원하는 것을
말하기 시작하는 순간
서로의 욕구를 충족할 가능성은
훨씬 커진다.

- 마셜 로젠버그

오늘은
이야기하리라

신혼 시절 남편의 사촌 모임에 갔을 때였다. 낯선 집에서, 낯선 사람들과 있으려니 어색한 마음에 이 방 저 방을 배회하다 책장에서 《비폭력대화》 책을 발견했다. 내용이 흥미로웠고 사람들과 소통할 때 적용하면 좋을 것도 같았다. 마침 한겨레 문화센터에서 비폭력대화NVC, Nonviolent Communication 강좌가 열린다는 기사를 읽고 '어머나 교육도 있네' 생각하며 반가웠던 기억이 난다. 남편 회사와 교육장 중간쯤 되는 지하철역에서 퇴근하는 남편에게 네 살 아이를 넘겨주고는 홀가분하게 교육장으로 가곤 했다.

나는 생물학을 전공했고, 교사가 되고 싶어 뒤늦게 교육대학원에 입학했다. 학위 논문을 쓰면서 한살림생활협동조합을 알았다. 농업도 살리고, 밥상도 살리고, 생명도 살린다는 한살림의 가치가 마음에 들어 조합원이 되었다.

졸업 후에는 친한 친구였던 지금의 남편과 결혼을 하기로 했고, 전공 교수님에게 청첩장을 보내면서 이렇게 썼다.

"제가 선택한 사람과 제가 꿈꾸는 가족의 모습을 만들고 싶어요. 그렇게 하려구요."

교사가 되기보다 한살림의 가치로 내 가족을 먼저 건강하게 꾸려보기로 마음먹었다. 아이를 낳고 기르는 방식에도 그 가치를 담으려 노력했다.

돌아가신 나의 엄마는 마음이 아픈 사람이었다. 마음이 아팠던 엄마와 고립되어 살던 어려운 시절은 지났으니 이제는 내가 선택한 사람과 내가 꿈꾸는 대로 제2의 운명 공동체를 만드는 데에 최선을 다하고 싶었다. 그때까지의 내 인생으로서는 최고의 황금기였다.

과거로부터 벗어났으니 이제부터 내 삶을 멋지게 가꾸리라는 의기충천한 상태였던 나에게 비폭력대화는 한살림만큼이나 내가 좋아하는 가치를 멋지게 구현해줄 것 같은 매력적인 도구였다. 그랬다. 서로를 살리는 건강한 가족공동체를 만들고 싶었던 꿈과 열망이 나를 비폭력대화라는 기차에 올라타게 했다.

교육을 듣고 2년간 비가 오나 눈이 오나 거르지 않고 열정을 다해 연습모임*에 참여했다. 폭우를 뚫고 달려간 날은 젖

---

* 비폭력대화교육원에서는 교육을 받은 후 삶에서 비폭력대화가 자연스럽게 이루어질 수 있도록 모임을 꾸려 서로 마음을 나누며 말하고 듣는 연습을 하기를 권한다.

은 바지를 벗어 던지고 큰 스카프를 허리에 둘둘 말아 두른 채 함께했다. 결혼으로 시작된 새로운 가족 안에서 일어나는 작고 소소한 불편과 갈등을 공감받으면서 반복적인 자극들을 알아차렸다. 과거에 내가 겪었던 몸의 경험들, 묻혀 있던 고통과 아픔도 스멀스멀 올라왔다. 힘든 일들은 다 끝나서 이제는 더 멋진 삶으로 나아가는 일만 남았다고 의기양양하게 시작했던 비폭력대화가 어느새 내 곪은 상처들을, 컴컴한 다락 속에 가둬두었던 아픈 나를 불러냈다.

연습모임을 가던 어느 날 버스 좌석에 앉으면서 꼭 쥐었던 주먹의 감각을 되새긴다.

'오늘은 이야기하리라.'

2년을 알토란처럼 차곡차곡 쌓아 만든 연습모임 친구들과의 애정과 신뢰는 그동안 누구에게도 이야기해보지 않았던 기억을 소리내어 말할 수 있게 해주었다. 그런 일이 있었노라고. 많이 무서웠고 아팠노라고. 그렇게 오랫동안 외로웠노라고. 나 자신에게서조차 사라져버린 어느 날을 꺼내어 보여주었다.

밤의 어둑함, 우리를 지켜주고 안아주던 창밖의 감나무와 2층 교육장의 노란 불빛, 마치 자기 울음인 양 울어주던 친구들이 한 장의 선명한 사진이 되어 마음속에 저장되어 있다. 그날 나는 세상 그 어디보다 안전한 시간과 공간 속에 있었다. 그날 그곳에서 드디어 내 삶의 한 부분이 깊이 인정되었으며 그때부터, 그리고 나로부터, 내가 살아낸 삶을 마주하

고 공감하는, 아프지만 달콤하고 아름다운 '나를 향한 여행'
이 시작된 것이다.

김숙희

도대체

종일 뭘 한 거야

큰아이 열세 살, 둘째 여덟 살, 막내 여섯 살 되던 해 6년간의 휴직을 마치고 서산에 있는 특수학교로 복직을 앞두고 있을 때였다. 학교 갈 생각을 하면 뜨겁고 묵직한 것이 가슴에서부터 머리로 올라오면서 온몸이 무겁고 긴장이 되었다. 아이들 양육에만 전념하던 6년 동안 학교 시스템이 전산으로 바뀌어 학교생활과 업무를 잘 해낼 수 있을까 하는 부담감도 한몫했다.

복직한 후에는 남편의 지지와 동생들과 즐겁게 놀아주는 큰아이의 도움을 받아 말 그대로 하루하루를 버티는 삶을 살았다. 하지만 해도 해도 끝나지 않는 집안일과 익숙하지 않은 학교생활에 적응하느라 지친 나머지 소소한 일로 다투는 아이들에게 화를 내는 일이 잦아졌다. 지금 돌이켜보면 별일 아닌 일에 왜 그렇게 화를 냈을까 후회가 되고 슬프기도 하다. 엄마한테 혼나고 울다 잠든 모습을 하염없이 바라보며 내일은 좋은 엄마가 되리라 다짐하고 또 다짐했으나, 다음날 다시 화내고 후회하는 일상이 반복되었다. 그렇게 절망스럽고 우울할 즈음, 대학원을 다니던 남편이 동기로부터 '비폭력대화'라는 게 있다는 말을 전해 듣고 지금 나에게 꼭 필요하고 도움이 될 것 같다며 워크숍을 소개해줬다.

첫아이가 말을 하기 시작하면서 떼쓰고 우는 아이와 소통할 방법을 몰라 쩔쩔맬 때 상담을 공부하던 남편이 부모자녀대화방법PET, Parent Effectiveness Training을 소개해주어 도움이 되었던 일이 떠올랐다. 지푸라기라도 잡는 심정으로 우선 《비폭력대화》 책을 구해서 읽어보았다. 책을 읽으면서 잊고 있었던 PET와 박문희 선생님의 '마주이야기'로 아이들과 즐겁게 지냈던 시간들이 떠올랐다. 지금 나의 상황에서 꼭 필요한 워크숍일 것 같다는 믿음이 생겼고 가슴이 설렜다. 마침 주말 과정이 있어서 바로 신청하고 서산에서 신촌센터로 갔다.

캐서린 선생님의 비폭력대화 1과정은 학교에서나 집에서 아이들과의 따뜻한 소통과 공감에 목말랐던 나에게 시원하고도 따뜻한 단비였다. 관찰, 느낌, 욕구, 부탁이라는 네 가지 모델이 쉽고도 자연스럽게 다가왔다. 이것으로 지금 겪고 있는 삶의 무게들에서 해방될 것 같았고, 새사람이 된 듯 희망으로 벅찼으며 당장이라도 실천할 수 있을 것 같았다. 그런데 웬걸! NVC를 배우고 나서 설레고 희망에 찬 순간은 잠깐이고 삶에 적용해보려고 애를 써도 자동으로 튀어나오는 말 때문에 여전히 상처를 주고받는 일상을 살고 있었다.

한 번은 학교 직원들과 단체 여행을 다녀온 날이었다. 피곤한 몸으로 집에 돌아왔는데, 큰아이 하영이가 달려와 사진을 같이 찾아보자고 했다. 순간 짜증이 확 났다. 자기소개를 위해 어릴 적 사진을 몇 장 가져가야 한다 해서 미리 골라놓으라고 말해놓았던 터였다.

"지금까지 뭐 하다가 준비도 안 하고 엄마 오자마자 사진 찾자는 거야? 그래, 무슨 사진을 고를지 대충 생각이라도 해봤어?"

"아니."

볼멘소리다. 왜 생각을 안 해봤을까마는 쏟아내는 엄마 말에 속이 상했겠지.

"도대체 종일 뭘 한 거야?"

시동이 걸린 비난의 말은 멈춰지지 않았다. 습관적으로 쏟아낸 말은 하영이와 내 가슴에 가시가 되어 박혔고, 하영이가 쌩하게 밖으로 나가버렸다. 아차 싶었다. NVC를 적용할 기회를 또 놓치고 만 것이다.

NVC가 단순한 대화의 기술이 아니라는 것을 세 아이 키우는 매 순간 처절하게 실감했다. 일상에서 시도조차 하지 못하는 나의 모습을 보며 NVC를 삶에서 구현하기란 불가능한 일인가 싶기도 하고, 때론 너무 고통스러워 차라리 NVC를 몰랐더라면 하는 마음도 들었다.

가정과 학교에서 아이들과 평화롭고 행복하게 살아가고픈 마음이 큰 만큼 연습모임이 너무나 그리웠다. 꾸준히 연습모임을 하면서 배움이 삶으로 이어지길 바라는 마음이 간절했다. 하지만 주변에는 NVC를 나누고 같이 연습모임을 꾸릴 친구들이 없었다. 시간이 날 때마다 남편에게 아이들을 맡기고 서울에서 열리는 연습모임에 다녀오기도 했다.

그런데 이상하게도 배운 것이 삶으로 스며들지 않아 절망이 커질수록 포기하고 싶어지기보다 한 걸음 더 나아가고자 하는 바람이 굳건해졌다. 마음 깊은 곳에서 'NVC로 산다'는 것은 명상처럼 수행하듯 가야 하는 길이 아닌가 여겨졌다. 천천히 가다 보면 삶에 변화가 일어날 거라는 NVC에 대한 나의 신뢰가 16년을 놓지 않고 공부하고 연습하며 나아가게 한 힘이었음을 돌아보니 알겠다.

우리 마을에 첫 연습모임이 꾸려졌던 날이 지금도 선명하게 떠오른다. 연습모임에 대한 그리움이 가득했던 2010년 어느 겨울날, 서산에서 홍동으로 놀러 갔다가 김보경 선생님이 NVC 1 워크숍을 열고 있다는 말을 듣고 너무 반가워 한달음에 여성농업인센터로 달려갔다. 마침 워크숍을 마치고 연습모임을 어떻게 할지 의논 중이었다. 서산에 살던 나와 남편은 처음 보는 사람들에게 매번 올 테니 연습모임을 꾸리자고 제안했고, 지금까지 14년째 이어지고 있다.

연습모임 초창기 때 한 친구가 마셜 로젠버그의 《비폭력대화》 책을 옆구리에 끼고 와서 책상 위에 조심스럽게 내려놓는 모습을 보면서 마치 어떤 종교의 경전을 놓는 것 같다고 느꼈던 적이 있다. 실제로 그날 그 친구가 한 말이 생생하다.

"나는 교회 가는 것처럼 연습모임에 오는 것 같아요."

함께한 친구들이 웃으면서 다들 자기들도 그렇다고 끄덕였다.

눈이 오나 비가 오나 연습모임을 하러 가는 나에게 가끔 질문을 할 때가 있다.

'왜 나는 몸이 지치고 피곤함에도 무언가에 이끌리듯 연습모임에 가는 거지?'

연습모임에 다녀오면 매번 몸, 마음과 영혼이 따뜻해지고 말랑말랑해지는 경험을 한다. 가정과 학교에서 일어난 힘든 일을 안전하게 나누고 공감받을 수 있는 곳. 이곳에서 공감 연습을 하며 삶을 나누고, NVC 관련 책을 읽고 이야기하다 보면 가벼워지는 동시에 채워지는 충만함이 있다. 그 맛에 중독된 듯 모임으로 향하는 것이다.

굳이 마셜의 말을 빌리지 않더라도 공부해보면 느낀다. 비폭력대화는 단순한 대화의 기술이 아니라 삶에 대한 의식과 태도, 철학의 변화를 불러일으키는 방법이자 도구라는 것을. 이러한 변화와 성장을 위해서는 정성이 필요하고, 오랜 연습이 필요하다는 것을.

내 삶의 여정에서 NVC를 중심에 두고 끊임없이 연습하면서 성장하고 변화해갈 수 있는 작은 학교인 가정, 마을공동체 안에서 살아가고 있음이 새삼 고맙다.

김순임

그 때
서운한 마음이
들었나요

내 삶의 태도를 새롭게 만들어준 비폭력대화와의 만남을 떠올리면 아직도 마음이 들뜨고 상기된다. 갈등과 아픔을 직면하면서 내가 할 수 있는 만큼 주변을 돌보고 동시에 나를 돌볼 수 있었던 힘은 모두 비폭력대화에서 왔다. 그 도구를 내가 가지고 있다니, 새삼 안심이 된다.

유년 시절 부모님의 별거로 정서적으로 불안정한 시기를 보냈고, 겉으로 멀쩡해 보이던 나의 20대는 미래에 대한 불안이 커 평온한 날보다 긴장과 두려움으로 하루하루 버티는 날이 더 많았다. 결혼하면 불안함이 나아질 거라는 막연한 생각으로 20대가 끝날 무렵 안정적인 생활을 기대하면서 결혼했으나 기대한 것이 채워지기는커녕 하루하루 갈등이 깊어져 해결되지 않을 것 같은 생각에 막막하기만 했다.

남편에게 '술을 그렇게 많이 마시다니 자기관리를 어떻게 하는 거냐', '늦게 다니니까 나를 걱정하게 만드는 거 아니냐', '그렇게 마음대로 할 거면 결혼은 왜 했냐?'는 등의 말을 쏟아냈다. 남편은 내가 자신의 상황을 이해 못한다면서 나와 같은 방식으로 나를 비난했다. 그렇게 우리는 서로에게 행동과 말을 고칠 것을 강요했고, 남편은 내 말에 지쳐서 다르게 행동해보겠다고 약속하고, 그 약속이 무너지면 나는 또 남편을 비난하고, 서로의 잘잘못을 따지며 행동을 고쳐야 한다고 주장하는 일이 반복되었다. 그러다가 나는 헤어질 용기도 없으면서 문제가 생길 때마다 이혼하자는 말을 습관처럼 하게 됐다. 내가 왜 이런 상태가 되었는지 스스로도 이해하기 어려웠다.

아이를 낳아 돌봄을 책임지는 엄마가 되자 '왜 이런 상태인지 나를 이해하기 어렵다'는 생각만 하고 살 수는 없었다. 물론 꼬물거리는 아이가 하루가 다르게 성장하고 자신의 의사를 표현하는 과정을 지켜보며 감사하고 뭉클한 순간도 참 많았다. 그러나 아이가 예상치 못한 행동과 말을 할 때 어떻게 해야 할지 몰라서 허둥거리거나 멍하게 있기도 했다. 성장 과정에 맞게 먹을 것을 챙겨주고, 교구를 사고, 나이에 맞는 책을 읽히고, 놀잇감을 찾아주는 등 보호자로서의 역할을 할 수는 있었지만 정작 아이와 소통하며 상호작용하면 좋을 순간에는 "제발 잠 좀 자", "반찬 골고루 먹어야지!", "책 보고 놀아"라고 말하면서 하나부터 열까지 아이를 통제하는 내 모습이 실망스러웠다. 엎친 데 덮친 격으로 내가 원하는 만큼 육아에 도움을 주지 않는 남편에게는 "차라리 혼자 키우는 게 낫겠어. 혼자 있으면 기대라도 안 하지"라고 말하면서 비난의 수위를 높였다. 그나마 다행스러운 건 그런 패턴을 보이던 그때가 위기의 순간임을 자각했다는 것이다.

위태로운 상태에서 남편에게 아무렇게나 하는 말과 행동을 아이가 그대로 배울 수 있다는 생각, 그리고 그러한 나의 태도를 아이가 닮을 수 있다는 생각이 들면서 두려웠다. 다르게 살아가는 방법을 찾고 싶었고, 무엇보다 아이를 잘 돌보고 싶고 아이와 함께하는 동안 행복한 마음이 들 수 있기를 바랐다. 주변에서 추천해주는 부모교육에 참여했고 육아와 심리학에 관련된 책을 읽고 또 읽었다.

그즈음 서점에서 《비폭력대화》 책이 눈에 띄었다. 이전에 신뢰하는 지인에게 《비폭력대화》 책이 참 좋더라는 말을 들은 기억이 있어서 책을 사는 데 망설임이 없었다,

단숨에 책을 읽었지만, 책에서 소개한 내용은 특별한 사람만이 실행에 옮길 수 있을 것 같고 내 삶에 적용하는 것은 불가능하다는 생각이 지배적이었다.

그럼에도 답답한 마음이 들 때마다 책을 꺼내 읽는 순간들이 잦아졌다. 책을 반복해서 읽을 때마다 저자가 전달하고자 하는 바를 더 잘 알고 싶어졌다. 그래서 비폭력대화 워크숍이 있다는 정보를 듣자마자 바로 1 과정을 등록했다. 책으로 읽던 내용을 꼼꼼히 연습하면서 구체적으로 알아가는 과정은 휴식 시간이 길고 강의 시간이 짧게 느껴질 만큼 흥미롭고 재

미있었다. 워크숍 중간중간 서로가 서로에게 느낌을 물어주고 무엇을 원하는지 물어봐주었다.

"은령 선생님, 그때 서운한 마음이 들었나요? 존중을 원했나요?"

느낌 언어와 욕구 언어가 마음 어딘가에 찡하고 닿으면 동시에 눈물이 흘렀다. 자극이 된 상황을 떠올리고 내 몸과 마음이 어떤지 살피고 욕구와 연결하면서 나에게 주의를 기울이는 순간은 낯설었지만 안정감과 평온함의 에너지로 가득 차는 신기한 경험이었다. 세심하게 느낌과 욕구를 찾는 동안 나의 행동을 이해할 수 있을 것 같다는 확신이 들었고 몸과 마음이 한결 가벼워졌다.

매일 조금씩 내 삶이 성장해가는 과정을 이어가고 싶었다. 마셜과 캐서린이 제안한 대로 연습을 하면 비폭력대화를 내 삶의 태도로 가져올 수 있을 거라는 기대가 생겼다. 약속한 연습모임 시간에 꼭 참석하리라는 다짐 같은 건 하지 않았지만 아파서 몸을 일으키기 힘들 때를 제외하고는 꾸준히 나갔다.

가벼운 마음, 슬픈 마음, 애잔한 마음이 때때로 나에게 중요한 것이 있다고 신호를 보내는 것에 호기심이 생겼다. 그 따뜻한 호기심은 나를 이해하는 과정이었고, 내가 위기라고 생각하고 묻어둔 내 삶은 꼭꼭 눌러둔 나의 상처들이었다. 그 상처를 꺼내서 들여다보는 과정은 쓰라리고, 부끄럽고, 후회스러웠으며, 때론 슬펐다. 눌러둔 느낌을 표현할 때 조금 서툴기도 해서 가까운 가족은 불편해했고 그로 인해 또 다른 고통을 맛보기도 했다. 고통스러움에 직면하고 머무르면서 흘려보내는 시간은 모두 의미가 있었다.

　연습모임 하러 가는 날은 어릴 때 소풍 가기 전날처럼 들뜨고 온몸에 생기가 가득해지곤 했다. 내 삶의 이야기를 솔직하게 꺼내놓으며 엉켜 있는 마음 언저리를 부드럽게 풀어낼 수 있었고, 연습을 통한 발견으로 나는 매 순간 새로 태어나는 것 같았다.

이은령

마흔,
나는 누구인가

나는 어렸을 때부터 어른들에게 착하다는 말을 많이 듣고 자랐다. 사실 그런 말을 들을 때마다 마음속으로는 '착하기는 뭐가 착해?'라고 생각하곤 했다. 내가 그 말을 칭찬으로 받아들일 수 없었던 이유는 누군가에게 웃는 얼굴로 반응하는 동안 내 속은 온통 전쟁터였기 때문이다. 화나는 마음, 불편한 마음, 서운하고 속상한 마음을 괜찮은 척 미소 속에 감추고 있었다.

성인이 되어서도 여전히 나는 거절하고 싶을 때 거절하지 못했다. 나는 갈등이 두려웠다. 미움받을까 봐 무서웠다. 나를 향한 사랑이 거둬질까 봐 겁이 났다. 그래서 겉으로 표현되는 나의 말과 가슴의 소리를 일치시킬 수 없었다. 겉과 속이 일치하지 않는 나의 행동이, 나의 미소가 혐오스러웠다. 이런 나 자신을 사랑할 수 없었다.

"너! 인생 그런 식으로 살지 마!"

어느 날 친구가 한 말이 비수처럼 날아와 가슴에 박혔다. 이 말을 듣고 너무 억울했다. 나보고 어떻게 살라는 말인가? 화나고 서운한 마음도 꾹꾹 참으며 살아왔는데, 도대체 나더러 더 어떻게 하라는 말인가? 가슴속 분노를 표현하고 살았더라면 그래도 덜 억울했을 것 같았다.

그러던 중에 친구가 빌려준 책을 읽고 난 후 삶의 중심을 잃고 비틀거리게 되었다. 김형경 작가의 《사랑을 선택하는 특별한 기준》이라는 2권짜리 소설이었다. 작가가 1,000회에 걸쳐 정신분석을 하고, 그 경험을 소설로 풀어낸 책이었는데, 나는 이 책을 통해 심리학과 정신분석을 처음 맛보았다. 현실에서 드러나는 삶의 어려움이 유년기 애착 형성의 문제라는 것도 이 책을 읽고 알게 되었다. 마음이 복잡하고 혼란스러웠다. 그때까지 나는 유년기에 사랑을 충분히 받으며 자랐다고 생각하고 있었다. 그런데 작가가 현실에서 겪는 어려움이 나와 많이 닮아 있었다. 그렇다면 나도 유년기에 필요한 돌봄과 사랑을 충분히 받지 못했다는 것인가? 나의 유년기 시절 기억이 별로 떠오르지 않았다. 내 무의식이 어린 시절 나쁜 기억을 모조리 지워버린 게 아닌가 싶었다. 그렇게 아주 작은 기억의 조각들을 하나하나 맞춰가며 나의 유년기의 아픔을 만나게 되었다.

'이럴 수가. 어린 내가 충분히 행복하지 않았구나.'

40년 동안 믿어왔던 '나'라는 사람에 대한 기억이 엉터리였다니. 존재의 뿌리가 통째로 뽑히는 듯했다. '도대체 나는 누구인가?'라는 질문을 누구는 사춘기 때나 하는 거라고 하는데, 나는 마흔이 되어서야 시작했다. 사춘기 때도 하지 않았던 불안과 방황, 존재 전체가 흔들리는 경험을 하며 하루하루를 겨우 살아냈다. 깊은 우울의 동굴 안에서 삶이 멈춰버린 것 같았다. 내 눈빛은 허공에서 초점 없이 흔들렸고, 죽을 만큼 힘들었다. 그래도 어린 딸을 두고 삶을 멈출 수는 없었기에 나는 어떻게든 살아야만 했다. 살기 위해 발버둥치며 뭐라도 해보려고 애를 썼다. 삶의 해답을 찾기 위해 당시 유행했던 자기계발서들을 닥치는 대로 읽기도 했다. 그러나 그 안에는 내가 찾던 답이 없었다. 어디로 어떻게 나아가야 할지 모른 채 깊은 안개 속을 헤매는 것 같았다.

그러다 우연히 '비폭력대화'라는 말을 듣게 되었다.

처음에는 '비폭력대화'라는 단어에 대한 어감이 좋지 않았다. '폭력적인 사람들이나 배우는 거 아닌가?' 하는 생각도 들었다. 그래도 작은 호기심이 나를 이끌었다.

'비폭력대화'를 검색했더니 《내 아이를 위한 비폭력대화》라는 책이 나왔다. 아이라도 살려보자는 마음으로 주문을 했다. 나 같은 엄마 만나서 딸아이도 힘들겠다 싶었다. 그런데 막상 읽어 보니 이 책은 다른 자기계발서들과는 차원이 달랐다. 내 아이를 살리기 전에 이건 왠지 나를 살리는 책이라는 생각이 들었다. 이걸 배우면 나의 말과 행동을 마음과 일치시킬 수 있을 것 같았다. 관계가 깨어질까 두려워 싫다는 말도,

불편하고 서운하다는 말도 못하는 내가 이걸 배우면 상대에게 상처 주지 않으면서도 내가 하고 싶은 말을 할 수 있을 것 같았다. 나 자신을 혐오하고, 미워하는 대신 온전히 사랑할 수 있을 것 같았다. 그리고 아이에게 윽박지르고 혼내는 방식 말고, 다르게 키우는 방법을 배울 수 있을 거라는 희망도 생겼다. 내가 찾던 길이 거기 있을지도 모른다는 간절함으로 다시 인터넷을 뒤졌고, 비폭력대화 워크숍을 신청할 수 있었다. 나는 그렇게 비폭력대화에 입문했다.

한국NVC센터는 신촌의 뒷골목 주택가에 있었다. 골목을 지나 야트막한 오르막길을 따라 걷다 보니 한국NVC센터라는 작은 간판이 보였다. 작고 아담한 2층 가정집이었다. 현관에서 신발을 벗고 들어가면 자그마한 소파가 있는 거실이 나오고, 거실을 지나 나무 계단을 올라가면 10여 평 남짓 되어 보이는 강의실이 있다. 책상과 의자가 일렬로 배치되어 모두 강사를 보고 앉아 있는 일반적인 강의실을 상상한 나는 그곳이 참 낯설고 이상했다. 12명의 수강생이 책상도 없이 좌식 등받이 의자에 동그랗게 앉았다. 어색하고 긴장되는 순간에 잠시나마 평온함에 머무를 수 있게 해준 것은 창밖으로 보이는 큰 나무였다. 낯선 사람들의 눈길을 피해 내다본 나뭇가지에 새순이 올라 말갛게 빛났던 연두색 이파리가 나에게 위안을 주었다.
이윽고 워크숍이 시작되었고, 자기소개하는 시간이 되었

다. 여러 사람 앞에서 내가 왜 여기에 왔는지 말해야 하는 긴장되는 순간에 심장이 터질 듯 쿵쾅거렸다. 그리고 내 이름을 말하기도 전에 주책맞게 눈물부터 흐르기 시작했다. 목이 메어 목소리조차 나오지 않았다. 나는 그때 내가 왜 그렇게 눈물이 나는지 알지도 못한 채, 마치 서러움이 터져나오듯 끝도 없이 울었다. 한참 동안 말도 못한 채 눈물만 흘리는 나를 사람들은 따뜻한 시선으로 바라보며 기다려주었다. 여섯 번의 워크숍에 참여하는 내내 내 눈물은 마르지 않는 샘처럼 그렇게 흐르고 또 흘렀다.

지금껏 기억나는 한 장면이 있다. 세 번째 워크숍쯤 되는 날이었다. 강사가 참가자들에게 지금 누군가에게 부탁하고 싶은 것이 있으면 하나씩 말해보라고 제안했다. 그때 내가 했던 부탁은 기억나지 않지만, 한 여성의 부탁만큼은 지금까지도 가슴의 일렁임으로 남아 있다. 그녀는 쌍둥이 자녀를 낳으면서 다니던 직장을 휴직하고 시어머니와 함께 두 아이를 키우고 있었다. '쌍둥이를 키우는 일도 벅찬데 시어머니와 갈등까지 있으니 그 삶이 얼마나 힘들까?' 생각하며 그녀를 바라봤던 기억이 난다. 그녀는 자신이 듣고 싶은 말이 있는데, 참가자들이 함께 한 목소리로 해달라고 했다.

그녀가 듣고 싶은 말은 "너는 존재 자체로 사랑받을 만한 사람이야, 00야 너를 사랑해, 너는 사랑받기 위해 태어났어"였다.

그 말을 듣는데 내 가슴 깊은 곳에서 뜨거운 것이 올라오기 시작했다. 눈물이 왈칵 쏟아졌다. 나는 흐르는 눈물을 주체하지 못해 그녀의 부탁을 들어주지 못했다. 참가자들이 함께 해주는 말을 들으며 그녀도 울고 나도 울었다. 그녀가 듣고 싶었던 말은 사실 나의 가슴이 애타게 기다리던 말이기도 했다. 40년을 살면서 존재 자체만으로 사랑한다는 말, 그리고 내가 그런 존재라는 말은 생전 처음 듣는 것 같았다. 그날 이후 오래도록 나에게 말했다.

"너는 지금 모습 그대로도 충분히 사랑받을 만한 존재야. 희영아, 사랑해."

그 눈물은 나를 치유하고 회복하는 삶의 선물이었음을 나중에 알게 되었다. 메말라 터지고, 갈라지는 대지에 생명수가 흐르듯 내 삶이 조금씩 살아나기 시작했다. 지푸라기를 잡는 심정으로 시작한 비폭력대화가 내 삶에 든든한 동아줄이 되었다.

정희영

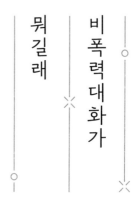

비
폭
력
대
화
가

뭐
길
래

 어릴 때부터 착하고 순하다는 소리를 듣고 자란 나는 다른 사람에게 싫은 소리 못하고 잘 참는 편이어서 그동안 싸움 같은 건 안 해보고 살아왔다. 그런 내가 결혼하고 아이 둘을 낳아 기르면서 마치 화산이 폭발하듯 엄청난 화를 쏟아내는 일이 종종 생겼다. 꾹꾹 눌러오다 갑작스레 화를 내는 바람에 아이들을 깜짝 놀라게 하곤 했는데, 어느 때는 '이게 이렇게까지 화낼 일인가?' 싶어 나 스스로도 어이가 없고 이해가 안 되었다. 또 아이들이 화들짝 놀라는 모습에 '다시는 그러지 말아야지' 하고 머리를 쥐어박으며 후회했다가도 똑같은 행동을 반복하는 나를 보며 괴로움이 쌓여갔다. 폭발하듯 화내며 말하는 원인을 찾아 해결하고 싶었다. 아이들과 편안하게 대화하고 싶었다.

 그때 마침 동네에 있는 구립도서관에서 학부모를 대상으

로 여러 가지 교육을 진행하고 있었다. 그중에서 나는 동네에 살던 심리학 교수님의 강의와 코칭, 부모자녀대화법PET 등의 교육에 참여했다.

교수님은 당신 둘째 딸의 말을 전하며 비폭력대화를 추천했다. 둘째 딸이 "엄마! 언니가 비폭력대화 듣고 많이 달라졌어. 그 수업 계속 들으라고 해"라고 말했다는 것이었다. 비폭력대화에 호기심이 일었다.

캐서린 선생님은 수업 시작 전후로 비폭력대화와 관련된 경험을 나누거나 질문을 하라고 했다. 수강생 대부분이 아이를 둔 엄마들이다 보니 아이와의 갈등, 혹은 시댁과의 갈등으로 인한 문제들에 대한 질문이 많았다. 다른 참가자의 이야기를 들으며 그들의 어려움에 공감이 되기도 하고, 나만 아이 키우는 걸 힘들어하는 건 아니구나 하며 위로받을 때도 있었다.

네 번째 교육이 끝날 무렵 아무도 질문을 하지 않길래 이전부터 궁금하던 나의 이야기 하나를 꺼냈다.

결혼한 지 얼마 안 된 무렵의 명절 전날.

서울에 사는 시작은아버지가 명절을 보내려고 시골 시어머니 집으로 내려왔다. 시어머니가 나에게 "밥상을 차려오라"고 했다. 작은아버지는 손을 내저으며 "점심 먹었다. 안 먹을 거니 차리지 마라"고 대꾸했다. 오후 3시쯤이라 점심 먹을 때가 지난 시간이기도 했다.

그런데 그 말을 듣고도 시어머니는 밥상을 차리라고 거듭 말했다. 나는 중간에서 이러지도 저러지도 못한 채 난감해하다가 시어머니의 강한 분부를 거역하기 어려워 일단 밥상을 차렸다. 밥상을 들고 방에 들어가니 시어머니는 큰소리로 작은아버지께 밥을 먹으라고 했고, 작은아버지는 밥 안 먹는다고 했는데 왜 차렸냐고 언성을 높이며 끝내 손을 대지 않았다.

결국 나는 차린 밥상을 그대로 들고 나와야 했다. 명절 전날 음식 준비하기에도 바쁜 시간에 굳이 밥상을 차리라고 한 시어머니의 마음이 참 이해가 안 갔었다.

내 이야기를 들은 선생님은 다른 참가자들에게 시어머니가 왜 그랬을지 추측해보라고 했다. 저마다 집에 온 손님을 대접하려는 배려의 마음일 거라고 말했는데, 선생님은 시어머니가 화가 나 있는 거라고 했다.

그 말을 듣는 순간 '아! 맞네! 그렇구나. 어머니가 화가 난 거였네. 내가 미처 몰랐던 어머니가 화를 표현하는 방식이었네' 싶었다. 답답하던 속이 뻥 뚫리는 것 같았다.

수업이 끝나고 '그때 시어머니가 원한 건 무엇일까?' 궁금해지기 시작했다.

다음 교육 때 "선생님! 시어머니의 욕구는 무엇이었을까요?"라고 물었다. 선생님은 "시어머니는 알게 모르게 시댁 식구들에 대한 원망과 분노가 많이 쌓여 있으신 것 같아요. 인정이 필요하실 거예요. 큰 드럼통으로 공감을 충분히 쏟아부어 드려야 해요"라고 말했다.

인정이 필요하다는 말을 들으니 시어머니가 왜 그런 행동을 했는지 이해가 되기도 했다. 명절에 식구들이 모이면 시어머니는 어김없이 시댁에 대한 불평을 늘어놓곤 했다. "나는 시댁에서 숟가락 하나 받은 거 없다"로 시작해서 시집 와서 어린 시동생, 시누이 돌보고 공부시킨 이야기까지. 말을 하면서 분노는 점점 더 커졌고 시어머니의 넋두리는 끝없이 이어지곤 했다.

시어머니는 그 동네에서 부잣집으로 알려진 집안으로 시집을 왔으나 이미 재산이 쪼그라든 후였다. 집안을 돌보지 않는 시할아버지 대신 3남 2녀의 장남인 시아버지가 가장 노릇을 했다고 한다. 공무원이었던 시아버지의 넉넉지 않은 월급으로 아이 둘을 키우며 마음에서 우러나와 시댁을 돕는 건 어려웠을 것이다. 시댁 식구들에게 쏟아내는 불평으로 인해 빠듯한 형편이었음에도 애를 썼던 공은 사라지고 온전한 감사도 받지 못했으리라. 시어머니의 돌봄의 표현인 음식 대접을 통해 그동안 받지 못한 인정과 감사에 대한 억울함과 화를 드러냈을 것 같았다.

'그동안 어떤 상황이었는지 시시콜콜 얘기하지도 않았는데, 선생님은 시어머니의 마음을 어떻게 알았지? 비폭력대화 그것 참 신기하네!'

비폭력대화가 더 궁금해졌다. 화를 쏟아내는 내 마음을, 시어머니의 마음을 온전히 이해하고 싶었다. 또 공감을 배우고 연습해서 아이들이랑 따뜻하고 부드럽게 소통하고 싶었다. 계속 배우고 연습하면 가능하리라는 희망으로 연습모임에 나갔고 워크숍도 반복해서 참여했다.

그 안에서 나의 아픔과 슬픔에 공감하며 존재로 함께하는 기린친구들을 만났다. 내 편이라 믿을 수 있어서 솔직하게 나를 드러내도 편안하고 안심이 되고 든든했다. 애썼다, 힘들었겠다 다독여줄 때는 따뜻하고 포근했다.

눈치 보고 사느라 꽁꽁 숨겨져 있던 나를 만나고 이해하고 안아주고 회복하는 시간이 시작되었다. 또한 나를 힘들게 하는 누군가를, 가족을, 시어머니를 공감하며 연민으로 만나는 긴 여정의 출발점이기도 했다.

하
미
애

멈춤　스물아홉,

참 재미없는 하루였다.

　알람과 함께 잠에서 깨어났고 사무실에 가기 위해 버스를 기다렸다. 가까스로 만원버스 앞문에 몸을 구겨넣고 나면 안경알에 뿌옇게 습기가 찼다. 사무실에 도착해서는 밤사이 눅눅했던 공기를 내보내기 위해 습관처럼 창문을 열었다. 컴퓨터 전원을 누르는 것으로 일이 시작되고 전원을 끄는 것으로 일이 끝나는 보통의 하루였다.

　그날은 다음 해의 새로운 사업을 준비하고 기획하기 위해 인터넷 이곳저곳에서 정보를 찾고 있었다. 그러다 우연히 사무실 책장에 꽂힌 《간디 자서전》이 눈에 띄었고, 녹색 창에 '비폭력'을 검색했더니 '비폭력대화'가 나왔다. 2007년이었다.

　신촌 동교동 주택과 골목길을 지나 도착한 한국NVC센터는 오래된 서울 할머니 집 같은 고요함을 자아냈다.

입구 철문을 밀면 '끼익 철컹'거리는 소리가 났고, 문을 열자마자 보이는 좁고 가파른 계단을 하나 둘 올라갈수록 서서히 드러나는 작은 정원의 꽃들과 풀, 고양이 밥그릇이 있는 전경이 포근했다. 현관에서 신발을 벗어 신발장에 넣고 슬리퍼로 바꿔 신고 돌아보면 푹 들어간 긴 의자와 선반 위에 가지런히 놓여 있는 책들과 기린 자칼 인형이 먼저 맞아주었다. 교육장은 이곳을 지나 2층을 향하는 나무 계단을 올라가야 했다. 열린 문 안으로 색색의 좌식 의자들이 둥그렇게 놓여 있었다.

어디에 앉을까 잠시 고민할 때 넓은 통창을 통해 들어오는 오후의 햇빛 한줄기가 이곳에 앉으라는 듯 비추고 있었고 나는 그 자리에 짐을 풀었다.

빈 의자 없이 사람들이 앉았고 이어서 캐서린 선생님이 말문을 열었다.

"이곳으로 나를 이끌게 된 이유와 자기소개를 간단히 부탁합니다."

가족 간의 단절로 눈물을 보이는 사람, 다른 사람들에게 상처받아 너무 힘들다는 사람, 아이에게 신경질적으로 쏟아내는 말을 멈추고 싶다는 사람 등 다들 자기를 바꾸고 싶어 이곳에 왔다는 것이었다.

듣다 보니 나도 나를 바꾸기 위해 이 교육을 들어야 하는 건가 고민이 되기도 했다. 그런데, 나의 이야기가 떠오르지 않았다. 심지어 '나는 아직 덜 힘들게 살고 있나?'라는 생각마저 들었다.

나는 3일의 교육 일정이 끝날 때까지 교재에 나오는 프로세스의 빈칸을 채우지 못했고, 다시 짐을 챙겨 집으로 내려왔다. 그리고 다시 꺼내 보지 않았다. 남들에게 비폭력대화 1과정을 배웠다고 자신 있게 말하지 못하고 그렇게 비폭력대화는 서서히 잊혀져갔다.

2남 3녀 중 막내딸로 태어난 나.

식구 많은 집에서 넘치는 사랑을 받았던 기억보다는 시끌시끌했던 사건 사고에 대한 기억이 더 많다. 자신의 고통이 더 크고 아프다고 소리 높여야 하는 곳에서 살다 보니 나는 어디서든 도움이 되는 사람이 되어야 했다.

'남편 복 없다'고 노래를 불렀던 엄마의 인생에서 나라도 힘들지 않은 자식이어야 한다고 생각했다. 그래서 유난스럽지 않게 살아가는 것을 선택했는지도 모르겠다. 나는 조용하고 누구에게나 잘 맞추는 아이로 자랐다.

그렇게 살던 어느 날 삶에 제동이 걸리는 순간이 찾아왔다.

내 나이 스물아홉 봄날, 부쩍 소화가 안 되는 것 같아 생애 처음으로 위내시경 검사라는 걸 하기로 했다. 막상 검사 일정을 잡고 보니 '큰 병이면 어쩌나' 싶어 덜컥 겁이 났다. 대기실은 아침부터 사람들로 미어터졌지만 그 안의 긴장된 공기와 숨소리는 잊을 수가 없다. 마침내 수면내시경이 시작되었고 얼핏 의사 선생님의 말을 들었던 것 같기도 하다.

"위는 깨끗하네. 근데 쓸개가 안 보이지?"

그때부터였다.

황달, 간수치 8,000, 계속되는 고열로 매일 밤 정맥검사, 일주일 후 서울로 이송, 서울아산병원, 3일 동안 응급실에 꺼지지 않는 불, 중환자실, 원인불명, 혈액내과, 희귀난치성질환, 항암치료, 수술동의서, 삭발, 골수이식, 무균실, 마스크.

나는 위내시경 한 번 한 것뿐이었는데, 그다음부터는 내 의지로 되는 것이 없었다. 매뉴얼처럼 밀려오는 일들에 그냥 동의하고 서명하면서 서울살이 1년을 시작했다. 기약 없는 입원을 하고 낯설기만 한 세상을 맞닥뜨려야 했다. 살기 위한 방법을 찾기 위해서였다.

태어나서 처음으로 내가 나를 가장 적극적으로 관찰하고 돌보고 예민하게 신경 쓴 시간이었다. 밤새 고열인 아이를 돌볼 때 잠 한숨 못 자고 시간마다 열을 재면서 미지근한 수건으로 온몸을 닦고 손발을 주물러주듯이 말이다. 앞으로 나아가기만 하던 삶이 멈추었다.

밖에 나갈 수 없으니 당장 좋아하는 사람과 밥 한 끼도 먹을 수 없었다. 미워했던 사람, 상처 줬던 사람과도 대화하며 풀 시간이 주어지지 않았다.

의사 선생님의 치료 일정을 따라야만 했던 긴 병원 생활 내내 내가 할 수 있는 일은 나의 마음을 보는 것뿐이었다.

내가 가장 하고 싶은 일은 무엇인가? 죽기 전에 꼭 해보고 싶은 것은 무엇인가?

묻고 물었다. 그런데 답이 잘 떠오르지 않았다. 며칠이 지나도 답이 없는 물음표에 막막하고 심심했다. 자도 자도 하루는 쉽게 지나가지 않았다.

밤이 길었다. 병원 생활에서 가장 많이 들었던 이름은 '홍.상.미.' 내 이름 석 자다. 2시간마다 혈압을 기록하고 약을 주기 위해 수없이 내 이름을 불렀다.

내 이름을 부르는 간호사 말이 끝나면 마음속으로 '홍상미, 오늘 어때?' 하고 묻기 시작했다. 대답이 한 줄, 두 줄, 세 줄을 넘으면서 나에 관한 기억이 하나, 둘 떠올랐고 호기심 가득한 마음으로 좋아하는 것을 적고 걱정 없이 꿈을 적어보기도 했다.

낭떠러지라고 생각했는데, 그곳에서 나를 새롭게 알아가는 선물의 시간을 보냈다. 내 삶의 주인으로 설 수 있는 밑거름이 되었다. 관계를 소중하게 챙기고 싶었다. 나를 희생하면서 관계를 지속하는 것이 아닌 나를 보호하고 지키면서 꿈을 만들어가는 일에 집중하고 싶었다.

사람마다 조건은 다르지만 매 순간 기회는 찾아왔던 것이다. 그 기회를 알아차리고 변화의 걸음에 발을 지그시 담가보는 것도 삶에 새로운 빛을 비추는 일이었다. 걱정하지 말자. 그 빛 정도 삶에 들어온다고 내가 쥐고 있는 것들이 사라지지 않는다. 스물아홉 살 이후부터 나는 자신을 믿으며 걷기로 했다.

홍
상
미

2부

있는 그대로
본다는 것

말을 듣는 방법은 두 가지가 있는데,
하나는 타인이 말하는 일련의 생각에 대해
찬성하거나 반대하면서
그것이 진행되는 대로 듣는 것이고,
또 하나는 그저 타인의 말이나 말의 뜻을
있는 그대로 들을 뿐만 아니라 자기 안에서
실제로 일어나고 있는 것에도
귀를 기울이는 것입니다.

- J. 크리슈나무르티

지켜보는 것은
살아 숨 쉬는 것

해넘이를 보고 싶어 가까운 강화로 출발했던 날이었다. '있는 그대로 보는' 세계가 어떤 모습인지 생생하게 깊이 맛보았던 날로 기억한다. 비폭력대화와 관찰을 몰랐더라면 그 맛을 충분히 누릴 수 없었을 것이다.

'해 지기 전에' 도착하려고 종종거리며 장소를 물색하다가 여러 사람이 모여 있는 곳 근처에 얼른 차를 세우고는 서둘러 사람들 틈에 섞였다. 서쪽 바다로 서서히 해가 떨어지는 동안 주변에서는 두런두런 목소리들이 들려왔다.

"저 앞에 집 좋네. 일몰 보려고 여기다 별장 지었나 보다. 여기는 땅값이⋯."

"해가 생각보다 빨리 지네. 오늘은 날씨가 좋아서 해 지는 게 잘 보여서 좋다."

"오빠, 진짜 예쁘지?"

"다 넘어갔다. 얘들아 가자. 이제 뭐 먹을래?"

해가 바다 너머 수평선으로 넘어가자 그 많던 사람들이 모두 사라지고 복작거리던 공간이 순식간에 텅 비었다.

"우리도 이제 갈까? 해 다 졌네."

같이 있던 남편의 목소리가 들렸지만 나는 아예 편한 자리를 찾아 주저앉았다. 매일 관찰놀이를 하고 있던 중이라 가만히 조금만 더 보자고 마음을 먹었다.

그날의 장면을 떠올리니 지금도 온몸이 크게 부풀어오르는 느낌이다. 하늘이 붉은빛에서부터 푸른빛 스펙트럼 안에 있는 온갖 색깔로 어우러지며, 마치 마법이 일어날 것처럼 추상적이다가 때로는 구체적인 형상들을 만들어갔다. 한 시간여 동안 형형색색의 빛깔과 모양들이 사라지고 드러나고 작아지고 커지고 옅어지고 짙어지고 이동하고 변형되면서 푸르고 어두운 무채색의 넓고 그윽하고 컴컴한 밤하늘이 되었다. 그 모든 여정을 가만히 바라보는 동안 내 몸 안에서도 감탄의 소리들이 흘러나왔다. 가슴이 열렸다가 심장 어딘가에 뭉클하니 모였다가, 뭔지 모를 기운이 위아래로 흐르고, 몸 여기저기에 물기가 차오르고, 부분 부분의 온기도 다채로웠다. 하늘도 나도 계속 변화하고 있었다.

하늘은 고요하게 자기 일을 했고, 남편과 나는 감탄과 황홀, 그리고 경이로움을 느꼈다. 자연의 예술 앞에서 우리는 한동안 말없이 앉아 있었다.

있는 그대로 본다는 것은 쉽지 않았다.

감당할 만한 사이즈의 느낌들이 일렁거릴 때면 그런대로 차분히 돌아볼 수 있었고 상대의 무엇에 영향을 받았는지, 그 행동을 어떻게 해석하고 있는지도 보였다. 그러나 걷잡을 수 없는 감정의 소용돌이가 일기 시작하면 본 것이 뭔지, 들은 것이 뭔지도 인식하지 못한 채 파도에 휩쓸리듯 이미 나는 감정 그 자체가 되어 있었다. 눈은 이글거렸고, 몸은 뻣뻣했고, 경직된 표정과 목소리로 아이와 남편 앞에 서 있었다. 비폭력대화를 훈련해온 지난 16년 동안 그렇게 거센 파도가 되어버리는 나를 어느 날은 호되게 탓했고, 어느 날은 연민 어리게 공감하면서 내가 살아온 삶을 아주 조금씩 진정으로 이해하게 되었다.

나에게 자극이 되는 상대의 말이나 행동, 반복되는 해석들, 그런 해석에 영향을 미친 과거의 기억들이 선명해졌다. 그럴 때마다 느낌과 욕구에 연결하려고 했다. 그러면서 감정이 널뛰는 횟수도 줄어들었고, 실제로 상대에게 표현하는 마음과 방식도 조금씩 편안해졌다. 아주 느리긴 했지만 외부 상황과 조건에 자동반응하며 끌려다니는 모습에서 내 반응의 권한을 내가 선택하는, 내 삶의 주인이 되어가는 느낌이었다. 동시에 과거의 경험으로부터 비롯된 해석이나 평가에 반응하며 사는 삶이 아니라 실제에 주의를 두고 관찰하며 사는 삶은 어떤 모습일지 호기심이 깊어지기도 했다.

있는 그대로 보고 듣는다는 것은 뭘까? 있는 그대로 보고 듣는 세상은 어떤 모습일까?

비폭력대화 수업을 들으면서 관찰놀이를 시작했다. '잠시 멈추고 그저 가만히 보는' 일상에서의 연습을 2년 꼬박 성심으로 이어갔다. 그러면서 내가 멈추어 가만히 볼 수 없다는 것을 알게 되었다. 들꽃을 보겠다고 쪼그리고 앉아 있으면서도 이따가 뭘 할지를 계획하고, 아까 왜 그렇게 했는지를 분석하느라 나는 매번 내가 보려고 하는 그것 앞에서도 마음은 어제와 내일에 가 있었다.

길을 가다가, 버스를 기다리다가, 지하철에 앉아서, 설거지하다가, 차 마시면서, 책상 앞에서, 이야기를 하는 중에도, 일상에서는 신발을, 눈동자를, 목소리를, 햇살을, 새싹을, 손바닥을, 바람을, 흙을, 웅덩이를, 빗물을, 바람을, 글씨를, 휴지를, 그릇을, 몽당연필을 마주하며 멈추려는 연습을 놓지 않았다. 어느 날은 10초, 다음날은 30초, 그 다음에는 1분, 3분, 5분으로 그렇게 멈추고 머물 수 있는 순간들이 손톱달만큼 늘어갔다.

돌아보면 해넘이를 본 날 이후로 나는 어제의 나보다 조금 더 겸손해졌으며 인내할 줄 알게 되었다고 생각한다. '내가 다 보았고 다 안다'는 습관적인 해석들이 일어날 때 '그게 아닐 수 있어. 조금만 더 기다려볼까'라는 내면의 소리를 들을 수 있게 되었다. 내가 모르고 있을 이 순간의 경이를 발견하려는 호기심으로 조금 더 쉽고 편안하게 관찰하는 실천을 이어갈 수 있었다.

비폭력대화는 대상을 고정시키거나 일반화하는 정적인 언어가 아니라 동적인 언어라고 했다. 의미론 학자인 웬들 존슨은 우리가 항상 변화하는 현실을 정적인 언어를 사용해서 표현하려 하기 때문에 많은 문제가 생긴다고도 했다. 우리는 계속 변화한다는 말을 나는 매일매일의 3분 관찰놀이를 통해서 조금씩 믿게 되었고, 그날의 저녁 하늘을 통해 분명하고 투명하게 받아들일 수 있었다. 막막하고 길을 잃은 것 같을 때 그날의 하늘처럼, 나도 그도 변화해가는 중이라는 진실을 떠올리면 조금은 평화로운 상태가 되었다. 관찰이 삶의 지혜로 돌아왔다.

이제는 언성이 올라가는 남편의 목소리를, 굳은 얼굴로 나를 향하는 아이의 싸늘해진 눈빛을 그냥 보려고 할 때가 있다. 무얼 하지 않았지만 그럴 때 나는 다시 안전하고 평화로워졌다.

가끔 아침에 자고 일어난 남편의 배를 가만히 얼싸안으면서 귀를 대고 들어본다. 꼬르륵, 꾸러렁, 츠츠츠, 쉬이이이…. 그에게서 흐르고 있는 생명의 소리가 들리고 그 소리를 듣고 있는 내 몸에서도 미소가 지어지며 뱃속 안쪽이 더 누그러진다.

크리슈나무르티는 관찰에 대해서 이렇게 말했다.

"우리는 기다리거나 무언가가 일어나기를 바라는 것이 아니라 그저 끝없이 지켜보고 있을 뿐이다. 관찰, 기계적으로 일어나는 배움을 통한 지식의 축적이 아닌, 겉으로만 말고 깊고 신속하고 부드럽게 지켜보는 것. 그 속에 배움이 있다, …
지켜보는 것은 살아 숨 쉬는 것이다.”

갈등이 일어날 때만 주의를 두고 관찰과 평가를 구분하
던 훈련을 지나 이제는 평범한 일상 속에서도 3분, 5분 시간
과 공간을 두고 그저 보는, 지금의 관찰 연습을 사랑하는 중
이다.

김
숙
희

내 삶의 터닝 포인트, 만두 사건

아이들과 지내면서 좌절과 희망으로 파도치는 삶을 살던 어느 날 나에게 관찰의 힘을 일깨워준 순간이 왔다. 아이들이 엄마를 회심하게 만든 사건이라고 명명한 '전설의 만두 사건'이 있었던 날이다.

나는 만두를 좋아하는 아이들을 위해 우리 집에서 가장 큰 접시에 가득 만두를 담아 식탁에 내놓으며 여느 때처럼 사이좋게 나눠 먹으라고 했다. 아이들이 셋이라 그런지 음식 먹을 때 더 많이 다투는 것처럼 보였다. 어릴 적부터 콩 한 쪽도 사이좋게 나눠 먹으라는 어른들 말을 듣고 자란 나는 이상하게 먹는 것으로 다투는 아이들의 모습에 자극이 일고 화가 났다.

설마 이렇게 많은 만두를 먹으면서까지 다툴까. 오늘만큼은 감사하며 행복하게 먹겠지. 나의 기대와 즐거운 마음은 아이가 무심코 던진 말에 여지없이 무너졌다.

"어! 나보다 더 많이 먹는 것 같은데! 누나 접시가 내 거보다 더 예뻐!"

뒤돌아 설거지하고 있던 나는 여러 생각들이 떠올라 화가 치밀어 올랐다.

'뭐? 저렇게 많은데도 더 먹는다고 불만이야? 이제는 접시가 문제냐? 그럴 줄 알았지. 저렇게 한 말씀 할 줄 알았어. 감사라고는 모르는 녀석.'

벼락같은 분노가 입에서 튀어나오려는 찰나였다.

'어! 저 아이가 "나보다 더 많이 먹는 것 같은데!"라고 말하고 있네. 누나 접시가 자기 것보다 더 예쁘다고 말하고 있네!'

아이가 한 말이 한 글자씩 선명하게 공중에 새겨지는 것 같았다. 동시에 내가 아이에게 했던 무수한 평가들이 적나라하게 보였다. 그 순간 놀랍게도 나를 괴롭히고 아이에게 고통을 주었던 아이를 향한 온갖 평가들, 생각들이 가라앉고 아이가 한 말만 남았다. 아이가 한 말이 있는 그대로 들리면서 아이의 '말'과 '존재'가 명료하게 분리되었던 경험은 그야말로 내 인생의 터닝 포인트가 되었다. 지금 생각해보면 아이와 가슴으로 연결하고자 하는 열망으로 연습하고 또 연습한 시간과 정성이 가져다준 선물이지 싶다.

아이에 대한 평가가 사라지고 떠오른 관찰은 자연스레 나를 느낌으로 안내했다.

아이가 '나보다 더 많이 먹는 것 같은데'라고 말하는 걸 들으니 아쉽고 안타깝고 속상하다. 관찰에 이어 찾아온 내 느낌과 연결되면서 웃음이 났다. 내가 그동안 아이들에게 왜 그렇게 욱 치밀어 화를 냈는지 선명해졌다.

화를 내려던 나는 회심한 듯 웃고 또 웃었다. 관찰과 평가의 구분이 온몸으로 받아들여지면서 자각의 기쁨이 흘러넘쳐 웃음이 났고, 어리석었던 지난날에 대한 회한의 웃음이 났다. 평소처럼 엄마에게 야단맞지 않을까 걱정스러워하던 눈빛이 웃는 엄마를 보며 안심하는 눈빛으로 변하는 아이가 눈에 들어왔다. 아이에게 고백하듯 솔직하게 말했다.

"아들, 엄마가 그동안 너의 행동이나 말을 관찰로 보지 않고 평가를 했던 거야. 그래서 너한테 화를 냈다는 걸 이제야 깨달았어. 만두와 네가 그것을 알게 해줬어. 너는 그냥 '나보다 더 많이 먹는 것 같은데!'라고 했을 뿐인데. '내 거보다 더 예쁜 접시네!'라고 했을 뿐이고. 그런데 엄마는 니 말을 있는 그대로 듣지 못하고 너를 감사할 줄 모르는 애, 자기밖에 모르는 애라고 했던 거야. 이런 엄마가 너무 부끄러워서 웃는 거야. 아들 덕분에 깨닫게 되어서 정말 고마워."

이제는 전설이 된 '만두 사건'은 내 삶을 서서히 바꿔놓았다. 상대가 하는 말이나 행동으로 여전히 자극을 받기는 하지만, 이제는 자극에 압도되거나 외면하지 않고 찬찬히 살핀다. 내가 무엇을 보았나 무엇을 들었나, 내 마음이 어떤가, 내가 바라는 것이 무엇인가 찬찬히 살피다 보면 힘들다 했던 자극이 나 자신과 연결, 상대와 연결할 수 있는 기회이자 통로가 되기도 한다. 관찰로 보는 연습 덕분이다.

일상에서 하는 관찰 연습은 즐겁다. 가령 시시각각 변하는 하늘을 보면서 '오! 멋지다, 아름답다'고 판단하는 말을 하는 대신 1분 동안 있는 그대로 찬찬히 바라본다. 꽃을 볼 때도 '음! 예쁜 꽃!'이라는 고정된 이미지가 먼저 떠오르면 다시 그 꽃을 처음 본 듯 냄새를 맡고 색깔을 살핀다.

관찰의 힘을 경험한 이후 이를 지속시키고 싶은 바람으로 습관처럼 하는 행동이 있다. 누군가의 말이 고통스럽게 다가오면 종이 한 귀퉁이에 그가 한 말만 끄적여본다. 글로 써보면 '그'라는 존재와 '그가 한 말'이 확실히 구분된다. 상황이 객관적으로 보이고, 말에 넘어지는 대신 자연스레 내 느낌과 욕구, 그의 느낌과 욕구와 연결된다. 자극에서 나를 보호하려는 끄적거림이 상황을 있는 그대로 보게 하고 동시에 나의 진심과 그의 진심을 만나게 해주는 뜻밖의 선물이 되는 것이다.

"관찰은 타인의 말이나 말의 뜻을 있는 그대로 들을 뿐만 아니라 자기 안에서 실제로 일어나고 있는 것에도 귀를 기울이는 것"이라는 크리슈나무르티의 말이 현실이 되는 순간이다. 일상에서 관찰을 연습함으로써 '삶을 풍요롭게 하는 게임', '단절을 연결로 바꾸는 게임', '삶을 멋지게 만드는 게임'을 만들 수 있다.

막내 재영이가 아장아장 걷기 시작할 무렵 서해 바다에 간 적이 있다. 태어나 처음으로 바다를 본 아이의 커다란 눈. 차가운 바닷물이 들어왔다 나갔다 하며 발에 닿을 때 어찌할 줄 모르며 환호하던 웃음소리. 입가에 침이 흘러내리는 것도 아랑곳 않고 부드러운 모래를 손으로 한 웅큼 집었다 쏟았다를 반복하던 모습. 바다를 처음 만난 이 순간이 다시는 오지 않을 것처럼 온전히 집중하여 노는 아이. '관찰' 하면 나에게 떠오르는 이미지다.

세상을 처음 만나고 경험하는 아이의 호기심 어린 시선 속에서 진정한 관찰을 배운다. 이 아이처럼 나도 사물이나 존재에 대해 어떠한 해석이나 평가 없이 그저 경외감 가득한 시선으로 바라볼 줄 아는 사람이기를, 난생처음 만난 듯 따뜻한 호기심으로 바라보기를, 이 순간이 다시는 오지 않을 듯 삶을 즐기기를 바란다.

김
순
임

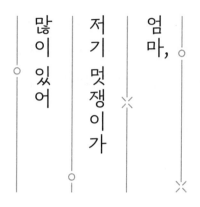

엄마,

저기 멋쟁이가

많이 있어

'관찰은 있는 그대로 보고, 듣고, 동영상 찍듯이! 음! 이 정도는 내가 알고 있지.'

이렇게 자신하던 내 생각이 얼마나 큰 착각인지 알게 해주었던 에피소드가 있다. 그 시기는 딸아이가 말을 곧잘 하고 눈에 보이는 것, 들리는 소리, 손에 닿는 것마다 호기심을 가지고 세상을 바라보는 때였던 것 같다.

햇살과 구름이 조화로워 나들이하기 적당했던 5월의 어느날, 아이와 공원을 산책하다가 흰색 면바지와 셔츠를 입고 있는, 반짝이는 흰색 구두의 검정 포인트가 눈에 띄는 70대 할아버지를 보고 나도 모르게 "어머, 저 할아버지 멋쟁이다"라며 감탄스럽게 말했다.

"엄마, 뭐가 멋쟁이야?"

아이의 물음에 나는 "할아버지가 흰색 바지와 흰색 셔츠를 입고 있으니 멋쟁이처럼 보이네"라고 말했다.

아이는 곧 다른 곳으로 관심을 옮겼으므로 대화는 그렇게 잊혀졌고 산책을 마친 후 집에 돌아왔다. 그로부터 며칠 뒤 텔레비전 채널을 돌리다가 아이가 하는 말을 듣고 나는 적잖이 놀라지 않을 수 없었다.

딸은 "엄마, 저기 멋쟁이가 많이 있어" 하고 말했고 "어디? 어디?"라는 나의 물음에 아이가 손가락으로 가리킨 곳은 왕의 장례 절차가 행해지고 있는 사극 드라마의 한 장면이었다. 궁에 모인 모든 대신들이 흰색 상복을 입고 있었다. 공원에서 했던 말이 떠올라 잠시 소리 내어 웃기도 했지만, 나의 말 한마디가 아이에게 이런 영향을 미치는구나 싶어 놀라기도 했다. 이때의 경험은 관찰을 더 잘 배우고 나의 삶에 적용하고 싶은 이유가 되기도 했다.

그럼에도 내가 사람들을 어떻게 평가하고 있는지 알아차리기까지는 더 많은 시간이 걸렸다. '나는 사람들을 쉽게 평가하는 사람이 아니야. 이 정도 나이가 들었으면 사람들을 이해할 수 있어야 좋은 사람이지'라고 말하는 나의 내면의 교육자는 세상을 관찰로 보는 데 방해가 되었다. 때때로 누군가의 말을 듣거나 행동을 보았을 때 분명 마음이 편치 않은데도 그 사람을 이해하고 있다고 여기면서 스스로에게 솔직하지 않았다. 있는 그대로 보는 것의 중요성을 알고 있었고, 그렇게 살고 싶은 간절함도 있었지만 내가 가지고 있는 틀 안에 갇혀서 헤매는 시간이 길었다.

마음이 넓은 사람으로 보이고 싶었다. 그래서 워크숍에서나 연습모임을 할 때 화가 나거나 불편한 것을 관찰로 표현해 보자고 하면 머뭇거리고 쓰지 않았던 기억이 있다.

한 워크숍에서 있었던 일이다. 나는 A 참여자를 향해 'A 참여자는 불평불만이 많아', '참 피곤한 사람이네' 이렇게 판단하면서 그 자리에 있었다. 그러다 보니 A 참여자가 말할 때에는 그 사람의 이야기를 잘 듣지 않고 다른 곳으로 눈을 돌리거나 다른 생각을 하면서 피하고 있는 나를 발견했다.

'A 참여자는 나에게 어떤 행동이나 말을 하지 않는데, 나 혼자 판단으로 A 참여자를 싫어하고 있다'는 생각이 들었다. 관찰을 연습할 좋은 기회라고 여기고 A 참여자의 행동과 말을 있는 그대로 듣고 보기로 했다.

'A 참여자는 진행자의 말이 끝나자마자 질문을 한다.'

'A 참여자는 진행자에게 지난번 워크숍에서는 점심을 제공했는데 이번에는 왜 점심을 제공하지 않느냐고 문의한다.'

'A 참여자는 교재비가 너무 비싼 것 같다고 말한다.'

나는 천천히 A 참여자의 말과 행동을 관찰했다. 그랬더니 어느 순간 A 참여자의 목소리가 담담하게 들리기 시작했다. 무엇보다 A 참여자에 대한 호기심이 생기고 그분의 말에서 도움과 지원이 필요하다는 것이 들리기 시작했다.

그 사람 말 뒤에 있는 중요한 욕구가 들리기 시작하자 안정감 있게 워크숍에 참여할 수 있었고, 이후에는 A 참여자와 대화를 나누는 시간도 즐거웠다. 우리는 4일의 워크숍 이후 전화번호를 주고받는 친구가 되었다. 이 경험은 이후에 누군가의 행동이 마음에 들지 않을 때 관찰로 볼 수 있는 힘을 떠올리게 하는 계기가 되었다.

안타깝게도 일상으로 돌아와서는 평가하는 습관이 쉽게 사라지지 않았다. 내뱉는 말은 "네 가방이 거실에 있고, 네 장난감이 식탁 밑에 있어"라는 관찰이었지만 머릿속으로는 '너는 정리 정돈하는 습관이 안 되어 있어'라는 판단하는 생각으로 가득했다. 그러니 어금니를 꽉 깨물고 말하곤 했다.

머릿속으로는 판단하면서 말만 관찰일 때의 부작용은 크다. 아이가 내가 한 부탁을 들어주지 않으면 나는 '내가 이렇게 좋은 말로 하는데 내 말을 들어주지 않다니'라고 생각하면서 또 비난했다. 그러면서 스스로에게는 그동안 공부했던 시간들이 아무 소용이 없다고, 문제가 많은 사람이라고 여기는 것이다.

상대를 비난하거나 나를 비난하는 일들이 무수히 반복되던 어느 날, 문득 고요하게 관찰 연습을 하던 중 불현듯 나를 비난하는 것을 우선 멈추어야 한다는 생각이 떠올랐다. '나는 왜 이렇게 빠른 속도로 판단하고, 평가의 말을 쉽게 하게 되었을까?' 스스로에게 물어보는 시간을 가졌다.

사실 내가 어렸을 때부터 듣고 배운 말이다. 기억은 흐릿하지만 나도 이런 숱한 평가의 말을 듣고 지금까지 살아오느라 참 아팠겠다는 안쓰러운 마음이 들었다. 그 뒤로 나는 누군가에게 비난의 말을 하고 난 이후에도 나를 비난하는 대신 잠시 멈추고 스스로 나의 이름을 불러주었다.

'이은령, 네가 모두 기억하지 못할 수도 있지만 네가 들었던 수많은 말들을 지금 누군가에게 표현하고 있을 수 있어.'

'수십 년간 평가와 비난의 말을 들으며 살아오느라 힘들었겠다.'

이렇게 나를 위로하고 충분히 수용하는 시간을 가졌다. 좋고 나쁨, 옳고 그름의 굳건한 기준이 조금씩 옅어지기 시작했다.

지금도 나는 세상을, 나의 삶을 있는 그대로 볼 수 있는 관찰 연습을 매 순간 하고 있다. 특히 생각 관찰은 자극이 될 때마다 일상을 안정적으로 살아가게 해주는 데 큰 도움이 된다. 이를테면 나는 지금 '내가 한 수고를 남편이 알아줘야만 한다'고 생각하고 있구나. 나는 지금 '아이가 자기관리를 잘 해야 한다'고 생각하고 있구나. 나는 지금 '강사라면 더 많은 사람을 이해해야만 한다'고 나에게 이야기하고 있구나. 그리고 고요히 '이 모든 것이 내 생각이다' 이렇게 말을 걸어준다.

생각은 나의 삶의 경험에서 오는 것이고 그 경험이 옳다고 주장하면 나와의 연결은 물론이고 상대와의 연결이 끊어진다는 것을 나는 잘 알고 있다. 이렇게 천천히 바라볼 수 있는 공간이 생기는 지금 이 순간이 소중하다.

이
은
령

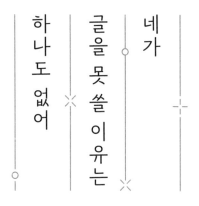

네가
글을 못 쓸 이유는
하나도 없어

"평가가 들어가지 않은 관찰은 인간 지성의 최고 형태이다"라는 크리슈나무르티의 말이 조금씩 이해될 무렵 외부에서 일어나는 일을 관찰하는 것뿐만 아니라 내 생각과 몸의 감각을 관찰하는 것도 의식을 성장시키는 데 얼마나 중요한지 배우게 되었다. 그래서 의식적으로 내 생각을 관찰하려고 노력했다.

'나는 글을 잘 못 써'라는 생각도 그중 하나였다.

글 쓰는 것과 관련된 부정적인 생각이 내 안에 마치 신념처럼 자리잡고 있었다. 언제부터였는지는 기억나지 않는다. 일기처럼 자발적으로 글을 쓸 때는 괜찮지만 글을 '써야만' 할 때, 어디에 제출하거나 공유해야 할 때 이 신념이 고개를 내민다. '나는 잘 못할 거야' '나는 할 수 없어'와 같은 막연한 불안과 두려움이 나를 감싸곤 한다. 그 막연한 두려움은 글쓰기를 미룰 수 있을 때까지 최대한 미루고 또 미루는 행동으로 드러났다. 그러는 동안에도 글을 써야 한다는 부담감은 무겁게 남아 명치 부분이 꽉 막히고 어깨는 천근만근 무겁고 머리가 지끈거렸다. 이런 마음의 짐을 잊기 위해서는 주의를 다른 곳으로 돌리는 것이 필요했다. 게임을 하거나, 영화나 드라마, 생각 없이 웃을 수 있는 프로그램을 보며 시간을 보냈다. 그러나 마음 한구석에서는 '아직도 안 쓰고 도대체 자꾸 미루기만 하면 어쩌자는 거야? 너 정말 한심하다 한심해.' 이런 목소리가 들렸다. 나를 비난하는 생각은 마치 혈관을 따라 세포 하나하나에 전달되는 듯 몸속으로 스미곤 했다. 온몸으로 파고드는 이 목소리는 나를 우울하게 했고, 내 몸은 점점 더 소파와 한몸이 되었다. 미루는 행동과 나를 비난하는 목소리는 마치 사자 두 마리가 서로 머리를 맞대고 한 치도 양보할 수 없다는 듯 으르렁대며 싸우는 것 같다. 이렇게 속이 시끄러워지면 슬쩍 일어나서 간식 창고의 문을 열고 달콤한 먹거리를 찾았다.

이런 나의 행동 패턴은 꽤나 오래된 것이었다. 글 쓰는 것이 두려워 미루는 행동을 하는 나와 그 모습을 비난하는 나, 이 갈등을 보는 것이 힘들어 먹을 것으로 잠시나마 위안을 찾으려는 나, 이런 내가 얽히고설켜 절대 무너지지 않을 것 같은 공고한 연대가 존재하는 것처럼 보였다.

그런데 이 공고한 연대에 균열이 생기기 시작했다. 작은 금이 생기고, 조금 큰 구멍이 보인 것이다. 바로 '지금 이 순간'

을 있는 그대로 바라보는 관찰의 힘 덕분이었다.

　어느 날 마음공부를 함께하는 교수님과 글 쓰는 것이 두렵거나 거부감이 들도록 한 어릴 적 장면이 있는지 이야기 나누고 있었다. 그런데 아무리 생각해도 떠오르지 않았다. 누군가 내 글을 보고 비웃거나 놀려서 수치심이 생긴 기억도, 어른에게 심하게 꾸지람을 들은 기억도 없다. 다만 '글쓰기' 하니 떠오르는 장면 하나가 있다. 중학교 1학년 가을 소풍날이었다. 소풍 장소가 멀어서 왕복 4시간을 걸어야 했다. 그날 저녁 몸이 천근만근 무거웠지만, 다음 날까지 제출해야 하는 독후감 3편이 숙제로 남아 있었다. 잠시 눈을 붙이고 새벽 2시에 일어나서 독후감을 모두 쓰고 나니 5시였다. 두 시간 정도는 더 잘 수 있겠다 싶어 이불 속으로 들어갔다. 그런데 자리에 눕자 숨이 제대로 쉬어지지 않았다. 한 시간 정도 쌕쌕거리며 숨을 쉬려 애쓰다 호흡이 가빠져서 부모님을 깨웠는데, 사색이 된 부모님은 나를 바로 병원으로 데려갔다. 그 당시 나는 거울을 보지 못해 몰랐지만, 하루 사이에 몸무게가 6kg이 늘어났을 정도로 온몸이 부었고, 얻어맞은 사람처럼 얼굴이 퉁퉁 부어서 나라고 알아보기 힘들 정도였다.

　그날 나는 급성사구체신장염을 진단받았다. 제대로 숨쉬기도 힘든 상태로 몇 주간 꼼짝없이 누워서 지냈으며, 삼시 세끼 소금기 하나 없는 식사를 했다. 고역 같은 시간이 지나고 3~4개월 후 완치 판정을 받았으나 이 병은 재발 위험률이 높다는 의사의 말에 큰 두려움도 가슴에 얹어졌다.

이 말을 들은 교수님은 '가르시아 효과'에 대해 말씀하셨다. 존 가르시아라는 심리학자가 인간 심리의 한 부분에 대해 실험을 통해 밝혀냈는데, 어떤 특정 음식을 먹은 후 식중독이나 배탈이 나서 고생하면 그 음식에 혐오감이 생겨 기피하는 것을 말한다고 했다. 나도 글쓰기를 한 직후에 발병해서 힘든 시간을 겪었기 때문에 그에 대한 막연한 두려움과 불안이 생겼을 수도 있겠다고 했다. 그럴 수도 있겠다, 고개가 끄덕여졌다.

글쓰기와 관련된 나의 역사를 조금 맛본 것만으로도 나의 내면에는 균열이 생기고 조금씩 변화가 일어나기 시작했다. 글 쓰는 것을 미루는 부분이 사라졌냐고? 아쉽게도 그렇지는 않았지만 의미 있는 일이 있었다. 다음날에도 여전히 글쓰기를 미뤄두고 휴대폰 화면의 스크롤을 내리고 있었다. 그런데 이런 나를 보고 픽 웃음이 났다.

'정희영, 너 좀 귀여운데?'

'미루는 것을 비난하는 나' 대신 '나를 사랑스럽게 보아주는' 내가 거기 있었다.

며칠 후 그 교수님과 다시 만났다. 이렇게 조금씩 앞으로 나아가고 있는 모습을 기뻐하며 나의 변화에 대해 이야기를 나누고 있었는데, 그때 이마에 땀방울이 송글송글 맺히는 것이 느껴졌다. 인중에도 땀이 배어 나와 들숨 날숨에 코 밑이 시원했다. 그리고 온몸에 열감이 느껴졌다. 밖은 따뜻한 봄날이었지만 실내는 아직 보일러의 온기가 필요한 계절이었기에 가만히 앉아서 이야기하는 중에 땀이 나는 것이 이상했다.

잠시 눈을 감고 몸의 열감에 주의를 기울이기로 했다. 좋다 나쁘다 판단하지 않으면서 그저 몸의 감각을 관찰했다. 그때 오른쪽 팔 아랫부분에서 시작해서 머리 위쪽까지 휘리릭 열이 올라가는 기운이 느껴졌다. 눈 깜짝할 사이에 일어난 일이었다. 그 열이 시작된 오른쪽 팔이 나의 의식을 끌어당기는 듯했고, 오른쪽 어깨부터 오른손까지 이어지는 열감이 어떤 근원지처럼 느껴졌다. 그곳에 의식을 두고 고요히 앉아 있었는데, 오른팔이 엄청 크게 느껴졌다. 오른팔의 너비가 지름 20센티미터 이상은 되는 것처럼 부푼 느낌이었다. 그래서 왼팔의 감각과도 비교해보니 왼팔은 원래의 크기로 감지되었다. 정말 신기해서 오른팔, 왼팔을 왔다갔다하며 감각을 바라보고 있는데 내 안에서 목소리가 들려왔다.

'너는 지금까지 수많은 강의를 해왔잖아. 그때마다 네가 전하고 싶은 말을 노트에 손글씨로 정성스럽게 적었지. 그 노트만도 벌써 몇 권이니? 네가 글을 못 쓸 이유는 하나도 없어.'

내 안에 나이 든 영혼이 나에게 다정하게 말을 거는 것 같았다. 눈물이 왈칵 쏟아졌다. 볼을 타고 흘러 아래로 떨어지는 눈물을 느끼며 동시에 오른팔의 감각을 계속 관찰했다. 손목 부위에 시큰하게 통증이 생겼다가 사라지고, 어깨에도 미세한 통증이 나타났다가 저절로 사라졌다. 오른팔이 통증으로 내게 말을 거는 듯했다. '그동안 오른손, 오른팔이 참 애썼구나. 정말 고마워'라고 마음속으로 말을 건네며 따뜻한 연민의 마음으로 오른팔을 바라봤다. 그리고 혹시 나에게 할 말이 있냐고 오른팔을 향해 나지막이 묻고는 가만히 귀를 기울였다. 그런데 목소리 대신 한 얼굴이 팔꿈치 안쪽 부분에 드러났다. 뽀얗고 말간 빛을 발하며, 나에게 따뜻하고 부드러운 미소를 보내고 있었다. 그 얼굴은 다름아닌 내 얼굴이었다. 입은 다물고 있었지만 미소 속에 이런 말을 담고 있는 것 같았다.

'나는 너를 믿어.'

그 순간 눈물이 펑펑 쏟아졌다. 이 시간을 감동이라는 단어로 표현하기에는 역부족이다. 말로 형용할 수 없이 감격스러웠다. 마치 수십 년간 헤어졌던 이산가족이 상봉하듯 먼 곳을 돌고 돌아 내 안의 지혜, 내 안의 본모습을 만난 것 같은 경이로움이었다. 비폭력대화를 만나기 전에 내가 가장 폭력적으로 대한 사람은 남편도, 아이도 아닌 나 자신이었다. 늘 부족하고 못난 사람이라고, 사고뭉치에 멍청하다고 비난했다. 그래서 나 자신을 믿을 수가 없었다. 실수를 연발하는 한없이 부족한 나이기에 나를 있는 그대로 수용하고 사랑할 수 없었다. 그런데 이 순간, 내 안의 지혜와 사랑이 드러나 나라는 존재 자체가 눈부시게 빛나는 것을 경험한 것이다.

그저 순간에 머무르고, 있는 그대로 바라보면 몸이 주는 귀한 메시지를 만난다. 그리고 그곳에서 치유가 일어난다.

정희영

관찰은
오늘도 진행 중

　출근 전 생동하는 봄날의 기운을 음미하기 위해 공원 산책에 나섰다. 햇빛에 반짝이는 연두빛 새순을 지그시 바라보며 새로운 생명을 맞이하는 설렘을 몸 안 가득 채우며 여유롭게 거니는 이 시간을 너무나 사랑한다. 나무 위에서 지저귀는 새소리가 들리고 살랑이는 봄바람이 코끝으로 전해져온다.

　조용히 산책을 즐기며 공원 안쪽으로 발길을 돌렸는데, 오늘따라 공원 옆을 지나는 고속도로의 차 소리가 크게 들리는 것이 아닌가.

　순간 '아! 차 소리 안 들리고 새소리만 들리면 진짜 멋진 공원인데. 저 차 소리가 문제야! 오늘따라 왜 이렇게 차 소리가 크게 들리는 거지? 내 봄 산책을 방해하네!'라는 생각이 불쑥 들었다. 가슴이 답답해지고 어깨에 힘이 들어가며 미간이 저절로 찡그려진다.

천천히 공원을 걸으며 들려오는 소리에 주의를 두었다.

찡그려진 가슴에 천천히 숨을 불어넣었다가 천천히 내쉬며 '내 몸에서 감지되는 짜증과 불편함은 무엇을 원하는 신호일까?'에 머물러본다. 봄의 생동하는 기운을 편안하게 온전히 즐기고 내 안의 생동감을 회복하고 싶은 마음이 있다. 가슴의 답답함이 서서히 사라지면서 다시 편안하고 느리게 숨이 쉬어진다. 평온해진 마음으로 주위를 관찰해본다.

'공원에 새소리가 들린다. 바람이 불고 있다. 고속도로에 차들이 지나가고 있다.'

차 소리를 트집 잡던 심통이 사라지고 넉넉해진 공간에 감사의 마음과 부탁이 찾아온다.

'신호등이 없어서 빠른 시간 안에 나를 목적지까지 데려다주는 고속도로는 고맙고 편리한 길이지!'

'오늘은 차 소리가 안 들리는 하천 쪽으로 산책을 가야겠다.'

거슬리는 차 소리는 온데간데없고 새소리를 오롯이 들을 수 있는 조용한 산책길을 선택하자는 마음이 든다. 한결 넉넉해진 마음으로 산책을 즐기고 가볍게 일터로 발걸음을 돌렸다.

내가 약사로 일하는 약국은 건강에 대한 걱정과 불안을 안고 방문하는 사람들이 많은 공간이다. 위로와 공감이 필요한 분들과 만나는 시간이기도 하다. 비폭력대화를 배웠기에 가능했던, 약국에서의 장면들이 많다.

시력 교정 수술 후 시력이 돌아오지 않는다는 이야기를 한참 하던 손님이 "불안하시죠?"라고 느낌을 물어봐주는 한마디에 "네…" 하고 숨을 크게 내쉬고 말을 멈추던 순간. 이전에 방문했을 때와 달리 기운이 없어 보이는 할머니께 "힘든 일 있으셨어요?"라는 말에 할아버지가 돌아가셨다며 눈물을 흘리시던 모습 등등.

그중에서도 손님의 행동을 평가하지 않고 관찰할 수 있어서 편안하게 대할 수 있었던 기억에 남는 장면이 있다. 한 손님이 밴드를 구입해서는 상자 안에 있는 밴드를 모두 꺼내 1, 2, 3… 20까지 밴드 개수를 하나하나 세고 있었다. 얼마 전에도 같은 행동을 세 번 하며 "맞죠? 맞죠? 20개 맞죠?"라고 반복해서 말했던 손님이었다.

평가가 익숙했던 그전의 나라면 틀림없이 '뭐야? 강박증 있는 거 아냐? 피곤한 스타일이네! 조심해야겠어!'라고 속으로 생각하며 긴장하고 경계했을 것이다. 그런데 그날 나는 손님의 행동을 느긋하게 관찰하며 침묵으로 그분의 느낌과 욕구까지 추측하고 있었다. '밴드를 세고 있네. 걱정되고 불안해서 일일이 세어서 확인해야 편안하고 안심이 되나 보다.'

그러고 나서 나는 손님을 지지하고 수용하는 마음으로 밴드를 같이 세기 시작했다. "하나, 둘, 셋… 스무 개 맞네요. 밴드를 세어서 확인하니 안심이 되세요?"

손님은 "아! 20개 맞네" 하고 말하며 밴드를 챙겨서 나갔다.

이후 방문 때에도 같은 행동을 되풀이했지만, 문제가 있는 사람이라는 꼬리표를 다는 대신 그분의 모습 그대로를 받아들이고 계속 만날 수 있었던, 내 삶의 변화를 확인했던 장면이다.

약국에는 가끔 외국인이 방문하기도 한다. 대부분은 영어로 이야기하거나 통역을 대동하고 오기 때문에 소통에 큰 어려움이 없었는데, 한 번은 통역 없이 중국인 손님이 한꺼번에 들이닥친 적이 있었다. 그분들은 영어를 못했고 나도 중국어를 못했다. 당황스러운 상황이었는데 손님이 스마트폰의 번역 앱을 이용해서 증상을 들려주기 시작했다. 나도 급하게 번역 앱을 깔아서 약의 복용법을 설명하고 계산했다. 그렇게 정신없이 여러 명의 중국인 손님을 상대한 후 다시 찾아온 평화로운 휴식 시간, 지쳐서 잠시 맥을 놓고 앉아 있었다.

문득 '내 인생에서 제일 소통이 힘든 상황이었는데 답답하기는 했지만 화가 나지는 않았네. 생전 처음 보는 중국인 손님에게는 이렇게까지 애쓰며 도와주고 이해하려 하는데 왜 가까운 사람에게는 안 되는 거지?' 하는 생각이 들었다. 이어서 '다른 나라 사람이라 환경이 다르니 말이 통하지 않는 게 당연하다고 생각한 거네. 내가 어떤 생각을 가지고 사람을 대하느냐가 내 삶을 지배하는구나!'라는 생각이 들었다.

가까운 사람에게 비폭력대화를 적용하다가 좌절한 경험 때문이었을까? 갑자기 찾아온 깨달음이 반갑고 신기했다. 한편으로는 여전히 빠르게 작동하는 내 생각의 파장으로 가까운 사람과의 연결을 놓치고 있음이 안타깝고 아쉬웠다. 생각에 휘둘리지 말고 관찰하고 의식하며 살아야겠다는 자기 부탁을 하며 선물처럼 다가온 통찰을 귀하게 마음에 담았다.

다음날 아침. 다시 도전의 순간이 왔다.

남편이 초등학교 총동창회에 참석하러 고향에 가는 날이었다. 남편은 친구 차를 얻어 타고 가서 모교 행사에 참여하고 시어머니도 뵙고 올 예정이었다. 집을 나서려는 남편에게 새벽 6시에 일어나 1시간 반 동안 만든 잡채와 수박 한 덩이를 건네며 어머니에게 갖다드리라고 말했다. 어머니가 제일 좋아하는 음식과 과일이었다.

남편은 "귀찮게 이걸 가져가라고?"라고 하며 미간을 찡그렸다. 예전 같으면 '내가 새벽부터 고생해서 자기 엄마 드리려고 만든 건데, 차에 싣고 가는 것도 힘드냐?'는 생각이 들어 화나고 짜증나고 기운도 빠졌을 것이다. 아마도 꽤나 오랫동안 그 후폭풍에 나도 남편도 아이들도 영향을 받았으리라.

전날의 깨달음이 내 안에 생생히 남아 있어서일까? 가족과도 존재로 만나고 싶은 간절함을 품고 반복한 연습의 열매였을까? 물론 아주 잠깐 손이 많이 가서 평소에는 하지 않는 잡채를 어머니 드시라고 만든 정성을 몰라준다는 생각이 스쳐 서운한 마음도 들었다. 하지만 금방 '어제 술 먹고 늦게 들어와 몸이 피곤한 모양이네. 홀가분하게 짐 없이 편하게 가고 싶을 수도 있겠다' 싶었다. 이런 반응을 보이는 내가 신기하고 뿌듯하고 놀라웠다. 지금까지 살던 세상과는 다른 느낌이었다. 느긋하고 평화로웠다.

'사람 마음 몰라주는 무신경한 인간'이 아니라 편안함, 여유, 홀가분함, 이해, 수용을 원하는, 지금은 귀찮고 피곤한 존재로서의 남편을 만난 순간이다.

언제나 내 편에 서서 나를 우선적으로 돌봐주기를 바라며 기대는 마음을 내려놓을 수 없었던 단 한 사람. 그래서 그도 돌봄, 수용, 관심, 사랑과 휴식이 필요하다는 신호들을 때로 못 본 척하기도 했었다. 나에게만은 영원한 슈퍼맨이기를 바라며.

나의 돌봄과 사랑, 도움의 욕구와 남편의 편안함과 이해, 수용의 욕구도 동등하게 존중할 수 있었던 질적 연결의 순간을 축하하고 음미하며 피곤한 남편을 친구네 집 앞까지 편안하고 느긋한 마음으로 태워다주었다.

나는 사람을 만나는 습관적이고도 즉각적인 방식이 있었다. 처음 만났을 때 내가 의식하지 못할 정도로 빠르게 그 사람의 말이나 행동을 보며 판단을 내린 후 어느 정도의 거리를 둘지 정했다. 본인이 없을 때 흉보는 사람은 '믿을 수 없는 사람'이고 감정 변화가 심한 사람은 '피곤한 스타일'이라고 하며 거리를 두는 식이었다. 제일 싫어하고 가까이 가고 싶지 않은 사람은 얼굴을 찡그리면서 말하는 사람이다. 무언가 내가 하는 말과 행동이 마음에 들지 않는 것이라 생각했다. '해석나라의 평가단'은 끊임없이 작동하며 내가 안전한지를 살피느라 긴장하는 경우가 많았다.

중국인 손님의 방문이 선물한 알아차림과 이어진 동창회

날의 평온했던 연결의 경험은 나에게 전환점이 되었다. 상대방의 말이나 행동이 아니라 나의 해석이 나를 힘들게 했다는 자각이었다. 내 생각을 있는 그대로 보자.

내 마음의 평온함과 연민을 선물한 관찰 연습은 쏟아지는 비를 보며, 길을 막고 있는 차를 보며, 늘어나는 얼굴의 주름을 보며, 오늘도 진행 중이다.

하
미
애

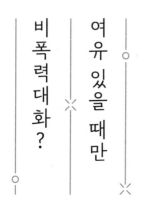

여유 있을 때만
비폭력대화?

"아파, 아파."

이른 아침부터 들려오는 아이의 목소리가 나를 단숨에 일으켰다.

머릿속에 방아쇠가 당겨지면서 '오늘 아침도 평화롭게 시작하기는 글러먹었네'라는 생각이 들었다. 그러나 이 생각을 알아차리기도 전에 내 몸은 이미 거실에 있는 아이를 향해 성큼성큼 걸어가고 있었다. 내 모습이 아이에게 어떻게 보일지, 어떤 말을 해야 할지 생각할 틈 없이 일어나는 자동적인 움직임이었다.

생각이 머리부터 발가락까지 나를 한입에 집어삼켜버렸다. 한 걸음씩 아이를 향해 갈 때마다 생각의 크기는 점점 더 거대해졌고 무슨 의미인지도 모른 채 쏟아붙이기 시작했다.

"왜! 왜! 왜! 다른 집에서 네 목소리가 얼마나 크게 들리는

데! 아침부터 뭐하는 짓이야?"

나의 큰소리에도 불구하고 아이는 자지러져라 울고, 울음을 그치지 않는 아이를 보며 이번에는 나를 향한 비난의 화살이 당겨졌다.

'애가 아파서 그런 것을 왜 다그쳐!'

'비폭력대화 한다면서 여유 있을 때만 비폭력 하는 거야?'

'애들이 뭘 배우겠어. 어른답게 행동해야지.'

'그놈의 아침이 뭐! 아픈 것도 때 맞춰 아파야 하니?'

털썩 힘이 쭉 빠져버렸다. 아이를 있는 그대로 보지 못하고 있었음을 알게 된 것은 무수한 말들이 입 밖을 떠난 뒤였다. 후회와 자책이 다시 나를 판단하며 공격하고 있었다.

이런 습관적이고 자동적인 패턴은 나에게 대가를 치르게 했다. 아이의 마음을 알아주지 못했고 그 죄책감에 나를 공감하지 못했다.

한바탕 소용돌이치며 밑바닥까지 힘을 빼고 나니 오롯이 남아 있는 나의 마음과 주변의 상황이 있는 그대로 보였다. 축 처져 의자에 털썩 앉아 있는 나를 바라보니 몸의 감각들이 느껴졌다. 심장이 느리게 뛰고 손끝과 발끝에 서늘함이 전해져왔다. 점점 관찰의 눈이 몸에서 주변으로 넓어지기 시작하면서 몸에 힘이 들어가기 시작했다. 더불어 내가 원하는 것도 분명해졌다.

나의 아침도 아이의 아침도 평화롭게 서로를 잘 돌보고 싶었다. 그제야 나는 다리에 힘을 주고 아이에게 다가갈 용기가 생겼다.

"기정아! 아침에 다리에 쥐가 나서 무서웠어? 엄마가 와서 도와줬으면 한 거야?"

아이의 커졌던 울음이 줄어들면서 두 팔로 나의 목을 감싼다.

"엄마 안아줘."

우린 한동안 서로를 꼭 안았다. 얼어붙었던 마음이 스르르 풀어지면서 따뜻해졌다.

여유가 있을 때에는 주변 상황을 있는 그대로 관찰하는 것이 가능하다. 내 안에 부글부글 생각의 씨앗이 올라오려 할 때도 약간의 노력을 기울여 작정하고 종이를 꺼낸다면 나의 상황을 관찰로 적는 것이 가능했다. 그렇지만 나는 내게 여유가 없을 때조차도 평가와 비난이 아닌 관찰로 서로의 마음을 확인하고 싶었다.

관찰의 힘은 과연 어디에서 나오는 걸까? 나는 우선 나에게도 과정이 있음을 허용하는 것에서부터 시작했다. 열 번의 습관적인 반응에 쓰러지면서도 과정임을 기억한 나에게 드디어 나를 관찰하는 순간이 찾아왔다. 내가 원하는 것을 표현하면서 아이와 나눈 그 따뜻함이 진정 내가 살아가고 싶은 모습임을 확인하면서 관찰의 힘은 점점 커졌다.

겨우 한 번이 두 번이 되고 세 번이 되면서 내 안에 확신이 생겼다. 그것은 다시 습관적인 반응 대신 관찰을 선택하는 이유가 됐다.

　관찰은 현재에 머무르면서 나와 연결하고 아이와 연결할
수 있도록 더 큰 힘을 주었다.

홍
상
미

3부

섬세하고
예민하게

느낌은
우리 자신과 다른 사람을
깊이 이해할 수 있는
출입구와 같다.

- 아이크 레서터, 존 키넌

느껴도
괜찮아

　비폭력대화 교육 중에 참여자들에게 이런 질문을 던질 때가 있다.

　"혹시 어떤 느낌은 좋아하고, 어떤 느낌은 밀어내나요?"

　경험으로부터 비롯된 질문이다. 누군가 내게 비폭력대화가 이토록 중요해진 동기가 무엇이냐고 묻는다면 "내가 느끼는 것 그대로를 느낄 수 있도록 해주었다"고 대답하고 싶을 만큼 느낌이라는 요소는 나에게 중요했다.

　내 삶에서 밀쳐진 느낌 중 하나는 '비참하다'였다.

　내가 느끼기도 싫었지만 가까운 가족들이 느낄까봐도 무서웠는데 '비참하다'는 단어는 엄마의 삶을 떠올리게 했기 때문이다. 오랫동안 그녀의 방식과 패턴 안에서 살아야 했던 나에게 '비참하다'는 내 엄마였던 한 사람의 인생 그 자체였다. 비참함에 허우적대는 날이면 엄마는 여지없이 술에 취했고 나 때문에 무엇을 잃었는지는 알 수 없지만 주문을 외듯 내게 비난을 쏟아냈다.

정성스레 머리를 매만지며 두 갈래로 땋아주던 손길도 사라지고, 노릇노릇 따끈하게 부쳐주던 소시지 반찬도 사라졌다. 그런 날은 학교에서 '예쁘다' '맛있다'는 찬사를 들을 수 없었다. 고사리손으로 흉내 낸 삐딱한 머리모양을 하고 학교에 가야 했고, 새어 나온 김치국물로 시큼하고 벌개진 도시락통을 꺼내야 했다.

엄마에게서 보았던 '비참함'은 신데렐라였던 나를 한순간에 재투성이로 만들어버리는 흑마법 같은 것이었다. 안전함과 안정감, 사랑과 따뜻함이 사라진 그런 날에 대한 몸의 기억들이 '비참함'이라는 감정을 대하는 내 태도에 영향을 미친 걸지도 모르겠다. '상실'을 겪는 것도 싫었지만 상실로 인해 찾아오는 느낌들이 더 싫었다. 그 느낌들은 그나마 유지되던 일상의 안전함마저 무너뜨리는 것 같아서 두려웠다.

그렇게 어떤 느낌들은 밀어내고 외면했고 어떤 느낌들을 향해서는 집착하고 매달렸다.

비폭력대화를 훈련하면서 상실의 경험을 애도하는 일이 얼마나 중요한지 알게 되었다. 마음속에 일상의 공간과 애도의 공간을 구분하는 상징적인 문턱을 만들었고, 때때로 의식하며 그 문턱을 넘나들었다. 내가 슬픔과 비참함을 마주하는 것이 필요하다는 것을 알 때 문턱 넘어 애도의 공간으로 들어가기를 선택했고, 그 순간은 편안하게 슬퍼할 수 있었다. 그렇게 할수록 나는 점점 더 있는 그대로 자연스럽게 사는 느낌이 들었다.

중요한 것들을 잃을까 두려워질 때 내가 기대는 장면이 하나 있다. 돌아볼 때마다 아름답고 든든해서 누군가와 나누고 싶은 소중한 기억이다.

당시 나는 '당당해야만 한다. 보살펴야만 한다. 지켜야만 한다'는 핵심 신념들이 목과 등, 가슴과 배에 딱딱한 응어리로 있으면서 내 행동에 영향을 미치고 있다는 것을 깨닫고 있었다. 신념의 깊은 바닥에서 죄책감과 수치심을 만나고 연민으로 안아줄 때 조금씩 자유로워지는 것을 알아가던 시절이어서 내 몸 여기저기 뿌리 내린 신념들을 탐색하는 일이 아프면서도 벅찼다.

그때 우리 집에는 커다란 캔버스지에 내 몸의 윤곽선을 그려서 벽에 붙여두고 자화상을 만들어가는 공간이 있었다. 틈틈이 보다가 마음속에 자극이 올라올 때마다 색을 칠하거나 글을 썼다.

그날은 왠지 계속 그림 속의 오른팔에 의식이 갔다. 챙겨야 할 집안일이 있어 자분자분 움직이면서도 주의를 거두지 않았다. 몸의 이완을 돕는 훈련을 오랫동안 해왔는데도 오른팔의 긴장이 도무지 누그러지지 않아 궁금해하던 중이기도 했다. 집안일을 얼추 마치고 나니 점심시간이 지나가고 있었고 집에는 아무도 없었다. 나는 포도주를 한 잔 따라 그림 앞에 마주 앉았다. 내면에서는 마음속의 문턱을 넘어가고 있었다.

벽에 기대어 내 팔을 한참 보고 있는데 갑자기 눈물이 후르르 차올랐다. 뭐지?

눈물의 의미는 몰랐지만 눈물을 대하는 태도와 방법은 알고 있었다. 나에게는 오랫동안 배우고 익혀왔던 비폭력대화라는 지도가 있었고, 그 지도는 나를 늘 아름다운 곳으로 안내해주었기 때문이다. '갑자기 왜 이래. 어제 그 일 때문이야? 이제 그만해. 별일 아니야. 하던 일이나 마저 해'와 같은 눈물의 이유를 찾고 분석하는 대신, 눈물을 훔치며 벌떡 일어나 일상으로 돌아가는 대신 나는 그저 눈물이 흐르도록 잠시 기다려주었다.

눈물을 허락하며 기다리다 보니 곧 몇몇 기억들이 떠올랐다. '내 오른팔이 말하고 있구나. 지금 슬퍼하고 있구나. 나에게 자기가 한 경험들을 보여주고 있구나. 공감을 원하고 있구나.' 조금씩 내 눈물의 의미를 머리가 이해하기 시작했다.

그때 남편이 현관문을 열고 들어왔다. "무슨 일이야? 괜찮아?" 그리고 곧 아들도 들어온다. "엄마 왜 그래?"

그들은 나의 눈물을 자주 봐왔다. 수도꼭지처럼 눈물을 흘린다고 '김꼭'이라고 놀리기도 하지만 이런 내 모습을 편안하게 받아줄 줄 알고 있었고, 이런 순간 어찌해야 할지도 알고 있었다.

"옆에 있어줄까?"

내가 나의 눈물을 대했던 것처럼 아들도 남편도 내 눈물을 거두려고 하지 않았다. 아들에게는 곁에 있어달라고 말했고, 남편에게는 그가 돌보기로 한 집안일을 해도 괜찮다고 말했다.

나는 포도주 잔을 손에 들고서 벽에 기대어 여전히 그림을 마주 보고 있었다. 그리고 울고 싶은 만큼 눈물이 흐르게 두었으며, 고요하게 나를 목격해주었다. 아들은 내 옆에서 음악을 들으며 앉아 있고, 남편은 작은방에서 서랍장을 수리했다. 누구도 나에게 울지 말라고 하지 않았고 웃게 하려고 하지 않았으며 얼싸안고 함께 울지도 않았다.

눈물이 그치고 이제 말이 되어 흘러나왔다.

"아들, 엄마가 예전에 엄마의 엄마를 지키고 돌보느라 힘이 들었어. 술에 취한 우리 엄마가 넘어지지 않게 부축하느라, 안전하게 집까지 데리고 오느라 안간힘을 썼는데, 그때 엄마가 정말 외롭고 추웠거든. 저 그림을 보다가 깜깜하고 비 오던 어느 날 술 취한 우리 엄마와 내 모습이 떠올랐어. 그래서 슬프고 눈물이 났네. 그때 조그맣고 어렸던 엄마에게 따뜻하고 안전한 품이 얼마나 그리웠는지 공감이 돼서 말이야."

아들이 듣고 있다가 "우리 엄마 그랬구나" 하더니 토닥토닥 내 몸을 안아준다. 마치 십 대 어린 아들이 그보다 더 어린 나를 안아주는 것 같았다. 작은방에 있던 남편의 목소리가 들렸다. "우리 김꼭, 아들이 안아줘서 좋겠네." 그 순간 나는 따뜻함과 안전함의 품속에 있었다. 평화로웠고, 고마웠으며, 슬펐고, 달콤했다.

어른이 된 내가 오른팔 안에 머물러 있었을 어린 나에게 편지를 썼다.

"정말 수고했어. 애썼어. 그리고 많이 고마워."

조금 전과는 다른 새로운 눈물이 흘렀다. 내가 살아온 삶의 한 조각이 받아들여지고 인정되어 찾아오는 벅참과 감사, 안도의 응답이었다. 우린 언제라도 소중한 것들을 잃을 수 있다. 그리고 그것에 대해 애도할 수 있고 안전한 지금으로 돌아올 수 있다는 것도 안다. 그날의 풍경은 가끔 들춰볼 수 있는 내 인생의 귀한 한 페이지가 되었다.

비폭력대화는 '내가 느끼는 것 그대로를 느낄 수 있도록' 안내해주었고 나는 울 수 있어서, 웃을 수 있어서 어제의 나보다 자유로워졌고 평화로워졌고 단단해졌다.

"느낌은 마음이 가장 먼저 일으키는 현상으로 생명체에게 자신만의 삶을 경험하도록 해준다. 특히 느낌은 그 느낌의 주인이 얼마나 성공적으로 살고 있는지에 대한 상대적인 평가를 할 수 있게 해준다."

신경과학자인 안토니오 다마지오의 연구와 해석은 느낌이 나라는 존재의 웰빙을 보살피려는 암호이며 신호라는 믿음을 지지해주었다. 나의 삶이 어디로 흐르고 싶어하는지 알려주는 안내자. 내 몸이 보내는 신호에 따뜻하게 주의를 기울이는 일을 소홀히 할 수 없는 이유이다.

김
숙
희

비폭력대화가 사람 하나 살렸지

'나에게는 아름다운 욕구가 있어. 그 욕구가 충족되면 신나고 행복하고, 충족이 안 되면 우울하고 슬프지. 다른 사람 때문에 신나고 슬픈 게 아니야. 나의 느낌은 나의 것. 나의 욕구가 다 아름답듯이 너의 느낌도 다 아름다워.'

살아오면서 느낌이 뭔지 왜 안 들어봤을까마는 비폭력대화에서 말하는 느낌과 욕구를 듣고, 가슴 깊이 동의가 되면서, 좀 과장되게 표현하면 마치 천지가 개벽하듯 내 인생에서 패러다임의 전환이 일어났던 것 같다. 비폭력대화는 나에게 찾아온 느낌을 일상에서 어떻게 받아들여야 하고, 어떻게 느낌과 더불어 살아가야 할지를 간단하면서도 명료하게 깨닫게 해주었다.

바쁜 아침에 정성껏 따뜻한 밥을 차려놓고 식구들을 부른다. 두 번까지는 부드럽게 부른다. '피곤하니 더 자고 싶겠지'

이해하려 애쓰면서. 그러나 출근 시간이 가까워지면 슬슬 화가 올라오고 목소리가 커진다.

"엄마 빨리 밥 먹고 가야 돼. 엄마 출근해야 하니까 빨리 와야지! 마음대로 해! 엄마 혼자 밥 먹고 간다!"

아들은 잠결에도 엄마 말이 듣기 싫은지 협박하지 말라고 한다.

'밥 차려놨는데 몇 번이고 불러도 안 오니까 화가 나는 거지. 밥을 차려놓으면 따뜻할 때 와서 먹는 게 도리 아냐? 네가 일찍 일찍 자고 밥 먹을 때 같이 먹으면 엄마가 왜 화를 내겠니? 나도 부드럽고 다정한 엄마이고 싶다고! 그렇게 엄마한테 말할 정신 있으면 얼른 나와서 먹겠다.'

오만가지 생각들로 화의 책임을 아이에게 돌리며 죄책감을 부추기고 폭력을 정당화했던 나였다. 그런 나에게 내 화의 원인이 아이 때문이 아니라 여유롭고 편안하게 아침을 시작하고 싶은 욕구, 아이들이 신체적 정서적으로 건강하게 성장하기를 바라는 욕구, 그럴 때 부모로서 보람되고 안심하고 싶은 욕구에 있음을 알았을 때 엄청난 충격과 동시에 잔잔한 감동이 밀려왔다.

어떤 느낌이든 소중하고 아름답다는 분명한 사실을 이제야 깨달은 것이 안타까워 받은 충격이었다. 또한 내 삶의 여정에서 중요하게 여겨온 '지금 이 순간을 살기, 깨어 있는 삶, 네 이웃을 네 몸과 같이 사랑하라' 등의 영적인 배움이 나의 일상으로 채워질 구체적인 방법임을 어렴풋하게 느낀 감동이었다.

그럼에도 '너 때문에 화가 나 죽겠어'라며 쏟아내기를 반복했던 몸에 밴 굳은 신념을 떠나보내기는 쉽지 않다. '나의 느낌의 책임은 나의 욕구'라는 대전환의 감동을 부여잡고 마셜의 DVD를 구입해서 보고 또 봤다. 당시에 영상 속 마셜이 들려주는 말을 일기장 여기저기에 적어두었다.

"그 사람이 느끼는 것과 필요로 하는 것에 주의를 기울인다면 당신 눈에는 자칼(습관적이고 자동적으로 하는 말의 상징 동물)이 절대 없을 겁니다. 거기엔 언제나 기린(비폭력대화의 상징 동물)만 있을 거예요. 우리는 어떤 메시지라도 그 뒤에 있는 느낌과 욕구를 듣도록 자신을 훈련할 수 있습니다. 우리가 상대방의 느낌과 욕구를 듣는 훈련을 한다면, 그들이 하는 말이 선물로 다가올 것입니다."

마셜이 친근하면서도 명료하게 들려주는 말을 나침반 삼아 일상에서 열심히 훈련해가던 중이었다.

"아들, 이 옷 입고 자라."

"아, 이래라 저래라 좀 하지 마요."

속상하고 서글프다. 내 느낌을 민감하게 알아차리고 연결을 시도했다.

"아들, 짜증나? 자유롭고 싶어서?"

"응."

"네가 하는 것을 그냥 바라봐주면 좋겠고 편안하게 있고 싶어?"

"응."

'그래도 그렇지, 엄마한테 그게 무슨 말버릇이야?'라는 생각이 자동으로 올라오는 것을 알아차리고 호흡에 주의를 기울이며 침묵으로 느낌에 머물렀다. '속상함, 아쉬움, 서글픔'이 깊은숨과 함께 가슴을 가득 채웠다. 느낌에 닻을 내리고 한참을 머물렀을 때 고요히 찾아온 욕구는 '평화로움, 성장, 자기보호, 연결'이었다. 눈물이 났다.

이 외에도 사춘기 아이들은 끊임없이 자신의 욕구를 생각이나 말로, 혹은 비난의 표현으로 나에게 쏟아냈다. 혹독한 시간이었다. 끝나지 않을 것 같던 기나긴 터널을 지나오면서 많이 울었고, 아이와 함께 성장한 날들을 생각하면 지금도 눈물이 난다. 내가 감당하기 어려운 말들이 들려올 때, 침묵하면서 내게 찾아오는 생각과 그 속에 담긴 느낌을 손님처럼 맞이하고, 아이의 느낌에 머물기를 수년 동안 연습했다. 아이의 표정과 말투가 부드럽게 변해간다고 느낄 무렵, 아마도 사춘기 막바지였지 싶다. 아이가 활짝 웃으면서 나에게 선물처럼 한 말이 지금도 생생하다.

"비폭력대화가 사람 하나 살렸지."

지금 생각해도 아찔하다. 비폭력대화를 몰랐거나 연습할 친구들이 없었으면 어쩔 뻔했나.

이제는 느낌이 찾아오면 느낌을 반갑게 맞이하고 느낌이 어디서 오는지 따스한 호기심으로 바라본다.

'손님, 어떤 욕구가 있어서 찾아왔나요?'

이렇게 속삭이기만 해도 느낌에 변화가 일어난다. 그런 내가 기특해 토닥여주기도 하고 혼자 웃음짓기도 한다. 내 느낌의 책임을 상대에게 지웠던 오랜 습관과 아름다운 이별을 하는 방법을 알고 연습하는 나에게 감사하다.

"놀이가 아닌 것은 아무것도 하지 말라"고 했다는 조셉 캠벨의 말대로 나이가 들수록 삶을 놀이하듯 즐기다 보니 느낌도 내가 선택하며 살 수 있겠다는 알아차림이 살며시 찾아온다. 매일 아침, 거울을 보며 하루를 놀이하듯 반갑게 인사하며 시작한다. 어색함이 찾아오면 환영하고 반기면서 나에게 말을 건네본다.

'수마나˙, 굿모닝! 오늘 하루도 나에게 삶을 선물로 줘서 고마워.'

지금은 20대가 된 아이들. 어릴 때 그랬듯이 여전히 느낌을 추측해서 물어봐주면 편안해한다.

"할일이 많아서 바빠 죽겠는데 함께 일하는 친구가 신발을 고르느라 2시간이 넘도록 컴퓨터 앞에 앉아 있어."

어느 날 딸이 와서 한 말이다. 표정이 살짝 일그러진다.

"그래서 속상하고 답답해?"

두어 번 느낌을 물어봐줬을 뿐인데 웃으면서 일하러 나간다. 일하러 가는 뒷모습을 바라보니 도움이 된 것 같아 기쁘

˙ 아난다마르가 명상단체에서 받은 요가명이자 마을에서 불리는 이름이다. '수많은 나'라는 뜻의 산스크리트어.

93

다. 성인이 되어서도 엄마가 자기 느낌을 소중하게 여겨주니 존재로 굳건히 서게 되나 보다.

느낌만 알아줬을 뿐인데도 학생 간 갈등이 해결되었다던 선생님의 이야기도 특별하다. 14년째 마을에서 비폭력대화를 연습하고 삶을 나누는 모임 '처음처럼'에서 나누었던 이야기다.

초등학교 1학년 아이들은 그네를 좋아하고 앞다투어 타고 싶어한다. 그래서 그네에서 내리고 싶어하지 않는 아이들과 내려오기만을 기다리는 아이들 사이에 갈등이 많았다고 한다.

"선생님은 너희들이 쉬는 시간에 한 명도 빠짐없이 모두가 진짜로 신나고 즐겁게 시간을 보냈으면 좋겠어."

선생님은 먼저 자신의 욕구를 분명하게 표현하고, 아이들과 '그네 함께 타기' 규칙을 만들었다. 1학년이라 숫자 세기도 연습할 겸 '100번을 세면 내려오기'로 했다.

쉬는 시간에 그네를 타러 갔던 두 아이가 씩씩거리며 선생님을 찾아왔다. 비폭력대화로 아이들과 연결해보리라 마음먹은 선생님은 이야기 들을 준비를 단단히 한 후 물었다.

"그래. 무슨 일이 있었니?"

"얘가 그네를 100까지 세었는데 안 내려왔어요."

"그랬어? 100까지 세었는데 안 내려와서 속상했어?"

"쟤가 너무 빨리 세었어요."

"아, 그랬어? 너무 빨리 세서 속상했어?"

"제가 너무 빨리 센 것 같아요. 미안해, 가서 놀자."

느낌만 알아줬을 뿐인데 아이들 표정이 편안해지면서 손 잡고 달려가는 모습을 보며 비폭력대화를 배운 것이 얼마나 감사한지 모르겠더라는 선생님 말에 모임 친구들이 모두 자기 일인 양 축하했다.

아이들은 누군가가 자신의 마음을 들어주고 이해해주려 하는 것만으로 충분하다고 우리에게 확인시켜준다. 사람의 깊은 본성은 누가 잘했고 잘못했나를 따져서 상주고 벌주기를 원하는 것이 아니라, 진심으로 지금 느낌이 어떤지 물어봐주는 누군가의 넉넉하고 따뜻한 기다림과 여유를 원한다는 것을.

김순임

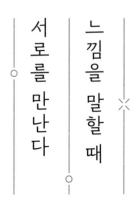

느낌을 말할 때 ✕ 서로를 만난다

비폭력대화 1 과정을 공부한 후 나는 딸과 남편에게 내가 배운 대로 관찰, 느낌, 욕구, 부탁을 잘 표현하고 싶었다. 한참 말을 배우는 아이가 나와 달리 느낌과 욕구를 자연스럽게 말하면서 살아가기를 간절하게 원했다. 어색하고 서툴지만 그 간절한 바람이 끊임없는 연습으로 나를 이끌었던 것 같다.

남편은 내 말이 듣기 싫거나 의견이 다를 때면 "이제 그만하자" 혹은 "조용히 해"라는 말을 종종 했다. 그 말을 들을 때마다 나는 서운하고 속상하고 허탈했다. 어느 순간 '내 느낌을 말해야겠어!' 하고 마음속으로 말했다. 그런데 숨을 몰아쉬고 입 모양을 열었다가 닫았다가를 반복하다가 어색한 기운이 온몸에 가득 차면서 한숨과 함께 말할 기회는 멀리 도망가버리고 말았다.

아쉬운 마음에 아이가 잠든 후 식탁에 앉아서 노트에 끄적여보았다.

'조용히 하라는 말을 들으니 속상하고 서운하고 허탈하다. 나는 따뜻하게 말하고 서로 존중하는 것이 중요해.'

적은 글을 혼자 중얼거려보았다. 이게 뭐라고 눈물이 핑 돈다.

비폭력대화를 공부하는 수년간 내 마음과 몸에 주의를 기울이면서 느낌과 욕구를 찾고 나면 눈물이 자동반사적으로 흘러내렸다. 그 의미가 어떤 건지 해석하거나 분석할 필요도 없이 노트에 뚝뚝 떨어지는 눈물 자국과 함께 몸과 마음은 개운해지고 나를 이해하는 범위가 조금씩 넓어지고 있다는 것을 알 수 있었다. 이렇게 나만의 시간을 보내고 나면 이상하리만큼 똑같은 상황인데도 나의 반응이 달라지기도 했다.

며칠 지나지 않아 남편에게 다시 "조용히 해"라는 말을 들었다. 순간 마음이 두 갈래다. 비교적 담담한 마음이 들길래 그냥 넘어갈까, 고민하는 찰나 캐서린 선생님이 하신 말씀이 떠올랐다.

"표현해야 상대가 알 수 있어요. 상대도 알아야 할 필요가 있어요."

용기를 내어 미리 적어봤던 내용을 말했다. 더듬더듬 표현했을 때 남편은 "뭘 그렇게까지 심각해. 그냥 한 말을 가지고"라며 약간 멋쩍은 표정을 지었다. 남편의 대답이 내가 원하는 만큼은 아니었지만 나는 내 마음을 표현한 것 자체만으로도 만족스러웠다. 누군가에게 내 마음을 말하기까지 머뭇거리고 긴장했던 숱한 순간들이 떠오른다. 내가 배운 걸 말할 수 있어야 이전과 다른 삶을 맞이할 수 있다.

하지만 여전히 나에게 진실로 와닿는 느낌을 표현하기까지는 시간이 더 필요했다.

집 가까이에 영화관이 있어 우리 식구는 종종 주말에 영화를 보러 가곤 했다. 그런데 때때로 집을 나서며 서로에게 하는 말로 영화 보는 즐거움을 날려버릴 때가 있었다. 남편은 우리가 집을 나서기로 약속한 시간에 꼭 배가 아프다며 화장실에 가서 10분이나 20분을 기다리게 했다.

그럴 때마다 나는 "늦게 준비하는 그거 습관인 거 알지? 좀 일찍 준비하면 되잖아. 매번 왜 이래?"라고 불만을 말하고, 남편은 "일부러 그러냐? 좀 기다리면 되지. 차분하게 해"라고 대꾸해 서로 옥신각신하다가 집을 나서는 것이다.

일주일 뒤 똑같은 상황이 다시 생겼을 때, 이번에는 관찰, 느낌, 욕구, 부탁으로 말해보자 다짐하고 남편에게 "나가기 직전에 화장실 간다고 하니까 화가 나. 나는 여유 있게 영화관에 가고 싶거든. 내 이야기 듣고 어때?"라고 물었다. 나는 차분하게 말을 했다고 생각하고 나름 뿌듯해하고 있었는데, 남편은 "나도 화난다" 하고 퉁명스럽게 말했다. 남편의 말과 표정으로 내 마음이 잘 전달되지 않았음을 알 수 있었다. 나는 다시 길게 호흡하면서 어느 지점에서 서로 자극이 되었을까 생각해보았다. 내 안에 조급하고 조마조마한 마음도 있었음을 알았다.

나는 다시 차분한 목소리로 조금 더 세심하게 나의 느낌을 남편에게 전했다. "지금 조급한 마음이 들어서 그래. 여유 있게 가고 싶거든." 그랬더니 돌아오는 남편의 대답이 달랐다. "응! 알았어. 서둘러볼게. 나도 조급해."

화는 남편을 비난하는 생각으로 인해 생기는 에너지였기 때문에 조금 더 섬세하게 나의 느낌을 알아차리는 것이 도움이 됐던 것이다. 남편의 반응으로 진짜 나의 느낌을 표현할 때 서로를 이해할 수 있다는 것을 배울 수 있었다.

긴 호흡으로 내 몸에 일어나는 느낌을 찾는 것에 점차 익숙해졌다. 그렇지만 식구들이 아닌 다른 사람들에게는 솔직하게 표현하는 것이 여전히 두려웠다. 누군가의 말과 행동으로 놀라기도 하고 서운하고 외로울 때 감추거나 오히려 괜찮다고 말하는 경우가 더 많았다.

나 자신이 어떻게 느끼는가보다 사람들이 나를 어떻게 생각할까에 매달려 살았던 시간이 훨씬 많았으니 느낌을 솔직하게 표현하기 어려운 것도 어쩌면 당연할 수 있겠다. 이제라도 알게 되어서 참 다행이다 생각하면서 느낌을 찾고 머무르기를 반복해서 연습했다. 연습하는 과정에서 때로는 외면하고 싶은 순간도 있었다. 느끼고 싶지 않은 느낌이 들 때 이를 직면하는 것은 아프다. 그럼에도 그 과정을 잘 지나고 나면 한 번도 받아보지 못한 선물 꾸러미가 나에게 안겨진다. 그리고 그 선물은 마법처럼 나에게 용기를 준다.

여덟 살 된 아이에게 용기 내어 나의 여린 면을 오롯이 표현하고 이해받았던 경험을 축하했던 기억이 있다.

그날 나는 초등학교 1학년 아이에게 친구 집에서 놀다가 저녁 먹기 전 일곱 시까지 집에 들어오라고 말해둔 상태였다. 그런데 저녁 먹을 시간 즈음에 아이에게서 친구 집에서 저녁도 먹고 더 놀다 오고 싶다는 연락이 왔다. 그때 나는 아이가 돌아오면 과제도 챙겨주고, 예측가능하게 하루를 마무리하고 싶은 욕심이 커서 아이에게 지금 바로 집에 오라고 했다. 아이는 내 목소리에 화가 나 있는 걸 느끼고 집으로 돌아왔고, 집에 온 아이는 엄마 때문에 친구와 더 놀지 못했다고 짜증 섞인 목소리로 말했다. 나는 그 말을 듣고 큰소리로 "너는 왜 약속을 안 지키냐, 오늘 피아노학원도 안 가고 실컷 놀았으면 집에 돌아오는 시간은 지켜야 하지 않"냐고 추궁했다.

"엄마는 언제나 내가 선택할 수 있다고 해놓고 엄마 마음대로 안 되면 소리 지르고!"

이 말을 듣는 순간 부끄러운 마음이 확 들었다. 당장 어디 구멍에라도 들어가 숨고 싶었다. 하지만 정작 내 입에서 나온 말은 "약속은 지켜야 하잖아! 약속 안 지킨 게 누군데" 하며 한 번 더 큰소리를 내고는 "손 씻고 와서 밥 먹자" 하고 다른 곳으로 주의를 돌리고 말았다.

잠잘 시간이 되었을 때 찜찜한 마음이 내 몸을 뱅글뱅글 돌았다. 부끄럽고 후회되는 마음을 솔직하게 표현하지 않으면 스스로 너무 비겁한 사람이 되는 것 같아서 괴로웠다. 용기가 필요한 순간이었다.

마음속으로 어떻게 말하면 될까 연습을 한 후 아이에게 다가갔다.

"엄마가 비폭력대화 배워서 어떻게 말하면 되는지 알고 있는데, 목소리 높여 왜 약속 안 지키냐고 말해서 부끄럽고 아쉬운 마음도 들고 후회스러워. 왜냐하면 나도 내가 배운 방식대로 따뜻하게 말하고 서로 존중하는 게 중요했거든. 그걸 놓쳐서 마음이 아파. 내 이야기 듣고 너는 어떤 마음이 드는지 알려줄 수 있을까?"

내 마음이 아이에게 잘 전달되기를 바라면서 대답을 기다렸다.

"나도 약속 안 지켜서 아쉬워. 그렇지만 친구랑 더 놀고 싶은 마음은 엄마가 이해해줘야 해."

아이의 말이 편안하게 들렸다. 그리고 아이도 나를 이해해주는 것 같아 마음이 놓였다.

"아직 엄마가 한 말들을 다 못 지키고 있지만 네 선택을 존중하는 엄마가 될 수 있게 계속 공부할게."

아이의 표정이 밝아지고 움직임이 자연스러워졌다. 우리는 그 순간 서로를 더 신뢰하고 있다는 것을 느낄 수 있었다.

나의 여린 면을 알아차리고 말로 내뱉고 난 이후 나는 더 자유롭게 느낌을 말할 수 있게 되었다.

어느 순간 서운하고 속상하고 맥 빠지고 마음이 아프고 좌절스럽고 절망스러움을 느끼고 있는 나를 알게 되고, 이 느낌을 말하면서 몸과 마음이 가벼워지는 경험은 참 소중했다. 그 감각을 몸이 기억하고 있었다.

때때로 자극이 있을 때 예전의 습관이 나를 생각으로 몰아넣다가도 그때 내 몸의 상태에 집중하면 몸은 느낌을 찾아 머무르고, 그것을 다시 말로 내뱉고 나면 몸과 마음이 가라앉고 차분해진다. 몸의 느낌을 그대로 허용하고 그 느낌이 사라질 때까지 지켜보는 생동하는 내가 있다.

이
은
령

안경

벗어!

나의 수많은 감정 중에 마주하기 힘들었던 것이 바로 수치심이다. 사실 수치심은 자신이 부족한 존재이고, 다른 사람과 비교하여 열등하다고 여기며 자신의 취약성을 누군가 알게 될까 두려워 생긴다고도 한다. 그래서 누군가에게 그것을 소리내어 말하는 순간 치유가 시작된다. 마음 안에 꼭꼭 숨겨둔 비밀창고의 자물쇠를 풀어 흘러갈 수 있게 하기 때문이다.

초등학교 3학년 아이들과 스마일 키퍼스(놀이로 배우는 비폭력대화) 수업을 할 때 일이었다. 수업이 끝난 후 짐을 챙겨 교실을 나섰는데, 복도 끝 화장실 근처에 10여 명의 아이가 모여 있는 것이 보였다. 무슨 큰일이라도 일어난 것처럼 무척 소란스러웠다. 함께 수업을 진행한 동료 강사와 가까이 다가갔더니, 무리 가운데에 한 여자아이가 윗옷자락을 입에 문 채 고개를 숙이고 마치 얼음처럼 가만히 서 있는 것이 보였다.

좀 전에 수업을 진행한 반 아이 중 하나였다. 아이의 바지는 젖어 있었고, 어쩌지 못하고 서 있는 아이의 발 아래에도 소변으로 보이는 물이 고여 있었다. 아마도 화장실을 가던 중에 참지 못하고 복도에서 오줌을 싼 것 같았다. 그 주변을 둘러싸고 "악! 뭐야!"라고 소리치는 아이, 입을 가리고 놀란 표정을 짓는 아이, 마치 소변이 자기 발까지 흐르기라도 할까 봐 복도 창가에 있는 의자 위에 올라가서 "꺄악! 더러워!"라고 소리 지르는 아이, 낄낄거리고 웃고 있는 아이들 등 야단법석이었다. 동료 강사와 나는 얼른 아이를 무리에서 데리고 나오며 "수연(가명)아! 많이 놀라고 당황스러워? 괜찮아. 그럴 수 있어"라고 말해주며 등을 토닥였다. 그리고 담임선생님께 데리고 가서 도움을 요청했다.

집으로 돌아오는 차 안에서 계속 아이의 모습이 떠나지 않았다. 마음이 착잡하고 신경이 쓰였다. 여러 번 수업하는 동안 지적 능력과 사회성이 떨어져 경계성 지능 장애가 아닌가 생각되던 아이였다. 쉬는 시간에 친구와 이야기 나누거나 함께 노는 것을 본 적이 없고, 수업 중에 발표하거나 친구와 말하는 것도 본 적이 없었다. 그래서 더 마음이 쓰였다.

일주일 후 다시 만난 아이들과 가위바위보 기차놀이를 했다. 둘씩 가위바위보를 해서 지는 사람이 이긴 사람 뒤에 붙어 결국 반 전체 아이들이 기다란 한 줄의 기차가 되는 놀이인데, 아무도 수연이와 가위바위보를 하지 않으면 어쩌나 걱정이 되어 예의 주시했다. 그런데 놀랍게도 수연이가 서너 번의 가위바위보를 다 이긴 것이다. 그것도 매번 주먹만 냈는데 말이다. 잠시 후 두 개의 기차 줄이 생겼고, 한쪽 기차는 수연이가 맨 앞에 섰다. 그런데 그 뒤에 붙은 아이들이 어깨를 잡으려 하지 않았고, 마지막 가위바위보를 위해 팀을 응원하라고 했더니 몇 명이 "우리 편, 져라! 우리 편 져라!" 하고 외치고 있었다. 우려하던 일이 실제로 드러난 것이다. '안 그래도 혼자인 아이인데, 아이 어깨 위에 혐오감까지 얹어졌구나' 하는 생각이 들어 가슴이 아팠다.

사람은 누구나 실수를 할 수 있다는 것을 이 아이들이 기억하길 바랐다. 실수한 친구를 따뜻하게 수용하는 마음도 배우길 바랐다. 그래서 내가 오래전 실수했던 순간을 공개하기로 마음을 먹었다. 37년 동안 비밀로 간직하고 있던 일을 말이다.

중학교 3학년 체육 시간이었다.

그날은 비가 오는 날도 아니었는데 교실에서 체육 수업을 했다. 나는 운동장이 보이는 창가 바로 옆 맨 뒤에서 두 번째 줄에 앉아 있었다. 내가 앉아 있던 자리뿐만 아니라 그날 온도와 습도까지 고스란히 기억이 난다. 오른쪽 뒤에 있었던 친구가 쉬는 시간에 나에게 어떤 그림을 그려달라고 했고, 나는 그 친구가 생각하는 것만큼 잘하지 못해서 그려줄 수 없다고 말했다. 친구는 그래도 그려달라고 조르고 있었다. 종이 울리고 체육 선생님이 교실에 들어오셨다. 반장이 일어나 "차렷! 선생님께 인사!"라고 외쳤다. 반장의 구령에 고개를 숙이고 선생님께 인사하는 시늉을 하고 있었지만, 얼굴의 방향은 오른쪽 뒤 친구를 보며 손사래를 치고 있었다. 아마도 선생님이 그 모습을 보신 것 같았다. 인사가 끝나자마자 선생님은 나를 앞으로 나오라고 했다. 나는 약간 당황스럽고 긴장되는 마음으로 선생님 앞으로 나갔다. 선생님은 내가 앞으로 나오자 낮고 차가운 음성으로 "안경 벗어!"라고 말했다. 그때까지만 해도 내가 왜 앞에 나왔는지, 안경은 왜 벗으라 하는지 영문도 모르는 채 시키는 대로 했다.

안경을 벗자마자 순식간에 따귀가 날아왔다. 난생처음 맞아본 따귀였다. 순간 너무 놀라 괄약근에 힘이 풀렸고, 오줌이 흘러나왔다. 잠시 후 나는 아이들의 웅성거림을 들었다. 머릿속이 하얘지고 정신이 아득해졌다. 그냥 이대로 조용히 사라지고 싶었다.

그때의 감정은 정말 말로 표현하기 힘들다. 수치심에 휩싸여 그때뿐 아니라 이후에도 누구에게 말한 적이 없었다. 친구들도 내 앞에서 그날의 일을 이야기하지 않았다. 아마 나를 위한 배려였을 것이다.

3학년 아이들과 기차놀이를 하던 날 나는 돌아오는 차 안에서 떨리는 마음으로 동료 강사에게 열여섯 살 때 나의 사건을 이야기했다. 그리고 이것을 아이들에게 말해야겠다고 했다. 수연이를 돕고 싶고, 반의 다른 아이들에게 배움이 일어나기를 바랐기 때문이었다.

일주일 뒤 아이들을 만나는 날이 다가왔다. 전날 수업 준비를 하는 내내 가슴이 떨리고 긴장이 되었다. 수업 당일 아침 거울 앞에 앉아 있으니 여전히 긴장하고 있는 내 모습이 보였다. 심호흡을 하며 가슴을 진정시키고 있는데 내면에서 이런 소리가 들려왔다.

'너의 수치스러운 경험이 이렇게 쓰이려고 일어난 건가 봐.'

이 말을 들으니 가슴이 울컥하며 눈물이 쏟아졌다. '하필 우리가 수업 가는 날, 수업에서 만나던 아이가, 우리 앞에서 그런 일이 생겼다는 것은 나의 경험을 이곳에 도움이 되도록 잘 쓰라는 거구나'라는 생각이 들었다. 내게 일어났던 힘든 일에 아름다운 의미가 생기니 조금씩 기운이 났다.

드디어 아이들에게 이야기하는 시간이 왔다. 목소리에 가느다란 떨림이 묻어났다. 내 이야기를 듣는 아이들은 숨소리조차 내지 않는 듯 고요했다. 대여섯 번 만나는 동안 이렇게 집중하는 것도 처음이었다. 내 얘기가 끝나자 몇몇 남자아이들이 "에이! 선생님이 지어낸 얘기죠?"라고 말했다. 아이들도 믿기 어려워하는 것 같았지만, 나는 대답 대신 가만히 미소를 지었다. 내가 말없이 침묵하고 있으니 동료 강사가 거들었다.

"너희가 믿기 어렵겠지만 진실이야. 나도 지난주에 이야기를 들었는데 선생님의 진심이 느껴졌어. 말을 꺼내기가 쉽지 않았을 텐데 너희들이 생각해볼 수 있는 시간이 되길 바라서 이야기하겠다고 했어."

동료 강사의 도움을 주는 말이 내 가슴에 위로가 되었을까? 눈가가 촉촉해졌다. 내 눈시울이 붉어지는 것을 본 아이들은 그제야 진심으로 느껴졌는지 말을 멈추었다. 나는 이어서 말했다.

"나는 그때의 우리 반 친구들에게 정말 고마워. 왜냐하면 그 일이 있고 난 후에 친구들은 아무 일 없었던 것처럼 나를 대해주었거든. 그 일이 있기 전과 후에도 똑같이 변함없이 말이야."

아이들이 각자 어떤 배움을 가져갔는지 나는 알 수 없다. 그건 그들의 몫일 게다. 그런데 나는 아이들을 도우려 했던 그 일이 오히려 나 자신에게 더 큰 의미가 있었음을 알았다. 덕분에 나는 열여섯 살의 나를 만나러 수십 년 전으로 돌아갔고, 그곳에서 수치심으로 웅크리고 있던 어린 나를 따뜻하게 안아주었다. 누군가 그때의 나를 알게 될까 봐 오랜 시간 나조차도 어린 나를 돌봐주지 못했는데, 지금 나는 열여섯 살의 나의 손을 잡고 세상 밖으로 나왔다. 그리고 이 글을 읽는 모든 이들이 어린 나를 보듬어줄 것이다. 그 아이는 이제 더 이상 외롭지 않다.

정희영

느낌이 보내는 메시지

미루고 미루던 위내시경 검사가 내일로 다가왔다.

매년 하는 건데도 옷을 갈아입고 마우스피스를 물고 옆으로 누워 검사를 기다릴 때면 시간이 아주 길게 느껴졌다. 큰외삼촌, 큰오빠를 위암으로 잃고 작은오빠도 위암 수술을 받았기에 더 떨리고 무서웠다. 저녁 금식 알람을 들으며 작은오빠가 지금 내 나이에 위암 진단을 받았다는 생각이 떠오르자 긴장되고 불안하고 머리도 멍해졌다.

검사하는 날 아침, 어제 느껴지던 긴장감이 지금 내가 감당할 수 있을 정도인지 내 몸과 마음을 찬찬히 살펴보았다. 예상과는 달리 긴장할 때 나타나는 가슴의 콩닥거림이나 눈가의 미세한 떨림, 목 주변이 굳어지는 감각은 없다. 가슴 주변에 뻐근함이 살짝 느껴지나 내시경관이 몸속으로 들어올 때의 불편함을 감당할 정도의 여유는 있는 것 같다. 당연히 불안감과 긴장이 있을 거라 생각했는데 내 몸에 온전히 주의를 기울이니 오히려 의식이 맑아지고 마음이 평온해졌다.

비폭력대화를 만나기 전에는 내 느낌에 온전히 주의를 기울이고 들여다본 기억이 없다. 오히려 내 안에 있는 느낌, 특히 죽음에 대한 걱정과 두려움을 꽁꽁 싸매어 드러내지 않으려고 안간힘을 쓰며 살았다. 돌이켜보면 죽음에 대한 공포는 어린 시절부터 내가 미처 알아차리지 못한 채 내 안에 깊이 자리잡고 있었을지도 모른다. 아니 우리 가족 모두에게.

할아버지와 외할아버지 두 분 다 나의 부모님이 어릴 때 병으로 돌아가셨고, 외할머니도 내가 한 살 때 대장암으로 돌아가셨다. 아버지는 건강한 편이었지만 조금이라도 몸에 이상이 있으면 낙담하고 불안해했다. 엄마는 부모처럼 의지하고 자주 왕래하던 큰외삼촌이 암으로 떠난 지 6개월 뒤 밭에 나갔다가 돌연사했다. 평소 부정맥이 있다는 이야기는 들었지만 약을 먹을 정도는 아니었다.

당시 서울에서 직장을 다니던 나와 아침에 안부 전화를 나눌 때만 해도 예상하지 못한 터라 허망하고 슬프기 짝이 없었다. 평생 고생만 했던 엄마, 막내까지 공부 마치고 취직했으니 이제 남은 여생 편안히 보내면 됐는데, 안타깝고 마음이 아팠다.

결혼식 날 엄마의 빈자리가 슬퍼 울었고 아이 낳고 기르며 엄마가 그립고 서러워서 또 울었다. '나는 무슨 일이 있어도 애들 커서 결혼하고 아이 낳을 때까지는 살아야지!' 하는 결심을 다졌다.

비폭력대화를 만나고 그동안 느끼지 못했던 내 몸과 마음의 신호에 조금씩 접촉할 수 있었다. 이전에는 남에게 쉽게 드러내기 힘들었던 '화나고 짜증나고 불안하고 두렵고 초조하고 무기력한' 느낌을 내 입으로 내뱉어도 보고 부드럽게 나에게 묻기도 했다. 처음에는 어색했지만 느낌만 추측해서 물어주어도 공감받고 이해받는 경험을 하며, 더 다양한 느낌말을 일상에서 사용하게 되었다. 상대방이 표현하는 불편한 느낌은 나를 비난하며 얼어붙게 하는 괴물이 아니라 단지 '그 사람의 욕구가 채워지지 않고 있다'는 표현이라는 것을 서서히 믿게 되었다.

그런데 계속해서 몸이 무겁고 기운이 없을 때가 있었다. 저녁을 준비할 때까지는 생생했는데 밥을 먹고 나서는 온몸에 힘이 쭉 빠져나가 널브러져 있곤 했다. 몸이 물먹은 솜처럼 가라앉아 식탁을 정리하고 설거지할 힘조차 남아 있지 않았다. 여러 번 휴식, 편안함, 자기돌봄의 욕구를 찾았지만 저녁을 먹고 나면 몸이 다시 축 늘어지고 기운을 차릴 수가 없었다.

어떤 자극이 있을 때 욕구를 찾고 나면 불편하고 힘들었던 몸과 마음의 반응들이 사라지고 가벼워지곤 했는데, 지속되는 몸의 반응이 무엇 때문인지 알지 못해 답답해하던 차였다. 비폭력대화 워크숍에서 어떤 참가자의 '선택하면서 살기' 사례를 보다가 '다들 편안한데, 우리 엄마만 힘들게 사네'라는 생각을 하며 무기력하고 힘들었던 어린 시절이 떠올랐다.

그동안 나는 '밖에서 일하고 집에서도 일하면 엄마처럼 일찍 죽을 수도 있어! 난 집에서는 무조건 쉬어야 해! 그래야 아이들이 독립할 때까지 살 수 있어!'라고 스스로에게 강요하고 있었다는 걸 깨달았다. 내가 집에서 무조건 쉬면서 얻으려고 한 것은 '생존'이었다.

생존을 떠올리는 순간 가슴 한가운데에 슬픔이 몰려들고 눈물이 났다. 나를 살리기 위해, 쉬라고 몸이 그렇게 무기력하고 기운이 빠졌었구나. 애쓰고 사는 내가 불쌍하고 안쓰러웠다. 나의 처절한 노력에 가슴이 먹먹했다. 엄마의 빈자리로 인해 느꼈던 슬픔과 아픔을 우리 아이들은 모르고 살기를 바라는, 어미의 간절함이 쓰라렸다. 눈물이 왈칵 쏟아졌다.

'그동안 무서웠지? 힘들었겠다. 애썼어!'

어깨를 들먹이며 한참을 소리 내어 울었다. 가슴에 느껴지던 싸한 통증이 주변으로 퍼져나가다가 서서히 사라졌다. 눈꺼풀에 힘이 빠지고 온몸이 나른해졌다.

얼굴에서… 손바닥에서… 가슴에서… 배에서… 다리에서 콩닥콩닥 맥박이… 생명의 흐름이 느껴졌다. 가슴에서 시작해 온몸으로 퍼지며 점점 더 강하게 요동치는 생명의 파동이 반갑고 뭉클했다. 안심이 되고 든든했다. 삶의 에너지가 충전되는 것 같은 생동하는 몸의 느낌이 그 어느 때보다 감미롭고 감사했다.

비폭력대화에서 느낌은 우리에게 필요한 것을 알려주는

경보기 같은 존재라고 한다. 비폭력대화를 만나 느낌을, 내 몸이 보내온 생존을 위한 강력한 메시지를 알아차리고 슬픔과 아픔을 흘려보낼 수 있었다. 이후 내 몸의 신호가 보내는 소중한 선물을 호기심을 가지고 귀하게 맞이하는 새로운 날들이 시작되었다.

하
미
애

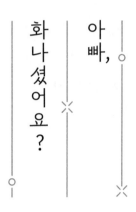

아빠, 화나셨어요?

긴 병원 생활을 끝내고 광주로 돌아와 가장 먼저 한 일이 비폭력대화 1과정 교재를 다시 찾은 것이었다. 쌓인 먼지를 탈탈 흔들며 한 장, 한 장 넘기다 보니 몇 년의 공백이 종이 넘기듯 사라지고 그때의 기억이 떠올랐다.

첫 장에 '솔직한 자기표현'이 나온다.

양쪽 페이지 가운데를 꾹꾹 눌러 쫙 펼쳐놓고 전날 있었던 자극 하나를 관찰로 적었다.

"집에 혼자 있을 때"라고 적고 나니 나도 모르게 눈물이 주르르 흘렀다.

아파서 집에 있는 것은 어쩔 수 없다고 생각했다. 그러면서도 의미 없이 시간만 보내고 있는 것 같아 막막했다. 식구들이 바쁘게 준비해서 일하러 나간 후 바쁠 것 없이 천천히 일어나 가족들 나가는 것을 보고 혼자 밥 먹는 나의 모습을 관찰로 적었다.

　그동안은 앞날에 대한 걱정과 과거에 대한 후회를 반복하느라 내 느낌을 제대로 바라보지 못했는데 교재에 관찰을 적고 나니 바로 머릿속 생각에서 가슴 속 느낌으로 내려갔다.

　눈물이 흐르는 것을 그대로 두었다. 예전 같으면 눈물을 닦아내고 청소를 하거나 자리에서 일어나는 행동을 했던 것 같은데, 그냥 가만히 있었다. 풍선이 바람 빠지듯, 눈물과 함께 손끝과 발끝으로 무언가가 쭉 빠져나가는 것을 느끼게 했다. 느낌은 나에게 이렇게 감각을 통해 먼저 다가왔다.

　다양한 느낌 목록에서 퍼즐을 맞추듯 볼펜 끝자락을 따라가 동그라미를 쳤다. 어떤 단어를 넣어야 이 퍼즐에 잘 맞을까? 손끝과 발끝에서 바람 빠지는 것 같은 것은 어떤 느낌으로 표현될까? 하나, 둘 동그라미가 생길수록 핫팩을 올려놓은 것처럼 서서히 가슴이 뜨거워졌다. 살갗이 오돌토돌 올라오더니 몸에 작은 떨림이 느껴졌다. 아랫눈썹에 힘이 들어가서 눈을 질끈 감았더니 따뜻한 눈물이 두 볼을 타고 흘렀다.

　처음이다. 긴 세월, 가족 때문에 울고 남들 짠해서 울고 사람들이 살기 힘든 세상이라고 수없이 울었지만, 정작 나에게는 인색했던 눈물이다. 느낌으로 나를 만나기까지 참 오래 걸렸다.

　그때부터 나는 호기심 가득한 눈으로 숲속을 걷듯 아침에 눈을 뜨면서 느낌 와이파이를 켰다. 매일 신는 신발에 발을 넣으면서 부어 있는 발이 꽉 끼면 "불편하네" 하고 입 밖으로 말해본다. 설거지하면서도 물과 미끄러지는 세제 거품이 손에 닿으며 톡톡 터질 때 "신난다" 하고 뱉어본다.

처음 한글을 배우듯 느낌을 몸으로 찾아보고 말로 하나씩 말해보기 시작했다. 이렇게 매 순간 느낌은 찾아오고 또 흘러가고 있었다.

내 몸이 말하는 신호에 이유를 찾다 보니 점점 나라는 사람과 가까워지기 시작했다. 공허한 느낌에는 존재감이 필요했고, 맥이 풀리는 느낌에는 안전을 중요하게 여기는 마음이 있었다. 이런 미세한 변화가 벅차게 다가왔다. 그리고 나의 느낌 세포들이 살아나니 다른 사람들의 느낌도 헤아려볼 여유가 생기기 시작했다.

아빠는 목소리가 컸고 앞뒤 말을 다 자르고 간략하게 말씀하시는 분이셨다.

초등학교에 다닐 때 나에게 "머리에 똥만 찼냐?"고 하는 말에 마음의 문을 닫았고, 중학교 때 "학교를 들러리로 다니냐?"고 하는 말에 닫힌 문에 자물쇠를 채웠다. 마음의 문을 걸어 잠그는 자물쇠가 늘어갈수록 아빠와의 거리는 멀어졌고 대학생이 되고 나서는 아예 마주치는 것을 피했다. 내가 느지막이 일어나면 아빠는 이미 일하러 나가셨고 아빠가 주무시면 나는 집에 들어갔다.

어느 날 그렇게 남남 같던 아빠와 딸 사이에 작은 싹이 트기 시작했다.

평소처럼 핸드폰에 '홍사장'으로 저장한 이름이 떴다. 철저하게 남이고 싶은 나의 마음을 그대로 담아 아빠 번호를 '홍사장'이라고 저장했었다. 이름을 보는 순간 머리가 아프고 또 무슨 소리를 하려고 할까 하는 생각에 온몸이 긴장됐던 것 같다.

'아빠 이름에 놀랐구나. 피곤해질까 걱정하는구나' 하고 알아차린 후 숨을 한번 크게 쉬고 통화 버튼을 눌렀다. 쩌렁쩌렁한 목소리가 귀를 때렸다.

"이 싸가지 없는 놈이 전화도 안 받고 뭣이 바쁘다고… 지들 급할 때만 전화하고 내가 전화하면 전화도 안 받어. 안 받는 전화기를 뭐 하러 달고 다녀."

아빠는 내 목소리를 듣기도 전에 태풍이 휘몰아치듯 본인의 고통을 쏟아내셨다. 아빠의 랩과 같은 말을 풀어보면 '오빠에게 용건이 있는데 전화를 받지 않았으니, 네가 오빠에게 전화해서 아빠에게 전화를 할 수 있게 하라는 것이었다. 이 말을 번역해서 이해하기까지 32년이 걸렸다. 아빠의 비극적인 말 너머에 있는 느낌이 들렸고 입 밖으로 느낌을 추측하며 말을 걸었다.

"아빠 화나셨어요?"

잠시 침묵이 흐르더니 전화가 끊어졌다.

이 상황이 나 역시 당황스러웠지만, 마음 깊은 곳에서 고마운 마음이 올라왔다. 이제야 아빠를 따뜻한 마음으로 볼 수 있는 기회가 생긴 것이다.

아빠는 67년 동안 살아오면서 주변에서 공감해주는 사람이 한 명도 없었다. 지금까지 아빠가 불같이 화를 내면 누구든 "네" 하고 전화를 끊고 나서 언니 오빠에게 짜증을 부리면서 "오빠가 전화를 안 받으니까 나한테 전화해서 화내잖아" 하면서 화를 전달하기 바빴다. 그러다 보니 형제끼리도, 아빠와도 거리가 생겼다. 그리고 아빠는 점점 외로워졌다. 따뜻하게 다가오는 사람, 마음을 알아봐주는 사람이 없었다. 주변에서도 말 좀 이쁘게 하라고 조언하려고만 했다. 퇴근하고 돌아온 아빠 옆에는 아무도 없었다. 아빠 눈에 띄면 한 소리 들을까 무서워 아빠가 문을 열고 들어오시는 소리만 나도 각자 방을 향해 빛의 속도로 사라졌다.

아빠는 늘 외롭게 식사를 하고 티브이를 보다 다시 출근하셨다. 함께 있어도 다른 곳에 계셨을 아빠가 안쓰러웠다. 내 느낌을 하나씩 알아가면서 살아있음을 느끼듯 아빠의 느낌도 있었다는 사실을 확인하면서 더 이상 무서운 사람, 자식들에게 상처 주는 사람이 아니었다. 단지 느낌을 표현하는 법도 듣는 법도 몰라서 자신의 방식으로 비난하면서 사랑을 표현한 한 사람임을 알게 되었다. 마침내 아빠를 만난 것이다.

홍
상
미

118

4부

내가 살아가고 싶은
세상

자신이 원하는 것을
말하기 시작하는 순간
서로의 욕구를 충족할 가능성은
훨씬 커진다.

- 마셜 로젠버그

이곳의 긴장은 오래된 것 같아요

욕구와 연결되면 어깨와 등이 편안하게 곧추세워져 쪼그라들었던 몸이 펴지고 배가 든든하다. 가슴은 보드라워지고 눈도 환해져서 바깥 세상이 더 분명하고 아름답게 보인다. 그런 몸으로 변형되어 다시 일상의 걸음을 내디딜 수 있게 해주는 것이 나에게는 바로 욕구였다.

내 아이, 네 아이 구분 없이 우리 아이로 함께 돌보면서 정을 쌓고, 어른들도 공부하고 성장하기를 바라며 오랫동안 마을 커뮤니티 공간을 운영해왔다.

예상과는 다른 상황을 마주하거나 원하는 관계를 유지하기 힘들 때, 지치고 좌절스럽고 문득문득 외로웠다. 그럴 때마다 내면에서 올라오는 소리가 있었다. '무슨 영광을 보자고 이 고생이야. 그 사람들은 원치도 않아. 왜 혼자 쓸데없는 일을 하고 있어. 능력도 없으면서.'

비폭력대화를 연습하면서 이 소리가 '한 걸음 뒤로 물러나 혼자만의 시간을 가지라'는 중요한 신호라는 것을 알았다. 그래서 때때로 뒤로 물러나는 시간과 공간을 마련했다. 그건 이웃들과 공동체를 비난하고, 더 깊은 곳에서는 나 자신을 '능력 없다'고 비난할 때, 내 활동의 진짜 이유와 접속하는 일이었다. 한 걸음 물러나 나의 욕구와 만나 머물고 돌아옴으로써 회복과 평화로 나아갈 수 있었다. 이제 나의 욕구에 머무는 일은 내 삶의 웰빙을 돌보는 태도이고 전략이다.

한 걸음 물러나고 싶을 때, 혼자만의 시간을 가지고 싶을 때 내가 좋아하는 방식 중 하나는 내면의 즉흥성을 따라 움직이는 것이다. 목적지를 정해두지 않고 내면에서 떠오르는 것들에 예스하기. 그러다 보면 예상치 못한 모험이 되고 새로운 배움과 넓은 관점이 선물처럼 오기도 했다. 즐거웠고 자유로웠다.

'그 그림을 보고 싶어.'

그림을 보고 싶다는 충동으로 정동에 있는 시립미술관을 목적지로 정했다. 출발은 했지만 뭘 타고 갈지, 어느 길로 갈지, 몇 시에 도착할지, 언제까지 있을지, 정해두지 않았다. 순간순간 나의 내면에 주의를 두면서 지하철을 탈까, 예스. 여기서 내릴까, 예스. 저 골목으로 들어가볼까, 예스. 저기까지 걸어볼까, 예스. 이 건물 안으로 들어가볼까, 예스. 내리고 싶은 곳에서 내리고, 걷고 싶은 만큼 걷고, 도착한 곳에 펼쳐지는 풍경들과 상호작용 하다 보니 어느새 정동성당 앞이었다. 들어가고 싶은 마음이 일었지만, 들어가지 말아야 한다는 이런저런 생각들도 떠올랐다.

'점심 먹을 시간이야. 이러다 너무 늦어져. 이제 배고플 거야. 문이 닫혀 있을지도 몰라. 아무나 들어가는 곳 아니야. 누가 보고 뭐라고 하면 어쩔래?'

무언가를 해보고 싶을 때 자주 찾아오는 익숙한 그 소리다. 힘들고 어려워질지도 모르니, 거절당할지도 모르니, 혼날지 모르니, 쪼그라들지도 모르니 하지 말라는 그 말. 익숙한 방식으로 나를 지켜주려는 그 말을 부드럽게 다독이면서 천천히 문을 열었고 본당 안으로 들어갔다.

빈 나무 의자들, 한두 명의 기도하는 사람들, 노란 불빛과 십자가, 예수님의 형상. 10분쯤 되었을까, 가만히 앉아 둘러보는 동안 내 심장이 도근도근 움직이는 것도 느껴졌다. 심장의 움직임에 머물러 음미하다 보니 불쑥 "작은 새가 되어도 괜찮지. 그렇게 여린 심장을 가지고 있어도 괜찮지"라는 말이 떠올랐다. 마치 내가 작은 새인 것 같은 상상이 들고, 온몸이 찌릿찌릿해지고, 촉촉하니 눈물도 맺혔다. 새를 안아본 적이 있었나 갸우뚱하면서도 몸은 그 감각을 기억하고 있는 것처럼 양손에서는 부드럽고 가벼운 깃털과 심장의 작은 움직임이 선명하게 느껴졌다. 불쑥 떠오른 문장과 함께 미처 몰랐던 몸의 긴장도 무장해제되고 있었다.

나를 안전하게 보호하는 성당 안에서, 그리고 나로부터 흘러나오는 그 어떤 목소리나 느낌까지도 모두 허용하며 내 모습을 가만히 바라보았다.

어린 딸로서 보았던 엄마의 뭉개진 입술, 한 아이의 엄마로서 보았던 남편의 짓이겨진 손가락, 그 앞에서 눈뜨고 마주보기 어려워 뒤돌아섰던 내 등과 일그러진 심장이 기억났다. 언제든 흩어지고 부서질 수 있는 우리의 몸이 보드랍고 여린 새 같다는 생각도 따라왔다.

'내 심장소리, 도근대는 그 심장소리가 들리면서 마치 작고 여린 새가 안전하게 보호받을 수 있는 곳으로 들어와 있는 것 같았구나.'

머리는 내 몸에서 일어나고 있는 일들을 느긋하게 이해하며 따라오고 있었다. 다른 기억들도 떠올랐다. 손으로도 쥐면 터질까 싶어 조심조심 안아주었던 갓 태어난 내 아들의 심장소리. 유산과 사산으로 잃었던 내 뱃속에서 고동치던 그 어린 것들의 심장소리. 얇은 막 안에서 들려오던 심장박동을 만날 때마다 눈물이 났었는데.

나는 여린 생명의 아름다움을 정말 좋아하지. 그 아름다움을 지키고 싶지. 돌보고 싶지. 그 생명은 어느 날의 내 엄마였고, 내 남편이었고, 내 아기였으며, 그리고 지금의 나와 내 이웃들이었다.

가족 안에서, 마을 안에서 내가 선택해왔던 많은 행동들이 필름처럼 지나가고 그 행동 너머에 있던 중요한 가치들, 생명, 아름다움, 돌봄의 에너지와 연결되었다. 생명을 생성하고 유지하고 번성하게 하는 사랑과 돌봄의 에너지. 그 에너지가 지구와 마을과 가족 사이에 흐를 수 있기를 바라는 꿈으로 내 몸은 이내 고요하면서도 단단해졌다. 내가 보고 싶은 영광의 모습은 이렇게 확인되었다.

비폭력대화 강사가 되고 얼마 지나지 않아 움직임 중심의 표현예술치료 공부를 시작했다. 나의 웰빙을 돌보기 위해 7년간 학업을 지속하면서 몸 여러 부위의 긴장을 알아차리게 되었고, 움직임과 숨으로 몸의 이완을 돕는 훈련을 하고 있었다. 유독 목과 등이 연결되는 부위의 긴장은 어떻게 해도 풀리지 않아 좌절도 하고 안타까워하던 중이었다. 아픈 목과 등의 통증을 치료하러 한의원을 다녀오던 날, 한의사로부터 "이곳의 긴장은 오래된 것 같아요"라는 말을 들었다. 그 말을 시작으로 어린 날의 어떤 기억들이 문득문득 소환되었다.

학교에 다니는 동안 꽤 여러 번 반장을 맡았다. 공부도 나름 잘했고, 글쓰기며, 그림, 운동 실력도 누구 못지않았다. 친구도 많았다. 선생님과 친구들로부터 인정받으며 주목받던 곳, 내가 어떤 집에 사는지, 엄마가 누구인지 같은 것은 드러나지 않던 곳, 그 작은 초등학교는 나에게 그런 곳이었다.

그런데 어느 날 술 취한 엄마가 학교 앞에 있었다.

학교 정문을 나와 친구들과 재잘거리며 걷고 있던 내 앞에 술에 취해 비틀거리며 걸어가는 엄마가 보였다. 어디까지 따라갔는지 혹은 어디로 숨어버렸는지 기억나지 않지만, 비틀거리던 엄마의 발걸음과 모든 것이 멈춰버린 것 같았던 내 몸과 마음만은 선명했다.

나 자신에 관한 이 귀한 정보를 마주하는 시간을 마련했다.

뿌옇고 깜깜하기만 한 텅빈 공간에서 목을 아래로 길게 뻗은 졸라맨 같은 내 모습이 하얀 도화지 위에 그려졌다. 실제로 그때 나는 고개를 숙였고, 엄마를 아는 체하지 않았다. 그림과 같은 자세로 고개를 숙이고 있다 보니 눈물이 그렁그렁 맺히기 시작하고 나를 모질게 비난하는 소리들이 흘러나왔다.

'네 엄마잖아. 어떻게 이럴 수가 있어. 넘어질지도 모르는데, 다칠지도 모르는데 모른 척하다니, 너는 비겁해. 너는 비굴해. 너는 자식도 아니고, 사람도 아니야.'

술 취한 엄마를 모른 척했던 나를 미워하며 품어온 죄책감이, 그 행동을 나 자신이라고 규정하면서 키워온 수치심이 보였다.

'더 이상 그러면 안 돼, 당당해야지. 비겁해선 안 돼. 똑바로 고개 들고 당당하게 보살피고 지켜. 버리면 안 돼. 네 엄마야.' 죄책감과 수치심으로부터 벗어나기 위해 있는 힘껏 애써왔던 나도 보였다. 고개 숙이지 마라, 당당히 고개를 쳐들고 다녀라, 그 무거운 명령을 지고 살던 목과 등에서 소리가 풀려나온 것이다.

비폭력대화는 이런 순간에 나를 더욱 살렸다. 모진 말에 빠져 허우적대지 않고, 모진 말과 투쟁하지 않고, 나를 향해 퍼붓던 모진 말 너머의 눈물과 진실이 귀에 들어왔다.

126

'마음이 아파. 엄마는 너에게 소중한 사람이잖아. 아프고 병든 너의 일부를 따뜻하게 사랑으로 보살피는 일이 중요하잖아. 너는 그런 네 모습을 사랑하고 신뢰하잖아.'

고개를 숙일 수밖에 없던 어린 나의 이야기도 들렸다.

'엄마가 나를 알아보고 말을 걸면 세상이 모두 알게 될까 봐 무서웠어. 쟤네 엄마라고, 쟤 불쌍하다고, 손가락질 받는 불쌍한 아이가 될까 봐 무서웠어. 학교에서는 주목받고 인정받고 자신 있는 나인데, 이제 다시는 그렇게 살지 못하게 될까 봐 무서웠어. 나 혼자 거기에 갇혀 있는 것 같아서 정말 외로웠어.'

숙인 고개가 안쓰럽기도 하고 한편 고맙기도 했다.

세상에 왔으나 불쌍하고 가엾은 존재, 손가락질 받는 존재가 아니라 콩닥거리며 움직이는 붉은 심장의 아름다움과 위엄으로 이 세상을 살고 싶은 마음. 그리고 그 모습을 지키고 싶었던 어린 날의 내가 선명하게 보였다. 하늘을 이고 땅을 디디며 바람과 햇살 속에서, 초록과 흰 깃털의 자태로 흔들리던 강아지풀과 어린 내가 닮았다는 생각이 들었다.

목과 등의 오랜 긴장으로부터 시작된 내면 여행으로, 어린 나에게 중요했던 '사랑' '보살핌' '존재의 아름다움과 위엄'이라는 욕구를 만났다. 언제든 내가 필요할 때 고개를 숙이고 들 수 있는 자유도 되찾았다.

시간을 가로질러 과거의 나와 지금의 내가 연결되어 그윽해지는 이 느낌이 좋다. 내가 했던 수많은 경험 안에 담긴 욕구와 연결하는 일은 나라는 존재가 지금 있는 곳, 지금의 경험과 선택에 평화롭게 뿌리내릴 수 있도록 도왔다.

지구상의 모든 사람에게 음식의 욕구가 채워지지 않으면 음식에 관한 자신의 욕구도 채워지지 않는다고 했다던 마셜의 이야기가 가끔 떠오른다. 무의식적이었지만 과거의 나는 엄마를 사랑하고 돌보는 방식으로 나 자신을 사랑하고 돌보고 있었을 거라고 생각한다. 그리고 지금은 내 자신, 내 가족, 그리고 내 이웃, 생명 있는 모든 존재들의 위엄과 아름다움을 보며 살고 싶다는 깊은 소망을 조금 더 의식하면서 살고 있다.

내 이웃을 돌보는 선택이 나를 돌보는 일이 되기도 하고, 생명 있는 존재들을 돌보는 선택이 내 이웃을 돌보는 일이며, 나를 돌보는 선택 같지만 내 이웃을 돌보는 일이기도 하다는 것을 계속해서 경험하고 믿어가는 중이다.

영국의 CNVC* 트레이너 브리짓의 다음의 말은 내 실천들을 격려해주었다.

"내 욕구와 만날 때마다 나는 나와 같이 열망하는 많은 사람이 있음을, 그들 모두 그 욕구가 이루어지길 바라며 나도 그들 중 한 사람이기를 바라는 식으로 기도하길 좋아한다. 이는 마음속으로 조용히 비폭력대화를 연습하면서, 나를 돌보

---

* The Center for Nonviolent Communication의 약자로서 전 세계적으로 활동하고 있는 국제비폭력대화 조직이다.

듯 다른 이들을 즉시 실행할 수 있는 방법으로 돌보는 것이다. 그것은 욕구의 보편성과 만나는 것이며, 모든 존재가 자신의 욕구와 관련하여 어떻게 살아가고 있는지에 대해 관심을 기울이는 것이다."

그렇게 한 걸음 물러나 내 욕구에 머물며 지금 내가 어디에 서 있는지, 어디로 가고 싶은지, 어떻게 살고 싶은지가 무르익으며 소망의 구절, 나만의 만트라도 완성되었다.

살리길, 손잡길, 작고 여린 생명들을 지켜주길, 작고 여린 것 속에 담긴 아름다움과 위엄이 꽃피길, 나도 그들 중에 한 명이길.

김·숙·희

나의 두 번째 ×

인생 터닝 포인트

욕구를 처음 배우던 날 캐서린 선생님이 설명해주신 말이 지금도 기억난다. 욕구란 "내가 간절히 바라는 것, 생각만 해도 힘이 솟는 것, 떠올리기만 해도 살아 있음을 느끼는 것, 우리가 본질적으로 늘 그리워하고 동경하는 그 무엇"이다.

당시에는 욕구가 선명하게 잡히지 않았지만 그 말을 들을 때 뭔지 모를 뭉클함이 있었다. '내가 늘 그리워하고 동경하는 그 무엇'이라는 말에 그냥 고개가 끄덕여졌다. 지금 생각해보면 당시에는 희미했지만 NVC를 배우고 꾸준히 연습하면 나의 삶에서 내가 꿈꾸고 바라는 것들이 선명해지리라는 믿음에서 나온 뭉클함과 끄덕임이 아니었나 싶다.

주말에 둘째가 거실에서 자고 일어났는데 이불을 안 갠다. 좁은 거실에 이불이 널브러져 있으니 내가 나서서 개고 싶었

130

지만 내심 자기 일은 스스로 정리정돈하고 책임지기를 바라는 마음이 있어 재하에게 부드럽게 비폭력대화 표현으로 부탁을 했다.

"재하야, 거실이 정리정돈되면 엄마가 마음이 편안하겠는데, 이불 좀 개줄래?"

게임을 하느라 들었는지 못 들었는지 조용하다. 목소리를 한 톤 높였다.

"재하야, 이불 좀 개라. 이불 밟고 다니겠어."

"이불 안 밟고 다녀요."

아주 낮은 옥타브다. 강요로 들은 게 분명했다. 잠시 후 화장실을 가면서 이불을 안 밟고 다닐 수 있다는 것을 증명이라도 하려는 듯 긴 다리로 경중경중 뛰어넘는다. 그 모습을 보니 열이 오른다.

'경중 넘어서 갈 정도로 이불을 개기 싫단 말이냐. 그 정성이면 개고 말겠다.'

가슴이 답답하고 화가 난다. 같은 공간에 있다가는 숨이 막힐 것 같아서 조용히 문을 열고 텃밭으로 나갔다.

비가 보슬보슬 내린다. 딸기를 따서 바구니에 담았다. 산에서 이름 모를 새들이 지저귄다. 새들을 바라보며 인사하고, 고마운 마음으로 잘 자라준 딸기를 따는 동안 마음이 차분해진다. 상추를 뜯고 나니 모래놀이 상자로 몸이 저절로 움직인다. 모래를 손으로 이리저리 옮겨보고 쓰다듬고 하면서 머릿속 비난과 판단을 즐긴다. 머릿속 생각들을 가만히 들여다보면서 동시에 떠오르는 질문을 듣는다.

'지금 뭐가 중요해?'

'따뜻한 연결, 아이랑 따뜻하게 연결되고 싶어.'

따뜻한 연결을 떠올리자마자 어린 시절 재하와 함께했던 순간들이 떠오르면서 눈물이 난다. 아이의 웃음, 유치원에서 있었던 일들을 종알종알 말하던 모습이 생생하게 떠오른다. 아이와 나누었던 수많은 마주이야기들. 그때 얼마나 따뜻함으로 충만했나. 세상을 다 얻은 듯 사랑스럽고 행복했었지. 가슴이 아프고 눈물이 흐른다. 화는 온데간데없이 사라지고 한없는 아쉬움과 슬픔이 찾아온다. 달콤한 눈물과 한참 함께하고 나니 몸과 맘에 생기가 돈다.

나의 삶에서 정말로 바라고 그리워하는 것이 무엇인가. 내가 바라는 것은 아이가 이불을 개고, 스스로 자기 일을 책임지는 것이라고 생각했는데, 진짜 내 마음속 깊고 아름다운 욕구는 따뜻한 연결이었다.

아이와 따뜻하게 연결되는 것이 나에게 무엇보다 중요함을 알아차린 순간 이불이 거실에 널브러져 있는 것은 더 이상 문제가 아니었다. 누가 이불을 개든 무슨 대수랴 싶었다. 벌떡 일어나서 거실문을 활짝 열고 들어가 이불을 '탁! 탁!' 소리가 나게 힘차게 갰다. 게임에 열중이던 아이가 뛰어온다.

"엄마, 뭐해? 내가 갤게."

"아니야. 엄마가 진짜로 바라는 것은 너랑 따뜻함을 주고받는 것이었어. 네가 이불을 개고 안 개고는 별로 중요하지 않은 것 같아. 내가 개도 괜찮아."

아이가 멋쩍게 웃는다. 아이의 웃음에 마음이 따뜻해진다. 따뜻한 연결이 채워진다.

"엄마는 이불을 발로 밟으면 뭔가 위생적이지 않다는 생각이 있나 봐. 그래서 자고 난 이불을 개어놓으면 마음이 편안하고 안심이 되는 것 같아. 엄마 말 어떻게 들려?"

"알았어. 갤게."

간단한 한마디이지만 이 또한 고맙다.

'따뜻함'과 연결이 되니 내가 바라는 것을 부드럽게 아이에게 말하게 되고 아이도 엄마의 진심에 귀 기울임으로써 연결이 된다. 내가 그리워하고 동경하는 따뜻한 연결이 몸과 마음에 채워짐을 강하게 경험한 순간이었다.

아이들과 살아가는 동안 연결은 내 삶의 목적이 되었다. 그리고 그 목적은 지금도 여전히 유효하다. 삶이란 예측할 수 없는 손님들로 가득하니까.

마셜은 "사람의 모든 생각, 말, 행동은 모두 아름다운 욕구를 충족하려는 시도"라고 말했다.

강의 중에 이 말에 동의할 수 있느냐는 질문을 하면 참여자들이 그렇다며 고개를 끄덕인다. 생각, 비판, 말, 행동 밑에는 우리의 간절한 바람인 욕구가 담겨 있다는 것을 받아들이는 끄덕임이 아름답다. 그 끄덕임이 일상 속 삶에서 바로 구현되어 욕구의 에너지와 함께할 수 있다면 얼마나 좋으랴마는 강의를 듣는 참여자도 나도 워크숍 현장에서 일상으로 한 걸음만 내디뎌도 알게 된다. 누군가가 내가 듣고 싶지 않은 말을 하거나, 내가 보고 싶지 않은 행동을 할 때, 욕구는 온데 간데없이 사라지고 오래된 나의 습관과 생각이 나를 집어삼 키는 것을.

아이가 셋이라 30대부터 40대까지 아이들 양육으로 시간 이 어떻게 흐르는지 모르고 살았다. 돌이켜보면 그 기간은 내 가 급속도로 성장했던 내 삶의 절정기이기도 했다. NVC센터 에서 출판된 각종 책들, 교구들을 사서 읽고 음미하고 연습에 전념한 시기였다.

어느 주말, 수라 하트와 빅토리아 킨들 호드슨이 쓴 《내 아 이를 살리는 비폭력대화》 중 한 구절이 한 줄기 빛처럼 눈에 들어왔다.

"매일, 매 순간, 당신의 자녀는 욕구를 충족하기 위해 최선 을 다하고 있다."

어디 아이들뿐이랴마는 특히 아이들은 더 그렇지라는 생 각에 정신이 번쩍 들었다. 책을 읽기 전날까지만 해도 게임을 하는 아이의 뒷모습을 보면서 오만가지 생각, 느낌들이 왔다 갔다했다. '저 시간에 잠깐이라도 책을 읽지, 공부는 언제 하 나, 언제까지 아까운 시간을 낭비하려나 등등.' 종일 같이 있 는 주말이나 휴일에는 게임에 푹 빠진 아이의 뒷모습을 보며 화가 치밀었다.

빨래를 개다가 게임에 열중인 아이의 뒷모습을 하염없이

바라보는데 문득 '저 아이는 지금 자기 욕구를 충족시키려고 최선을 다해 저리도 열심히 자판을 두들기고 있는 건가', '심지어 엄마가 그렇게 싫어하는 비속어까지 쏟아내면서 최선을 다해 욕구를 충족시키고 있는 건가' 하고 단 한 번도 떠올린 적 없는 생각이 찾아왔다.

순간 게임을 하는 아이의 뒷모습은 어제의 뒷모습이 아니었다. 게임을 하느라 시간을 허비하고 낭비하는 아이가 아니라 자기의 욕구를 충족하려고 최선을 다하고 있는 아이의 뒷모습이 그렇게 사랑스럽고 아름다울 수가 없었다. 나에게 평화, 편안함, 안심이 찾아왔다.

엄마의 놀라운 깨달음을 전하고 싶어 게임을 하는 아이에게 뛰어갔다.

"너는 지금 너의 아름다운 욕구를 돌보려고 최선을 다하고 있는 거니?"

아이는 처음 들어보는 엄마 말에 잠깐 놀란 듯 바라보더니 "응!" 대답하고 다시 게임에 집중했다.

게임을 덜 하게 하려고, 나의 기준에서 아이가 시간을 의미 있고 값지게 쓰는 모습을 보고 싶어서 얼마나 많은 에너지를 쏟았던가. 미디어나 게임중독 관련 강의를 듣게 하려고 울며불며 애원하고, 게임 시간을 의논해서 정해보고, 컴퓨터 선을 잘라도 보고. 아이의 행동을 바로잡으려고 애를 쓸수록 아이와 연결이 끊어지면서 아이의 행동은 더 굳어졌다.

'아이들은 자기의 욕구를 충족하려고 최선을 다하고 있음

을 믿어야 합니다.'

내면에서 들려오는 이 말은 아이의 행동이 잘못되었으니 고쳐야 한다는 나의 오랜 생각, 아이의 존재 자체를 믿지 못하고 던지는 나의 습관적인 말과 행동을 깨닫게 해주었다.

그날 이후에는 가벼운 마음으로 게임하는 아이에게 다가가 부탁했다.

"게임으로 너의 욕구를 최선을 다해 돌보고 나서 책도 좀 읽으면 어때?"

"네."

아이도 가볍게 웃으며 늘 그러듯 단답형으로 대답하고는 계속 게임을 하지만 아이와 연결이 유지되니 나는 그 경쾌한 한마디가 고맙다. 눈물겨운 일상이었다.

'아이는 컴퓨터 게임을 함으로써 재미, 휴식, 공감, 지지, 협력, 자신감, 존재감, 공동체 등 참 많은 욕구를 충족하고 있구나' 하고 믿어지니 아이와 가슴으로 연결이 되었다. 저런 열정이면 훗날에도 열정을 다해 자기 삶을 살아가겠지 생각하는 여유가 찾아왔다. 그러다가 마음이 흔들리기라도 하면 연습모임 친구들에게 공감을 받으며 그야말로 삶을 살아냈다. 나의 일인 양 오랜 시간 울고 웃으며 함께 했고 이후로도 만남을 이어갈 마을 친구들이 있음에 늘 감사하다.

그날의 깨달음은 내 인생 두 번째 터닝 포인트로, 삶의 여정 중 또 하나의 전설이 되었다. 그날 이후 아이의 욕구와 나의 욕구 둘 다를 돌보기 위한 방법을 찾기 위해 계속해서 대화를 이어갔다. 그러다 보면 방법이 찾아지고, 방법을 찾으면 서로의 삶을 풍요롭게 하기 위한 부탁을 하면서 한 걸음씩 나아갔다.

김
순
임

엄마는

내 성적이 오르면

뭐가 좋은데

비폭력대화를 배우고 연습하면서 이전과 확연하게 달라진 점이 있다. 누군가 내게 던진 말이 자극이 될 때 상대를 원망하기보다 그 순간 몸에서 느껴지는 느낌을 들여다보고, 내가 원하는 것이 있을 거라고 되뇌며 침묵으로 나의 간절한 욕구를 찾으려 한다는 것이다.

어머님께 안부 전화를 할 때마다 긴장했던 적이 있다. 자주 전화해주기를 바라는 어머니의 기대와 나 사이에는 간극이 있었다. 그러다 보니 전화 받는 어머님은 화난 듯한 목소리로 "왜 이렇게 연락이 없었냐?"고 말씀하시곤 했고, 그럴 때면 몸이 얼어붙고 긴장됐다. 그 느낌에는 어머니도 나도 서로 존중하고 평등하게 만날 수 있기를, 또 편안하게 나를 보호하면서 통화하고 싶은 바람이 있었다. 나의 욕구를 찾아 머물면 호흡이 배 아래까지 천천히 전달되면서 안정이 되었다.

욕구를 찾고 안정을 찾았지만 그 뒤로도 시댁에 전화하는 것은 여전히 미루곤 했다. 그리고 전화를 걸면 비슷한 말을 듣고 긴장하고 욕구 찾기를 반복했다.

분명 어머님을 원망하거나 미워하는 마음은 없었지만, 나는 다소 건조하게 안부를 묻고 답했다. 대화를 잘 들여다보면 서로의 건강을 살피고 요즘 별일 없이 잘 지내는지 근황을 묻는 다정한 내용인데, 따뜻한 에너지가 아니라 심장 뛰는 속도가 약간 빠른, 긴장된 에너지로 말하는 것이 참 아쉬웠다. 혼자 욕구를 찾고 그 순간 안정되는 것으로는 무언가 충분하지 않았다.

아무도 없는 공간에서 나 자신에게 주의를 기울이는 시간을 가졌다. 우선 어머님과 통화할 때 내가 중요하게 여기는 욕구를 하나하나 적어보았다. 존중, 편안함, 친밀함, 평등, 자기 보호 등이다.

'이런 나의 욕구를 충족하기 위해 어머님께 잘 표현하고, 어머님은 나를 충분히 이해하면서 내 전화를 받을 때 따뜻한 목소리로 말해준다.'

내가 원하는 상황을 그려내니 나도 모르게 입꼬리가 올라갔다. 어머님이 얼마나 놀라실까 하는 생각이 들어 웃음이 났다. 욕구를 떠올리면서 이런저런 상상을 하는 것만으로도 재미있었다. 어느새 나는 "욕구를 충족할 수 있는 방법이 있을 거야"라고 혼잣말을 하고 있었고, 노트에는 '어머님도 나와 편안하게 대화하고 싶으실 거고, 존중, 친밀함, 연결이 중요하실 거야'

라고 적었다. 그런 생각만으로도 숨이 들어가고 나가는 내 호흡이 그대로 느껴지고 몸이 한결 가벼워졌다. '존중, 편안함, 친밀함, 평등, 자기보호'라는 나의 욕구를 적고 충족할 수 있는 방법을 떠올리는 동안 이미 내 욕구가 채워지고 있었다.

그날 나는 스스로 내 욕구를 충족할 수 있는 방법을 찾을 수 있는 능력이 생겼음을 축하하고 기념하는 날로 기록했다. 이후에는 딸에게도 비폭력대화로 말하는 것이 그다지 어렵지 않았다.

"윤진아 네 옷, 가방, 책들이 거실에 놓여 있는 이 반복되는 상황이 지치고 피곤해. 왜냐하면 나는 휴식과 여유가 필요하고, 가족 안에서 서로 협력하는 것이 정말 중요하거든. 지금 우리가 약속한 자리에 네 물건들을 놓아줄 수 있겠니?"

물론 예상한 대로 답이 돌아오지는 않았다.

"엄마는 그냥 쉬면 되잖아! 내가 꼭 정리해야 쉴 수 있어?"

나는 딸의 말에 민망함으로 머뭇머뭇했다. 그리고 당황하지 않은 척하면서 내 표현을 이어갔다.

"물건이 흩어져 있으면 제대로 쉴 수가 없으니까 말하는 거잖아."

윤진이는 나를 흘깃 보더니, 발로 옷가지를 모아놓고 무릎담요를 가지고 와서 옷가지 위에 덮어놓고는 "됐지? 이제 가서 쉬어!"라고 말했다. 순간 약이 오르기도 했지만, 한편으로 웃음이 새어나왔다. 아이의 행동에 말문이 막혔다.

욕구에 머무는 에너지는 놓쳤지만 내 욕구를 충족하기 위해

'윤진이가 정리를 해야만 한다'라는 나의 기준에서 벗어나지 못하고 있는 나를 또 발견한 것이다. 다행히도 나는 욕구 자체에 머물지 못한다고 자신을 탓하거나 미워하지 않았다. 내 욕구를 알고 말할 수 있는 것만으로도 축하했다.

언젠가는 욕구 에너지에 충분히 머물 수 있게 될 거라고 나를 믿어주고, 지금의 속도를 존중하며 이전과 다른 삶의 태도로 성장하는 나를 기대하면서 기다려주기로 했다.

욕구를 찾아 말로 내뱉는 것 자체를 축하하다 보니 욕구 언어로 말하는 것이 훨씬 자유로워졌다. 남편에게 '말을 왜 그렇게 해!'라고 말하고 싶은 순간 '서로 존중하면서 말했으면 좋겠어'라고 말할 수 있었고, 아이에게 '너는 어쩜 그렇게 엄마 마음을 몰라주니!'라고 하기보다는 '엄마가 한 행동과 말도 이해해주고, 중요하게 여겨주기를 바래'라고 말할 수 있었다.

내가 하고 싶은 말과 행동에 욕구를 더하는 것이 재미있었다. 자극이 있을 때 잠시 호흡을 고르면 욕구 언어가 떠올랐다.

"서로 존중하고 말했으면 좋겠어."

"서로 돕고 공평하게 살고 싶어."

"서로 이해하는 것이 필요해."

"나는 충분히 소통하고 싶어."

내가 원하는 것을 말할 때 욕구 언어는 더 풍성해졌다.

딸아이가 고등학생이 되고 첫 여름방학을 맞이한 날, 1학기 성적표를 받아와서 혼자 한참을 들여다보더니 "엄마, 나 방학

동안 국어 학원 다녀볼까?" 한다. 나는 국어 공부를 학원에 다니면서 한다는 게 이해가 되지 않아 나도 모르게 "국어 학원 다니면 성적이 오른다는 보장이 있어?" 하고 말했다.

딸아이의 표정이 굳어지는 걸 확인하기도 전에 나는 금세 나의 실언을 알아차렸다. 엄마가 잘못 말했다고 말하기도 전에 윤진이는 "엄마! 엄마는 내 성적이 오르면 뭐가 좋은데?" 하고 물어왔다.

'이 녀석, 내가 한 말을 그대로 옮기고 있네.'

딸아이 대여섯 살쯤이었을까, 강아지를 키우고 싶다는데 당장 키우기가 곤란한 상황에서 이렇게 물었던 것이 시작이었던 것 같다. "윤진아, 강아지가 있으면 너는 뭐가 좋아?" 내가 물었고 딸아이는 즐거움, 재미, 정서적 안정, 사랑 등의 욕구를 찾아가면서 강아지를 키우는 대신 다른 방법을 찾으며 놀았다. 딸아이가 당장 가질 수 없는 것을 말했을 때 공감의 언어로 딸아이의 이야기를 들어주기도 했지만, 진정성 있게 공감하기 어렵거나 하기 싫은 마음이 들 때에도 "너는 그 장난감이 있으면 뭐가 좋아?" 하고 물었던 것이다.

나는 내가 했던 말을 떠올리고 이 대화가 어디로 흘러갈지 기대하면서 대답했다. "네가 학원 다니면서 성적이 오르면 돈 들인 만큼 효능감도 있고, 그러면 나도 보람이 충족되겠지!" 윤진이는 이어서 "엄마가 딸 성적으로 보람을 충족하면 엄마 삶이 힘들어질거야. 엄마 욕구를 나의 행동과 내 성적의 결과로 충족해야 하는 건 아니잖아. 책에도 그렇게 쓰여 있잖아! 제발

책에서 배운 대로 좀 해"라고 일침을 가했다. 순간 나도 잘 알고 있는 내용을 딸아이가 또박또박 말하는 걸 듣고 대화에 대한 흥미는 온데간데없이 사라졌다. 딸아이의 말에 약이 올랐다.

그래서 내가 목소리를 높여가며 고작 한 말은 "내가 17년 동안 너를 위해 한 게 얼마나 많은데! 딸의 행동과 결과로 보람 좀 충족하면 어때서!"였다.

약간 높고 약 오른 목소리에 아이가 씩 웃으면서 차분한 목소리로 "엄마! 지금 내가 딱 맞는 말을 해서 난감하지?" 하고 묻는다. 이어 최후의 일격을 가한다. "엄마의 보람을 충족시켜주기 위해 오늘 저녁 먹은 설거지는 내가 할게." 순간 마음이 가라앉고 얼굴에 미소가 번졌다.

딸아이의 성적이 오르는 것과 딸아이가 설거지해주는 것, 두 가지 방법은 내 삶에서 보람을 충족시켜주는 공평한 가치가 있다. 만일 내가 비폭력대화를 배우고 연습하는 과정이 없었다면 분명 딸아이가 설거지하는 것보다 성적을 올리는 것이 훨씬 확실하게 나의 보람을 충족하는 방법이어서 이 대화를 이어갈 수 없었을 것 같다.

딸아이가 설거지를 끝내고 나서 나에게 한마디 더 한다.

"엄마! 가능하면 나의 행동으로 엄마 보람을 충족하지 말고 엄마 행동으로 보람을 충족해야 훨씬 더 좋다는 건 알고 있지?"

그러면서 성적 오르는 것을 기대하지 않고 학원 보내주는 것에 동의하면 학원비를 주고 성적 오르는 것을 기대하면서 학원비를 준다면 학원비를 받지 않겠다고 말한다.

그때의 민망한 마음, 감사한 마음, 뿌듯한 마음이란. 아이와 이런 대화를 할 수 있다는 것만으로 내 삶이 풍요롭고 앞으로가 기대된다.

　지금은 자극이 있을 때마다 바로 반응하는 것을 멈추고 숨이 들어가고 나가는 것을 의식하면서 내가 간절히 바라는 욕구를 찾는다. 그러고 나면 욕구에 머무를 때 느껴지는 평온함이 찾아오고 자연스럽게 욕구를 충족할 수 있는 방법을 찾는 습관도 생겼다.

　이를테면 '존중'의 욕구를 충족하기 위해 내가 알고 있는 방법을 찾아보고 행동으로 옮긴다. 내가 원하는 시간까지 잠자기, 해질녘에 산책하기, 나의 이야기를 들어주는 친구와 놀기.

　욕구를 찾을 수 있고 머무를 수 있으니 지금 삶으로도 충분하다.

이
은
령

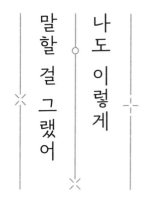

비폭력대화를 처음 배울 때 교재에 나와 있는 욕구 목록을 보고 '아니, 이렇게나 많은 욕구 단어들이 있었어? 나는 40년을 살아오는 동안 이 욕구를 얼마나 충족하며 살았지?'라는 생각에 한동안 멍했던 것 같다. 가슴 속에 구멍이 생긴 것처럼 허탈하고 기운이 빠졌다. 그리고 가슴에 점점 서늘한 기운이 감돌았고 눈가에 눈물이 차올랐다. 그날 집으로 돌아오는 열차에서 창밖을 보며 울고 또 울었던 기억이 있다.

사람이 큰 병에 걸리면 본인이 어떻게 살았길래 이런 병에 걸렸나 곰곰 돌아보며 원인을 찾는 것처럼 나도 욕구를 만나고 내 삶 전체를 돌아보게 된 것 같다. 스무 살 학생운동을 시작으로 졸업 후에는 노동운동, 사회운동을 하며 20년간 사회 변화와 공동체의 대의를 위해 살았다. 그렇게 사는 동안 내 삶은 존재하지 않았다. 사회를 변화시키기 위한 활동에 나의 살과 뼈를 갈아 넣었고 나는 소진되었다.

게다가 사람 사이의 관계에서도 어려움이 있었다. 내 감정이 어떤지, 내가 무엇을 원하는지 들여다보기보다는 상대가 무엇을 바라는지 먼저 생각하고 그에 따라 행동했다. 다른 사람이 불편해하거나 화를 내면 안절부절못했다. 그리고는 그 사람을 위해 뭐라도 하려고 애를 썼고, 기분을 풀어주려고 전전긍긍했다. 그의 기분이 나아져야 나도 안심하고 긴장이 풀렸다. 이렇게 살다 보니 내가 원하는 것을 말하지 못하는 것은 물론이고, 내가 무엇을 원하는지조차 알 수 없었다.

처음에는 내 욕구를 충족하지 못하고 살아온 세월이 아쉽고 슬펐을 뿐 왜 내가 다른 사람의 느낌에 책임지려는 행동을 했는지까지는 미처 살펴보지 못했다. 그러던 어느 날 비폭력대화 중재워크숍에서 그런 나의 행동 이면에 어떤 욕구가 있었는지 만날 수 있었다. 안전이었다. 상대가 기분이 안 좋을 때 내가 상대에게 모든 것을 맞추려 했던 이유는 '그것이 나의 안전을 확보하는 길'이라 생각했기 때문이었다. 그러니 나의 불편함과 서운함은 입 밖으로 꺼낼 수조차 없었다. 내 말이 상대를 불편하게 만들까 봐, 그래서 나를 미워할까 봐, 관계가 깨질까 봐 불안하고 두려웠다. 나의 안전을 돌보기 위해 참 애쓰고 살아온 세월이었다.

그러면 그렇게 살면서 나에게 안전이 확보되었을까?

아쉽게도 그렇지 않았다. 내가 원하는 것과 불편하고 서운한 감정을 제대로 표현하지 못하고, 다른 사람들의 눈치를 살펴야 했던 삶이 온전하게 안전한 것이었겠는가?

이런 깨달음에 감사하기도 했지만, 나이 마흔이 넘어서야 이런 것을 알게 되었다는 것에 깊은 슬픔이 몰려왔다.

'이렇게 사느라 참 힘들었지?'

'여기까지 오느라 애썼다.'

슬퍼하는 가슴을 토닥토닥하며 많이도 울었다. 깊은 슬픔이 흘러간 자리에 희망이라는 새로운 싹이 솟아났다. 마치 영혼 깊은 곳에서 올라온 듯 겨우내 언 땅속에서 웅크리고 있던 연둣빛 새싹이었다.

그 희망의 싹은 이제는 다르게 살겠다고 나에게 속삭였다. 내가 서운하거나 불편한 마음이 들 때, 다른 사람의 부탁에 흔쾌히 "Yes!"라고 말하지 못할 때 용기를 내라고 말이다. 솔직하게 말해도 안전하다는 것을 믿으라고. '안전하다는 확신'이 내 가슴 깊은 곳에서 피어오를 때 이 에너지는 나에게 용기를 주었다.

경기도의 한 대안학교에서 중학생들과 스마일키퍼스 수업을 할 때 일이다. 이 수업은 두 명의 강사가 함께 진행하기 때문에 준비할 때나 수업을 할 때 서로 도우며 할 수 있어 안정적이다. 2회기 수업이 끝나 마지막 소감을 나누는 시간이었다. 돌아가며 아이들의 소감을 들은 후 내가 이야기할 차례가 되었다. 그런데 그날따라 아이들의 이야기를 집중하며 듣느라 내 소감과 인사말을 미처 준비하지 못했다. 당황하니까 머리가 온통 뒤죽박죽이 되었다. 버벅거리며 마무리하긴 했는데, 내가 봐도 영혼 없는 의례적인 인사말이어서 영 찝찝하고 마음에 들지 않았다. 이어서 함께 간 강사가 인사를 했는데, 아이들의 미래를 지지하고 응원하는 따뜻한 내용이었다. 그녀와 나를 비교해서 보니 더 부끄럽고 위축되었다.

돌아오는 차 안에서 여러 가지 생각들로 마음이 복잡했다. 내가 뭔가 부족하다는 생각에 수치심이 들었고, 함께 했던 강사에게 실망스러운 모습을 보였다는 생각이 들어 가슴이 쪼그라들었다. '그녀는 인사말도 멋지게 참 잘하네. S강사랑 할 때는 호흡도 척척 잘 맞겠지?' 이런 생각을 하자 우울하고 비참해졌다. 그날 나와 수업을 했던 강사는 S강사와도 종종 수업을 했다. 물론 나도 마찬가지다. 두 명 모두 내가 좋아하고 신뢰하는 강사인데, 비교될지도 모른다는 긴장과 불안, 두려움이 올라왔다. 운전대를 잡은 손이 파르르 떨리고 눈물 방울이 떨어졌다.

눈물이 흘러간 뒤에 나에게 무엇이 중요한가 떠올려보았다. 좋아하고 신뢰하는 강사들과의 친밀한 연결, 신뢰와 사랑이 우리 사이에 계속 이어지길 바랐다. 그리고 '나도 잘하고 있다고 믿을 수 있기를' 바라는 마음이 간절한 기도처럼 내 안에 흘러들었다. 그러자 큰 숨이 쉬어지고 쪼그라들었던 가슴이 넓어졌다. 어깨를 누르던 긴장에서도 놓여났다. 여유를 되찾자 가슴에서 전환이 일어났다. 가장 먼저 나를 따뜻하게 수용하는 마음이 찾아왔다. '실수할 수도 있지, 괜찮아'라고 토닥토닥 다정하게 말을 걸어주었다. 그리고 다음에 또 이런 일이 생기면 '지금은 준비가 안 돼서 당황스러우니 잠시후에 이야기할게요'라고 솔직하게 말해야겠다고 나 자신에게 부탁했다.

몇 주 뒤 그 강사와 다시 수업을 진행하게 되었다. 남도 끝자락에서 하는 강의라 서울역에서 만나 함께 KTX를 탔다. 내려가는 동안 그날의 경험을 솔직하게 말했다. 나의 수치심을 드러내는 일은 용기가 필요했는데, 내 말을 온전히 있는 그대로 들어줄 거라는 신뢰가 있었기에 말할 수 있었다. 그녀는 내 말을 따뜻하게 공감으로 들어주었고 "희영샘, 자꾸 울면 사랑 안 해줄 거야" 하고 귀여운 농담도 주고받으며 울고 웃었다.

우리는 주말 이틀 동안 함께 교육을 진행했다. 스마일 키퍼스 진행자 과정으로, 이미 스마일 키퍼스나 평화교육 등을 진행하고 있는 분들도 계셨다. 그렇기에 이분들 역시 동료들 간에 자극을 받는 일이 생기기도 하고 때때로 자기 자신에 대한 신뢰가 꺾이는 일을 마주하기도 했다. 그래서 나는 참가자들에게 나에게 있었던 사건을 용기 내어 말했다. 강사도 이런 어려움을 겪는다고 말하는 것이 아마도 이들에게 위로가 되었을 것이다. 내 이야기를 듣는 이들 중 몇몇은 눈물을 찍어내기도 했다.

그렇게 이틀간의 여정을 마치고 축하와 애도, 배움을 나누는 시간이었다. 참가자들의 소감을 모두 듣고 내가 이야기할 차례가 되었다. 나는 참가자들의 이야기를 경청하면서도 내가 하고 싶은 축하와 감사를 잘 준비해서 말할 수 있었다. 그리고 이어 동료 강사가 소감을 나누었다. 따뜻하면서도 참가자들이 앞으로 나아갈 수 있도록 지지하고 응원하는 말이었는데, 참 멋진 말이라는 생각이 들었다. 그래서 그녀를 쳐다보며 눈에 유머와 사랑을 담아 이렇게 말했다.

"우와! 정말 멋지게 말한다."

이 말을 들은 참가자들이 웃음을 터트렸다.

나는 이어서 "흥! 나도 이렇게 말할 걸 그랬어"라고 어린아이처럼 말했다.

이번에는 더 큰 웃음이 터졌다. 순간 빵 터진 웃음소리가 나의 가슴 안쪽에 뭔가를 툭 터지게 하는 것 같았다. 가슴에 시원한 바람이 일었다. 가슴이 뻥 뚫리는 듯한 이 느낌은 바로 자유! 그렇다. 자유로움이었다. 그리고 해방감이었다. 이날 나는 나 자신을 묶고 있는 밧줄 하나를 끊어냈다.

정희영

나의 할머니,
나의 기린 친구에게

조리.

화창하고 푸른 하늘을 볼 수 있는 가을이 되었네요. 그동안 잘 지내셨어요?

국제심화교육International Intensive Training, IIT에서 조리를 만난 후 시간이 아주 빠르게 흘러가고 있네요. 조리에게 감사한 마음을 전하고 싶어서 펜을 들었어요. 좀 더 일찍 편지를 보내고 싶었는데, IIT 이후에 한동안 어딘가에 집중하는 것이 힘들었어요. 워크숍에서 만났던 내면의 여린 나랑 충분히 함께 있으며 흘러가는 시간이 필요했어요. 비폭력대화센터에서 친구들과 워크숍에서 배운 것을 복습하고 음미하며 나를 돌보는 시간을 보내고 있어요.

그리고 영어로 편지를 써본 적이 한 번도 없어서 이메일을 보내는 게 망설여지기도 했어요. 제 마음을 꼭 전하고 싶어서 한영사전의 도움을 받아 이 편지를 씁니다. 문장이 어색하더라도 이해해주세요.

저는 태어나서 고등학교 때까지 할머니랑 쭉 같이 살았어요. 부모님은 농사일을 하느라 바쁘셔서 할머니가 집안일을 하며 오빠들이랑 저를 돌봐주셨지요. 할머니는 남녀차별이 심한 분이었어요. 고모 넷은 안중에도 없고 오로지 아들인 아버지만 챙겼어요. 손자들 중에서도 장손인 큰오빠를 제일 좋아했고요.

고모들은 '우리 엄마는 맨날 아들! 아들! 아들하고 장손밖에 모른다!'며 서운해했어요. 사촌들은 '외할머니는 친손자만 예뻐하고 외손자한테는 관심도 없다'며 서러워했고요.

저는 이런 할머니에게 사랑받고 싶어 어릴 때부터 할머니 눈치를 많이 살피며 살았어요. 물론 그때는 이유를 모르고 한 행동이긴 하지만요. 내가 원하는 것보다는 할머니가 좋아할 행동을 했어요. 친구들이랑 노는 대신 할머니 옆에 찰싹 붙어 잔심부름을 했지요. 대여섯 살 때부터 동네 가게에서 주전자에 막걸리를 받아다 드렸고, 새참을 이고 가는 할머니 옆을 졸졸 따라다녔어요.

아버지가 "우리 엄마는 성냥불 켜질 때 화났다가 꺼질 때 화가 가라앉는다"고 말했을 정도로 성질이 급한 할머니의 비위를 맞추고 살았지요. 고모와 동네 사람들은 그런 나에게 "할머니 심부름 잘해서 참 이쁘다"고 칭찬을 해주셨고요.

그렇게 어른이 되었어요. 내가 원하는 걸 고집한 적이 없어서 '편한 사람'이라는 평을 들어왔어요. 대체로 무난하고 평탄한 일상이었기에 별 문제가 없었는데, 나이 사십이 되어 내 마음을 들여다보는 공부를 하면서 알게 되었어요. 그동안 할머니의 인정과 사랑을 갈구하는 어른아이로 살았다는 것을요. 내가 주인공이 아닌 인생을 살고 있었다는 것을요.

혼란스럽고 당황스러웠어요. 갑자기 지금까지 '내가 알고 있던 나'는 사라져버리고 '내가 모르는 나'를 맞닥뜨린 당혹스러움이란. 억울하고 허탈하고 슬펐어요.

한편으로는 궁금하기도 했어요. '나는 왜 할머니가 손자가 아니었어도 나만은 사랑한다고 믿고 살았을까?' 곰곰이 찾아봤지만 한 가지 일밖에 떠오르지 않았어요.

할머니는 사촌언니가 등록금이 싼 2년제 교육대학에 간다고 했을 때 "고등학교 졸업하고 시집이나 가!"라고 했어요. 고모가 사촌언니 공부시키느라 고생하신다고요.

할머니는 제가 중학생일 때 "내 아들 고생하니까 돈 많이 쓰지 마라"고 말한 적이 있었거든요. 그래서 제가 대학 간다고 할 때에도 말릴 줄 알았어요. 그런데 5년 후 내가 서울로 대학을 간다고 했을 때 반대하지 않았어요. 예상과는 다른 반응이었죠. 그래서 할머니에게 귀한 아들의 딸이라, 여자여도 나만 특별히 사랑한다고 믿었어요. 아니 그렇게 믿고 싶었던 것 같아요.

다른 이유가 생각나지 않아 더 서글펐어요. 할머니가 나를 살뜰히 챙겼거나 할머니에게서 따뜻함을 느꼈던 장면이 기억나지 않았어요. 오히려 "가시나는 참아야지!"라고 말하며 오빠랑 차별했던 기억이 나서 서럽고 할머니가 원망스러웠죠.

비폭력대화를 공부하며 내 안에서 자주 일어나는 느낌은 '억울하다'였어요. 서로 연관이 없는 여러 사례들에서 이 느낌은 늘 나를 괴롭혔어요. 억울함이 건드려질 때 나는 '나를 중요하게 여기지 않는다'는 생각이 들어 땅속 깊은 곳에서부터 용암이 분출하듯 빠르고 강하게 화를 토해낸다는 걸 알게 됐어요.

어릴 때부터 가지고 있던 신념들도 만났죠.

'나에게는 관심도 없어.'

'나는 다른 사람들이 원하는 걸 해야만 사랑받지.'

이 신념들은 할머니랑 연관이 있었어요. 속상하고 서글펐어요. 이런 신념으로 인해 일어나는 화의 연결고리에서 벗어나고 싶었어요.

눈치 보는 어른아이로 살며 애쓴 나를 위로하고, 존재 자체로 환영받지 못한 슬픔을 흘려보내고 싶었어요. 아버지나 오빠에게로 향하던 할머니의 사랑에 아팠던 마음을 돌보고 싶었어요.

'할머니! 제발 나 좀 봐주세요! 나도 여기 있어요.'

내가 원하는 것을 이야기하고 나 스스로를 돌보며 온전히 나로 사는 시간을 보내고 싶었어요.

IIT에서 조리와 함께했던 장면이 떠오르네요.

"같이 산책 가도 돼요?"

나의 갑작스러운 부탁에 흔쾌히 같이 가자며 환하게 웃던 모습.

소나무 숲을 향해 걸으며 어눌한 영어로 한마디씩 한마디씩 내뱉는 나를 바라보던 포근한 눈빛. 어린 미애의 이야기를 정성스럽게 듣는 모습. 가던 길을 멈추고 나를 바라보며 안타까운 마음을 표현할 때의 따뜻한 표정.

참 따뜻하고 편안했어요. 든든하고 달콤했어요.

'내가 할머니로부터 받고 싶었던 사랑이 이런 거였구나!'

내가 어릴 때부터 그리워하던 따뜻한 돌봄과 사랑을 온전히 느낄 수 있는 시간이었어요. 오롯이 나만을 위한 시간과 공간에서 공감의 에너지로 함께하는 조리와 보내며 존재로서의 수용, 사랑과 돌봄의 욕구가 채워졌어요.

이마와 머리를 조이던 긴장과 어깨에 느껴지던 뻐근함이 조금씩 줄어들었어요. 숨을 크게 들이쉬고 내쉬니 가슴 한가운데 뭉쳐 있던 응어리가 서서히 풀어지며 답답함이 줄어들었어요.

조리가 징검다리 앞에서 발길을 멈추고 나의 할머니가 되어 "I'm sorry. I know one direction"이라고 말하는 순간, '아, 할머니는 아버지만 사랑하는 그 길밖에 몰랐구나!' 하고 알게 되었어요.

할머니를 원망하던 마음이 사라지니 마음이 편안해졌어요.

욕구를 만나고 아픔이 흘러가고 나니, 할머니의 인생을 돌아볼 마음의 여유가 생겨요. 할머니는 아들을 낳아야만 본인의 존재를 인정받을 수 있었던 시대를 사신 분이죠. 딸 셋을 낳은 후 얻은 첫째 아들이 돌 전에 죽고 다시 낳은 귀한 아들이 아버지였어요. 할머니는 다시 아들을 잃을까 불안해서 유난히 아들만 챙겼을 것 같아요.

뿐인가요. 할머니는 '여자로' '존재 그 자체로' 사랑받고 수용받은 적이 없으셨을 것 같아요. 할머니 스스로를 돌보거나 사랑한 적도, 나처럼 공감을 받아본 적도 없었겠지요. 할아버지는 일찍 돌아가시고 다섯 아이를 홀로 키우며 고달프고 힘겨웠을 할머니의 삶이 애처롭네요. 할머니가 가엾고 안쓰러워요. 공감할 수 있는 내가 넉넉해진 품으로 할머니를 따스하게 꼭 안아주고 싶어요.

'할머니! 힘들고 무서우셨죠? 그 세월을 살아내느라 애썼어요.'

눈물이 나고 가슴이 먹먹하네요. 할머니가 그리워요.

말랑해진 마음으로 할머니를, 할머니의 인생을 이해하고 나니 떠오르는 풍경이 있네요. 할머니랑 둘이 마주 앉아 동지 팥죽에 넣을 새알심을 만들고 있어요. 손바닥에 찹쌀가루 반죽을 놓고 예쁜 동그라미를 만들려고 계속 굴렸어요. 새알심이 동그란 모양이 되면 찹쌀가루를 뿌린 상 위에 올려놓았지요. 할머니는 그 모습을 보고 "참 이쁘게 만들었네"라며 칭찬

하셨어요. 저는 신이 나서 더 오래오래 반죽을 굴려서 동그랗게 새알심을 만들었지요.

할머니와 잠시 떨어져 살던 중학생 때 겨울방학이 되어 집에 가면, 할머니는 저에게 미리 끓여둔 동지 팥죽을 가져다줬어요. 저는 쫀득쫀득한 새알심 먹는 것을 좋아했지요. 요즘도 기운을 회복하고 싶을 때면 새알심이 든 팥죽을 사다 먹곤 해요.

돌아보니 할머니의 손길이 들어간 새알심을 먹으며 할머니의 정성과 사랑을 느끼고 있었네요. 할머니와 따뜻한 연결의 순간이 있었어요. 마음이 따뜻하고 뭉클해요. 하늘나라에 있는 할머니에게 사랑과 감사의 마음을 전하고 싶네요.

보고 싶어요, 조리.

할머니를 향한 내 안의 사랑과 감사의 마음을 회복할 수 있게 도와주셔서 감사해요. 나의 할머니로, 기린친구로 공감해주셔서 고마워요. 또 만날 수 있겠지요?

사랑과 감사의 마음을 담아,
미애 드림

하
미
애

저조그만년

손이너무야무져

보이지 않는 행복을 찾아 열심히 살았다. 그러나 행복은 좇을수록 멀어지고 모호해졌다. 어린 나는 늘 스스로가 부족하고 남들보다 뒤처져 있다는 생각에 사로잡혀 살았다.

온전히 나의 아름다움을 바라보는 것이 행복하게 살아가는 하나의 방법인 줄 몰랐다. 남들이 나를 알아주고 인정해주는 것만이 행복의 결과라고 생각했기에 매 순간 남들의 반응에 목말라했다. 그런 날들이 쌓이면서 나는 계속 부족했고 어린 내가 가장 듣고 싶었던 것은 부모님의 칭찬이었는지도 모르겠다.

식구가 많은 집에 태어난 나는 깍두기 같은 존재였다. 여기 있어도 그만, 저기 있어도 그만인 존재.

엄마는 집안 살림과 끼니를 챙기는 것만으로도 벅차하셨다. 나는 두 살 많은 언니 혹은 큰언니에게 주로 맡겨졌다. 두

달에 한 번씩, 집안 제사가 있거나 명절이 끼어 있으면 외할머니집으로 보내졌다.

외할머니는 오일시장에서 젓갈장사를 하셨다.

그날은 장날은 아니었지만 김장철이라 젓갈을 사러 오는 손님이 많은 때였다. 외할머니는 새벽부터 가게 문을 열고 바쁘게 움직이고 있었고, 잠에서 덜 깬 나는 아랫목에 깔려 있는 밍크 이불 속에서 꼬물거리고 있었다.

가게가 길목에 자리 잡고 있어서 오가는 사람들이 끊이지 않았다. 아침부터 일찌감치 장 보러 온 사람부터 새벽일 하고 잠시 쉬는 사람, 사람 구경하려고 밖에 나온 사람, 모두 외할머니 가게 문을 열고 들어왔다. 그곳은 동네 할머니들의 사랑방이었다. 한 분 두 분 오셔서 반나절 시간을 보내다가 때론 밥도 해결하고 가는 그런 곳이었다.

이미 방에는 두 분의 할머니가 들어오셔서 이런저런 동네 이야기를 하고 계셨고 외할머니는 쪽파 한바구니를 방에 넣어주셨다.

동네 할머니들은 늘 하던 것처럼 바구니 주변으로 모여 앉아 하나둘씩 쪽파를 다듬기 시작했다. 바구니 안이 궁금한 내가 슬그머니 다가가 한 뿌리 두 뿌리 쪽파 껍질을 벗기고 있어도 아무도 나에게 신경을 쓰지 않았다. 촉촉한 겉잎을 소시지 비닐 벗기듯 쭉 거꾸로 잡아 올리면 훌러덩 벗겨지는 것이 재미나 쪽파 다듬기에 집중하고 있을 때 외할머니가 바깥일을 마무리하고 들어오셨다. 그리고 나의 모습을 보고는 동네 분들 들으라는 듯 큰소리로 말했다.

"아이고 저 조그만 년 손이 야무져. 우리 딸이 막내 저년을 안 낳았으면 어쩔 뻔했어? 이년 낳을라고 지 언니 오빠들을 그렇게 낳았는갑네."

나의 존재 이유가 들리는 순간이었다. 쪽파 다듬는 재미보다 누군가의 존재 이유가 되는 것이 가족 많은 틈에서 자란 나에게는 더욱 중요했다. 그후 나는 우리 엄마에게만큼은 의미 있는 자식이어야 했고 엄마의 힘겨움을 덜어주는 딸이 되어야 했다.

존재를 알아주는 그 맛 덕분에 나는 이후 쪽파만 보면 그 말을 기대하면서 쪽파를 다듬었다. 그런데 쪽파를 다듬고 다듬어도 외할머니는 더 이상 내게 칭찬을 해주지 않았다. 당연히 내가 해야 하는 일이 되었고, 칭찬을 듣고 싶었던 나는 다른 무언가를 더 찾아야 했다.

인정받고 존재를 확인하기 위해 나는 착한 딸이 되었다. 부모에게는 손 안 가는 아이, 걱정 안 시키는 착한 아이였고, 친구들에게는 순하고 말이 없는 친구, 언제든지 부탁하면 들어주는 친구, 대학생이 되고 직장에 다닐 때는 뭐든지 열심히 최선을 다하는 사람, 허드렛일을 마다하지 않는 사람이었다.

그런데 이렇게 살았는데 행복하지 않았다. 늘 나는 부족하고 주변과의 비교는 점점 늘어나서 나를 탓하고 부모를 탓하고 주변을 탓하고 세상을 탓하는 사람이 되어갔다. 나의 초점은 온통 밖을 향해 있었다. 내가 내뱉는 내면의 소리보다 남들이 하는 말이 더 중요했고 점점 크게 들렸다.

　비폭력대화를 공부하면서 '인정'의 욕구를 만났다.

　'맞아. 난 인정이 필요했어' 하고 공감을 받았지만 점점 '인정'이란 욕구 단어가 돌덩이처럼 커졌다. 그전에도 인정은 받았는데 여전히 인정이 필요하고 중요하다고 찾고 있었다. 왜 그럴까?

　이런 답답함에서 벗어나지 못하고 있을 때 캐서린 선생님에게서 "모든 욕구는 나로부터 시작합니다"라는 말을 들었다. 아, 나는 왜 29년 동안 인정을 밖에서만 찾고 있었을까?

　자신을 인정하고 받아들이는 사람이야말로 다른 사람의 인정도 흔들림 없이 받을 수 있는 것이었다. 사랑도 자기에 대한 사랑, 존중도 자기에 대한 존중 등 모든 욕구에 '자기'를 붙여보기 시작했다.

　내 안에 스스로 인정을 채우고 나서야 다른 사람에게 채워달라고 안달하지 않았다. 나를 포기하지 않아도 되었다. 나로부터 욕구가 채워지니 상대방에게서 충족되는 욕구에는 당연히 감사가 따라왔다.

　10년 넘게 비폭력대화를 공부하면서 무엇보다 연결이 중요하다는 것을 깨달으며 살아가고 있다. 나에게 다가오는 많은 자극이 연결의 선물임을 알아차리고 상대가 전하고 싶은 진짜 욕구를 추측해볼 힘도 생겼다. 물론 때로는 자극을 선물이라 생각하면서도 저만큼 밀어두고 연결하기 싫은 내 마음을 쓰다듬어줄 용기도 있다.

어느 날 가볍게 떠오른 자극을 종이에 끄적거렸다.

'왜 시간을 효율적으로 쓰지 못할까?'

'아, 오늘은 커피를 줄이고 건강도 챙기고 싶은데.'

적다 보니 이런 나를 자책하는 생각들은 예전에도 자주 적었던 문장들이었다.

'나는 왜 매번 똑같은 문장을 적을까?'

지난번에 욕구를 찾았는데 왜 같은 생각에 걸려 넘어지는 것인지 스스로 생각해도 식상하다고 여길 즈음, 나는 내가 빈 칸에 넣을 답을 찾듯 욕구를 찾아 적어놓고는 해결되었다고 여기고 있음을 발견했다.

욕구는 '지금 이 순간' 나에게 생동하는 것이다. 그런데 나는 과거의 어떤 상황과 비슷하다고 느끼면 가만히 나에게 생동하는 것이 무엇인지 알려고 하기보다 당시에 찾았던 욕구를 그대로 가져와버렸다. 1+1은 당연히 2인 것처럼 말이다. 그래서 욕구를 찾았지만 내 안에 생동하지 못했다.

욕구는 답안지 목록이 아니다. 지금에 내 안에 생동하는 에너지를 언어로 표현하는 것이다.

몇 년 전 길이 막혀 약속 시간에 늦었을 때 나의 욕구는 '이해'였다. 오늘 길이 막혀 약속 시간에 늦었다고 해서 내게 중요한 욕구가 '이해'라고 할 수 없다. 지금은 여유 있게 약속 장소에 도착하고 싶을 수 있다. 욕구는 이렇게 '지금 이 순간'의 나를 알게 해주었다.

보이지 않아도 욕구가 내 주변에 공기처럼 떠 있다고 상상해본다. 그럴 때 지금 나에게 가장 생동하는 욕구를 찾을 수 있었다. 그 순간에 내 삶의 의미를 알 수 있었다.

홍상미

5부

풍요로운
삶을 위하여

부탁하지 않으면
세상도 나도
바뀌지 않는다.

- 마셜 로젠버그

내가

물고기라면

아이가 어려 손이 많이 가는 때였고 그러다 보니 남편의 이른 귀가를 바라고, 집안일을 고르게 나누고 싶은 열망도 컸다. 너무 오래전이라 기억도 가물가물하지만, 그 시절 자주 일어나는 갈등 패턴은 이랬다. 가족이 함께 외출했다 돌아오면 나는 저녁식사 준비로 분주했고, 그는 내 주위를 서성거리거나 식사 준비와 상관없는 일들을 하고 있었다.

'숟가락이라도 놓고 식탁이라도 치우지. 뭐라도 같이 하면 될 텐데, 왜 저렇게 생각이 없지?'

나에게 그의 모습은 '생각 없음' '관심 없음' '수동적'이었다.

이런 해석들은 결혼하고 사오 년 같이 살면서 내가 그에게 붙인 꼬리표이기도 했다. 나는 '수동적이고' '자발성은 하나도 없고' '시키는 것만 하는' '스스로 생각하지 않는' 그런 사람과 살고 있었던 셈이다. 가끔 권태기라는 말을 들먹이면서 절

167

망과 포기, 설득, 그 어디 즈음에서 서로 애쓰고 있었던 것 같다. 이와 닮은 사례는 무수히도 많다.

그러던 중 나는 비폭력대화를 배우고 훈련하기 시작했고, 덕분에 이런 꼬리표로 반응하기보다는 꼬리표 너머에 있는 중요한 욕구를 말하고 듣고, 서로를 향해 '부탁'하기 시작했다.

비극과 고통, 단절과 포기에서 협력의 방향으로 한 걸음, 두 걸음 뒤뚱뒤뚱 걸어가며 희망을 만난 어느 날의 한 장면이다.

아이는 아토피를 앓았다. 손쉽게 사 먹을 수 있는 바깥 음식은 그림의 떡이었고, 밖에 나갔다가 돌아오면 늘 밥을 챙기느라 고달팠다.

그날도 우리는 배가 고팠고, 식사 준비를 하느라 분주했을 것이다. 주방에서 둘이 왔다 갔다 움직이며 식사 준비를 하고 있는데, 시간이 흐를수록 이유 모를 답답함이 차오르기 시작했다.

그는 나에 비해 집안일을 해내는 속도가 한참 느렸다. 한다고 해놓은 어떤 일들은 서툰 흔적이 고스란히 남아서 다시 손을 대야 했고 그것이 도리어 더 번거롭기도 했다. 돌아보니 그게 답답해서 주말에도 가사일의 대부분은 내가 도맡았고 어느새 다시 '관심 없음과 수동적'이라는 꼬리표를 매달아 비난하는 패턴이 반복되고 있었다.

'저 사람 콩나물 다듬는 시간이 내 예상보다 길어지고 있군. 그는 지금 싱크대 중간에 서서 콩나물 꼬리를 하나하나

떼고 있는 중이군.'

'왜 저렇게 꾸물거려. 걸리적거리기만 하네. 이러다 언제 밥 먹냐구. 차라리 내가 다 하는 게 낫겠다. 일을 자기 혼자 하나. 서로 속도를 살피고 맞추면서 해야지. 애도 배고플 텐데 말이야. 생각이 있는 거야, 없는 거야. 껍질만 후르르 헹구면 되지 저렇게까지 꼼꼼히 할 필요가 뭐가 있냐구. 중간에 서서 길까지 막고 있으니까 내 일도 제대로 못하잖아.'

애는 쓰고 있는 것 같아 말도 못하면서 속에서는 비난의 이유들이 구구절절했다. 비난을 넘어 내가 원하는 것, 그가 원하는 것이 서로에게 들리기까지 서너 차례의 대화를 이어갔던 것 같다.

그리고 그 대화를 통해 우리는 새로운 부탁을 찾았다. 바로 식탁 옮기기.

'네가 이렇게 해주면 좋겠어, 나는 이렇게 해볼 수 있을 것 같아'라는 두 사람의 개인적 차원의 부탁들만 주고받던 방식에서 부엌의 구조를 바꾸어보자는 제3의 아이디어가 떠오른 것이 당시의 나에게는 너무나 새롭고 신선했다.

신혼 시절 콩나물국 끓이는 데만 두세 시간이 걸렸던 나는 아이를 낳고 육아에 전념하기로 선택하면서 점차 집안일에 능숙해졌고 어느덧 그 시간이면 서너 가지 반찬을 뚝딱 만들 수 있는 전문성을 얻었다. 그리고 그만큼의 시간 동안 회사 생활에 몰두해온 그에게 집안일이란 늘 어렵고, 막막하고, 생각보다 많은 시간을 써야 하는 피곤한 업무가 되었다. 가족의 주린 배를 잘 돌보고 싶고, 그 일을 하는 데 쓰는 에너지를 아껴가며 효과적으로 협업하고 싶었던 내 욕구. 협력하고 싶어도 이 일에 관해 서툴 수밖에 없는 자신의 어려움을 이해받고, 친절하고 여유롭게 가정일을 익혀가고 싶은 그의 욕구. 양쪽의 이야기를 충분히 듣는 일은 우리가 처한 현실의 사정을 더 잘 볼 수 있도록 도왔다.

좁은 주방에 식탁이 자리를 차지하고 있으니 그가 서 있는 위치가 나의 움직임에 영향을 미치고, 그래서 나의 전문성을 효과적으로 발휘하기 어렵다는 것, 일의 종류에 따라 효율성을 돕는 적합한 위치와 공간이 필요하다는 것, 그리고 혼자서 꼼꼼히 처리해야 할 일과 상대의 움직이는 속도를 감안하며 같이 맞추어가야 하는 일을 구분해야 한다는 것과 같은 정보를 공유하고 소통했다.

그도 나도 각자의 욕구와 속도를 존중하면서 효과적으로 협업하기 위해 주방 공간을 넓히기로 결정했다. 식탁이 새로운 자리로 이동했고, 공간이 넓어졌으며, 나는 자유롭게 이동하며 능력을 발휘할 수 있었다. 그리고 그는 내 동선을 방해하지 않는 위치에서 자기 일을 하다가도 내가 요청할 때는 옆으로 와서 거들어줌으로써 훨씬 빠른 속도로 아이와 우리의 고픈 배를 채울 수 있었다.

10년이 지났다.

이제 그는 마파두부, 두부조림, 멸치볶음을 능숙하게 만들어낼 수 있으며, 며칠 전에는 황태구이와 물김치도 만들었다.

냉장고를 관심 있게 보면서 음식이 얼마나 남아 있는지를 파악하고, 서둘러 요리를 해야 할 재료, 냉동실에 넣어야 할 재료를 정리할 줄 알게 되었다. 또한 어떤 날씨에 빨래를 돌려야 하는지, 한꺼번에 돌려야 하는 빨래의 양은 얼마인지 지금도 배워가고 있다.

가정은 무한한 돌봄의 영역이다. 아이가 자라고 남편과 내가 늙어가는 시간의 흐름 속에서 이미 알고 있던 영역과 새롭게 드러나는 영역을 지금도 함께 인식하는 중이다. 꼬리표와 비난 대신 서로의 욕구를 중요하게 듣고 어떻게 협업할 수 있을까를 의논하면서 계속해서 더 나은 관계를 다져가고 있다. 구조가 미치는 영향을 분명하게 볼 수 있었던 작지만 귀한 경험이었다.

가정, 마을, 국가 등 모든 공동체의 존재 이유는 구성원들의 웰빙을 돌보고 지원하기 위해서다. 구조가 구성원의 웰빙을 제대로 돌보지 못할 때 개인은 자신의 웰빙을 책임지기 위해 더욱 고군분투하게 된다. 이 경험을 계기로 나는 개인을 넘어 지금 내가 살고 있는 곳의 구조와 시스템을 향해서도 기꺼이 주의와 관심을 확장할 수 있게 되었다.

수년 전 한국에서 회복적 서클을 안내했던 CNVC 트레이너 도미닉 바터로부터 이런 질문을 들었다.

"물고기는 자기가 물에 살고 있다는 것을 알고 있을까요? 물이 시스템입니다."

'내가 물고기라면'이라고 상상하면서 다시 질문해보았다.

나는 지금 어떤 물에 살고 있을까, 그 물이 나와 내 이웃의 웰빙을 돌보고 있나? 그렇지 못하다면 어떤 구조와 시스템을 만들어나가야 할까? 나는 무엇을 할 수 있을까?

나는 내가 비폭력대화를 배움으로써 우리 가족공동체 안에 회복적 시스템을 들여왔다고 생각한다. 비난 대신 서로가 중요하게 여기는 것을 존중하면서 소통하려는 방식은 구성원 모두의 웰빙을 돌보는 가족공동체의 존재 이유를 잘 보살펴주었다.

비폭력대화로 과거의 관계들을 다시 바라보던 나는 엄마와 내가 어떤 물에 살고 있었는지도 돌아보게 되었다. 삶의 어려움 앞에서 비난하고 강요하던 습관적인 시스템 안에서 엄마와 나는 더 고통스럽고 비극적인 관계를 만들었던 것은 아닐까.

내가 살고 있는 마을에도 회복적 시스템이 자리 잡아가기를 바란다. 회복의 물 안에서 나, 상대, 사회로 향하는 아름다운 부탁들이 창조되고 다양한 차원의 이 부탁들이 자유롭게 순환하면서 저절로 유기적인 연대가 이루어질 것이라 믿는다.

마셜은 부탁이 삶을 풍요롭게 한다고 말했다. 연민과 평화가 있는 대화가 시작되었다면 이제 삶을 멋지게 만들어가는 구체적인 상상들이 남았다.

욕구와 연결된 부탁은 어쩐지 가슴을 뛰게 한다.

우리가 하는 말은

부탁 아니면 감사

비폭력대화에서는 내 삶의 욕구가 무엇인지 명확할 때 부탁할 수 있다고 말한다. 욕구 자체의 에너지로 힘을 얻기도 하지만 어떤 욕구는 누군가의 지원, 기여, 도움과 협력 등이 필요하다. 내가 간절히 바라는 욕구가 무엇인지 명료해지면, 이를 구현하기 위한 수많은 수단 방법 중 내가 원하는 것을 상대에게 부탁할 수 있다. 마셜은 기대는 내려놓되 아름다운 욕구를 붙잡고 부탁하고 또 부탁하라고 말했다.

새벽에 일어나 문을 여니 거실 한가운데 컨테이너 상자 세 개가 쌓여 있는 것이 거슬린다. 남편이 이사하면서 가져다놓은 책이다. 3일째 놓여 있던 거라 몹시 신경이 쓰인다. 게다가 상자 홈마다 흙이 박혀 있어서 거실에 흙덩어리가 떨어진다. 남편에게 속 시원하게 한마디 하고 싶은 유혹이 생긴다.

'이 상자 언제 치울 거야?'

173

마음속 다른 한 부분이 속삭인다.

'그거 에둘러 표현하는 거잖아. 네가 진짜 바라는 걸 표현해야지!'

나를 혼내는 것 같아서 불편하다. 마음을 다독이며 잠시 눈을 감고 명상을 한다. 고요하게 숨을 들이쉬고 내쉬는 데 집중한다. 생각이 가라앉고 정리된다. 나에게 명상은 자기공감, 자기돌봄, 자기연민의 시간이다. '자기공감은 욕구를 명료하게 하는 과정'이라는 말이 떠오른다. 자기공감을 하면서 내 마음을 살펴보니 지금 내가 바라는 건 남편의 마음과 연결하면서 내가 하고 싶은 말을 하는 거다. 책 상자는 이미 내 안에서 사라지고, 남은 건 연결과 자기표현이다. 연결과 자기표현을 나의 일상에서 희생시키지 않고 충족하며 살아야지. 그렇게 살려면 부탁을 해야지. 그래. 연습해보자. 연습하고 나서 남편에게 물어보자.

어떤 말이 편안하게 들릴지 세 가지 부탁을 머릿속으로 연습했다.

첫 번째, 연결의 의도를 품고 따뜻하게 묻는다.

"이 상자들 언제 치울 거야?"

두 번째, 비폭력대화 4요소를 넣어 고전적으로 부드럽게 부탁한다.

"상자가 거실에 3일째 놓여 있는 걸 보니 신경이 쓰이네. 정리가 되면 마음이 놓이고 편안할 것 같아. 언제 치울 수 있는지 지금 말해줄래?"

세 번째, 욕구를 명료하고 부드럽게 말한다.

"거실이 정리되면 안심되고 편안해서 그러는데 상자 언제 치울 건지 말해줄래?"

남편에게 세 가지 버전으로 말하고 어떤 말이 편안하게 들리는지 말해달라고 했더니 세 번째가 편안하다고 한다. 그날 퇴근 후 부엌에서 저녁을 준비하다 나와보니 책 상자가 사라지고 거실이 훤해졌다. 부탁을 하니 거실이 변하고 나와 남편의 삶도 한 뼘 변했다. 남편이 책 상자를 정리하지 않은 3일이 나에게 준 선물이다.

살면서 내가 원하는 욕구는 거저 주어진 적이 없었다. 자기 공감을 하면서 욕구를 명료하게 하기 위해 고요한 시간을 갖기. 욕구가 명료해지면 수단 방법을 찾는 연습하기. 수단 방법이 찾아지면 용기 내어 부탁하기. 비폭력대화를 배운 이후 이 세 가지는 나의 일상에서 빠뜨릴 수 없는 삶의 과정이 되었다. 세 단계를 밟을 때 나도 상대도 동시에 만족스러운 연결이 되면서 대개 문제가 해결되고, 삶의 무게가 가벼워짐을 경험한다. 내가 비폭력대화를 사랑하고 신뢰하는 이유다.

초등학교에서 근무할 때의 일이다. 학교 안이 공사로 어수선했는데 2학년 한 아이가 실내화를 신지 않고 뛰어다니고 있었다. 바쁘게 뛰어가는 아이를 불러 내가 바라는 것을 말했다.

"선생님은 네가 맨발로 뛰어다니는 걸 볼 때 걱정스러워. 그러다 다치면 어쩌나 싶어서. 너의 안전이 너무 중요해서 그러는데 지금 실내화 신으면 어떨까?"

아이가 나를 한참 동안 빤히 보더니 '알았어요' 하고 실내화를 신는다. 나의 부탁을 들어준 아이에게 어찌나 고맙던지. 아이에게 부탁을 들어주어서 마음이 놓이고 고맙다 했다. 아이의 표정과 동작에서 나의 진심이 닿았음을 알 수 있었다. 이후로도 몇 번 위험한 상황에서 나는 아이에게 부탁으로 말했고, 아이는 그때마다 할지 말지를 스스로 결정하려는 듯 잠시 생각하다가 "예스" 하곤 했다.

나의 부탁이 그 아이를 귀찮게 하거나 불편하게 하려는 것이 아니라 아이의 삶을 안전하고 풍요롭게 하는 데 기여하고자 함이라는 것, 그리고 그 아이가 나의 부탁에 반응함으로써 나의 삶을 풍요롭게 하는 데 기여하는 기회가 되었다는 것을 서로의 웃음으로 확인했다.

서로의 삶을 풍요롭게 하는 진정한 부탁이라면 백 번이고 천 번이고 하자는 말에 깊이 동의한다.

NVC의 네 요소가 삶에 조금씩 녹아들기 시작할 때쯤 우리가 하는 모든 말들이 '감사 아니면 부탁'이라는 말이 이해가 되고 고개가 끄덕여졌다. 그 알아차림이 너무 놀라워서 내가 말을 하고 나서 이것이 감사인가 부탁인가 퀴즈 맞추듯 놀이삼아 연습하기도 했다. 정말 모든 말이 감사 아니면 부탁에 너무도 딱 들어맞아서 마셜의 통찰이 놀랍기만 했다.

딸 하영이가 졸업하자마자 독립 큐레이터로 활동하던 시

절이다.

전시 기간이라 중요한 때일 텐데 파김치가 되어, 기가 다 빠져나간 것 같은 몸과 마음으로 집에 왔다. 무슨 어려움이 있는지 톡 건드리기만 해도 눈물이 터질 것 같은데 애써 누르는 것 같았다. 무기력하고 우울감에 빠져 생기라곤 찾아보기 힘든, 난생처음 보는 하영이의 모습에 가슴이 아렸다.

속마음을 다 말하지는 않았으나 주거 문제로 고민이 깊은 것 같았다. 그냥 힘들다고 말하면 부탁으로 들을 수 있는데, 평소에 자립과 독립을 이야기했던 터라 쉽게 말하기가 힘든 모양이었다. 끙끙 앓고만 있는 모습이 안쓰러워 가족들에게 아침 먹고 나서 30분만 시간을 내달라 했다. 아빠, 재영, 나, 하영 넷이 동그란 상에 센터피스를 꾸미고 둘러앉았다. 하영이에게 상황을 말해달라고 부탁하기도 가슴이 아파서 그냥 하영이의 느낌을 추측하기만 했다.

마음이 아프고, 속상하고, 암담하다고 했다. 같이 사는 친구가 돈을 보태서 환경이 나은 집으로 이사를 하자는데 당장 돈이 없으니 친구 눈치를 보며 사는 것도 힘들고, 여기저기 있을 만한 곳을 알아보아야 하는 상황도 너무 힘들다고 했다. 1년간 온 힘을 다해 살았는데, 어른들은 버티면 된다고 하는데, 너무 지쳐서 다 그만두고 싶다고 했다.

하영이가 바라는 것은 독립, 자립, 희망, 꿈, 보람, 돌봄, 보호였다. 가족이 함께 하영이의 욕구를 떠올리며 눈을 감고 명상을 하고 나서 욕구를 돌보기 위한 부탁이 있는지 찾아보았다.

아빠는 하영이가 독립과 자립을 위해 어려운 상황을 견뎌보는 삶도 중요하다고 생각하지만, 가족과 의논해서 최선의 방법을 찾으면 그것에 동의하고, 가족 전체의 의견을 따르겠다고 했다. 나와 재영이는 우리가 원하는 돌봄, 보호를 위해 돈을 빌려주면 좋겠다고 했다. 대출을 받아 친구랑 같이 살 집을 알아보거나 혹은 혼자 살 경우 보증금과 월세의 반을 부담해주면 어떻겠냐는 제안을 했고, 그 제안을 하영이가 감사함으로 받아들였다. 아빠도 가족 의견에 동의하고 훈훈하게 가족 모임을 마쳤다.

제대로 먹지 못해 비쩍 마른 하영이가 비로소 입맛이 돌아왔다며 아주 홀가분하고 편안한 모습으로 맛있게 밥을 먹었다. 이야기를 나누기 전과 후가 완전히 달라져 다시 생기 넘치는 모습으로 돌아왔다. 딸의 힘든 상황을 통해 누군가가 힘들다고 하는 말이나 행동은 언제나 그 사람의 부탁이라는 마셜의 말을 다시 한번 확인했다.

NVC에서는 부탁에도 종류가 있다고 말한다. 연결부탁과 행동부탁이다. 마셜은 20마디 하고 연결부탁하기를 권했다고 들었다. 연결부탁은 솔직하게 자기표현을 한 뒤 '내 얘기 듣고 어떠신가요?' '내 얘기를 어떻게 들었나요?' 등의 표현으로 상대방을 나의 대화에 초대하는 것이다. 내 말만 하고 끝내는 게 아니라 상대방이 나의 말을 듣고 어떤지 상대방과의 대화가 자연스럽게 연결되어 흐르도록 도움을 준다.

나의 대화에 상대방을 초대한다니 얼마나 아름다운 말인가.

이렇게 연결부탁은 서로 동등한 연결을 가능하게 하는 힘이 있다. 일방적인 의사소통이 아니라 자연스러운 상호 배려와 존중이 담겨 있다. NVC 경험이 쌓이면서 연결부탁은 나의 일상 속 대화의 자연스러운 일부분이 되어간다.

또 다른 부탁으로 내가 간절히 바라고 그리워하는 욕구를 내 삶에 구현하기 위해 행동부탁을 할 수도 있다. 부탁함으로써 나의 삶이 풍요로워질 뿐 아니라 다른 사람이 나의 삶을 풍요롭게 하는 데 기여할 기회를 주는 것이므로 부탁은 나와 상대방에게 주는 선물임이 분명하다.

내가 나와 상대에게 주는 선물이 부탁일진대, 부탁을 할지 말지 망설일 필요는 없다. 그냥 부탁하면 될 일이다. 그러나 머리로 아는 것을 삶에서 펼쳐나가는 것은 여전히 어렵다. '부탁은 나와 상대방에게 주는 나의 선물'이라는 말이 몸과 마음속 깊이 스며들어 기쁘게 부탁하기까지 연습 또 연습이 필요하다.

11년 전 NVC 라이프 동료 중 누군가와 캐서린 선생님이 나누던 말이 삶에서 문득문득 떠오를 때가 있다.

"선생님, 어떡해요. 이러다가 평생 연습만 하다가 죽을 것 같아요."

"그러면 어때요? 나는 그렇게 살다가 죽고 싶어요."

김순임

욕구와 부탁이 만날 때

부탁을 마음먹은 대로 해본 적이 별로 없다. 쭈뼛쭈뼛 주변의 눈치를 보면서 '어디까지 말해야 하나? 말하지 말아야 하나?' 고민하며 맴돌았다. 집안에서나 사회에서나 갖가지 기준으로 서열을 정해놓고 나보다 직급이 낮거나 나이가 어린 사람에게는 강요하고, 나보다 직급이 높거나 나이가 많은 사람에게는 복종하며, 그렇게 하는 것이 사회 질서를 유지하는 것이라고 각인되어 있었다. 또한 동료나 친구 사이에도 도움을 받으면 반드시 그만큼의 보답으로 돌려주는 것이 도리라고 배웠다. 이 위계가 삶의 조화이고 보편적인 가치라는 생각이 뚜렷해서 새로운 것을 받아들일 준비를 하고 있지 않았다. 그래서인지 비폭력대화에서 말하는 부탁은 도무지 나에게 작동하지 않았다.

욕구를 찾고, 욕구에 머무는 동안 그 안에서 느껴지는 생동감은 누군가와의 관계에서 자극이 있을 때 나를 안정시키고 나를 이해하는 데 도움이 되었다. 상대의 행동이 달라지지 않아도 욕구를 찾는 것만으로 만족스러웠고, 부탁하지 않아도 해소가 된 것 같았다.

하지만 일상에서도 배운 방식으로 대화를 나누려다 보니 더 이상 부탁을 피할 수 없는 상황이 내 삶에 펼쳐졌다.

시댁에 가면 시부모님의 사소한 말에도 온통 몸과 마음이 경직되었다. 그럴 때에는 평소의 나와 달리 기운도 없고 수동적으로 행동하는 것 같았다. 그런 나를 볼 때마다 나는 '생동감, 연결, 재미, 공평함이 필요하고 그렇게 살고 싶다'고 스스로에게 말을 걸고 있었다. 하지만 욕구에 머무는 것만으로는 아쉬움이 남았다. 나를 잘 돌보면서도 비폭력대화로 말하고 싶었다. 이때에도 내가 솔직하게 말하는 것을 방해하는 생각이 있었다. 시부모님은 내가 개인적으로 존경하는 부분이 참 많은데, 이렇게 존경하는 분들에게 내가 원하는 것을 일일이 말한다는 것이 도덕적으로 허락되지 않았다. 그러니 시댁에 있을 때 나는 내가 아닌 로봇이 된 것처럼 가슴이 텅 비었다. 어머님, 아버님과 진정성 있는 연결을 꿈꾸었다. 그분들과 친구처럼 편안하게 만나고 싶고, 시댁에 갈 때 보고 싶은 사람들을 만나러 가는, 기쁘고 가벼운 마음이고 싶었다.

그 꿈이 나를 움직이게 했다. 시댁에 가는 날 차 안에서 오늘도 비슷한 일이 생기면 말해보리라 연습하고 또 연습했다.

저녁을 먹고 난 후에 그 순간이 왔다. 심장이 얼마나 떨리던지 용기가 절실했다.

"어머니, 제가 설거지한다고 하면 가만히 계시고 광용 씨가 설거지한다고 하면 야야 나둬라 말씀하실 때, 저 좀 서운해요. 왜냐하면 저, 공평하게 여기 있고 싶어요. 제 이야기 듣고 어떠세요?"

얼마나 연습을 했는지 나는 마치 녹음기를 틀어놓은 듯 줄줄 말했다.

어머니는 뜨악한 표정을 지으시고는 "니도 그냥 둬라!" 하셨다. 놀라신 것 같기는 했어도 차분한 어머니 목소리에 용기가 나서 그때 들었던 솔직한 내 마음을 말했다.

"어머니가 설거지하시기를 바라는 게 아녜요. 광용 씨가 하든 제가 하든 그냥 지켜봐주셨으면 해요. 저희는 집에서 그날그날 좀 덜 피곤한 사람이 해요."

어머니의 표정이 당황스러워 보였지만 알았다고 하셨다.

이후로도 시댁에 있을 때에는 어머님께 부탁할 일들이 있었고 그때마다 용기 내어 말했지만, 여전히 긴장된 상태에서 말할 수밖에 없었다. 또 남편과 아버님도 내가 부탁할 때마다 긴장하는 것이 느껴졌고, 때때로 어머님도 불편한 기색을 보였다. 집 안 공기의 흐름이 따뜻하게 흐르고 있지 않음은 누가 봐도 알 수 있을 정도였다.

어느 날 남편이 내게 짜증 섞인 목소리로 말했다.

"꼭 그렇게 일일이 말해야 하는 거야?"

나는 억울하고 속상해서 눈물이 날 지경이었다.

어머님께 부탁의 말을 하기까지 내가 얼마나 용기 내려고 애썼는지 누군가 알아주기를 원했던 것 같다. 길게 호흡을 한 후 남편에게 말했다.

"어머니와 내가 편안하게 소통할 수 있는 방법을 알고는 있는데, 아직 더 연습이 필요해. 조금 기다려주고 지켜봐줬으면 좋겠어. 그리고 내가 말하지 않으면 지금의 문화에 동의하는 거야. 나는 내가 동의하지 않는 문화에 대해 부탁하면서 그 변화를 느끼며 살고 싶어. 그리고 그 모습을 우리 딸 윤진이가 보고 배우기를 바라."

이후 나는 욕구에 머무는 연습과 공감 연습을 꾸준히 했다. 그 효과는 추석 명절을 준비하는 과정에서 새로운 변화로 나타났다.

명절 음식 준비할 때에는 늘 줄인다고 말씀하시지만 막상 음식을 장만하실 때에는 줄이지 못하는 어머님의 바람이 너무나 잘 와닿았다.

"어머니! 식구들 여럿 모이는데 이것저것 만들어서 잘 돌보고 싶으신 거죠? 각자 좋아하는 게 다르니 한 사람 한 사람 입맛에 맞는 음식으로 해주고 싶어서 장만하다 보니 종류가 많아졌죠?" 어머니는 "그렇지, 그렇지. 혹시 부족하면 안 되니까" 하고 말씀하셨고, 나는 이어 "가족이 모두 모이는 날이 많은 것도 아니니까 어머니는 음식이라도 잘 챙겨주고 싶고 그걸로 충분히 사랑을 표현하고 싶으실 것 같아요"라고 말했다.

어머니는 사랑이라는 말에 웃음을 지으며 "내가 짝사랑

만 하는 거지" 하면서 손주들 이름을 읊으시고는 "지들이 할머니를 사랑하겠냐"며 말을 이어가셨다. 나는 다시 한번 "어머니의 사랑하는 마음이 가족 모두에게 잘 전달되길 바라세요?"라는 말로 어머니의 마음에 함께 머무를 수 있었다.

그렇게 이야기를 주고받는 동안 음식이 어머님의 사랑의 방식임을 마음으로 이해할 수 있었다. 어머니 이야기를 충분히 듣고 명절 음식 줄이는 것을 부탁하고 싶었는데, 어머님의 사랑이 따뜻해서 음식 준비를 함께하고 싶은 마음이 생겼다. '기꺼이 주고받는 마음이란 이런 거구나!' 하는 깨달음이 있었다. 나는 어머님과 함께하고 싶은 마음을 담아 그동안 생각했던 걸 말했다.

"어머니, 저도 가족들이 오랜만에 만나면 서로 얼굴 마주하고 편안하게 놀면서 이야기하고 싶은 마음이 있어요. 그런데 음식을 준비하는 시간이 길어지니까 먹을 때 잠깐 얼굴 보고 나면 그다음에는 몸이 고단해서 쉬고만 싶더라구요. 그게 좀 아쉬운 것 같아요. 어머니 제 이야기 듣고 어떠세요?"

이후 우리 두 사람은 어떻게 하면 효율적으로 음식을 만들고 가족끼리 즐겁게 놀 수 있을지에 대해서 고민하는 시간을 가졌다. 그리고 나서부터는 명절 음식량이 3분의 1로 줄었고, 명절 전날 바다도 보러 가고, 영화도 보고, 카페도 가고 그렇게 여유 있는 시간을 가졌다. 그날을 경험한 뒤 어디에 있든 부탁할 용기가 생겼다.

어느 날 어머님께서 네가 참 부럽다고 하시며 말을 건네셨다.

"나도 너처럼 할말 다 하면서 사람들하고 잘 지내는 방법을 알았으면 얼마나 좋았을까 싶다."

어머님이 사는 동안 얼마나 하고 싶은 말을 많이 참아오셨을까 싶어 마음이 짠했고, 우리가 참 많이 친해진 것 같아 가슴이 촉촉해졌다.

"처음에 제가 서툴게 하고 싶은 말 다 할 때, 어머니 듣기 불편한 적도 있으셨을 텐데 화내지 않고 제 이야기 들어주셔서 많이 감사해요."

어머님과 친밀해지고 연결을 유지하며 소통할 수 있는 상황이 잦아질 때마다 나는 스스로를 신뢰할 수 있게 되었고 자신감도 생겼다. 부탁은 대화의 시작이기도 하다.

나는 '서로의 욕구를 충족하는 방법이 있을 거야'라는 문장을 반복해서 말하기를 좋아한다. 그리고 마법처럼 욕구를 충족하는 방법이 내 삶 안에서 차곡차곡 쌓이고 있다.

부탁을 가볍게 하라는 캐서린 선생님의 가르침도 기억한다. 그 가르침이 부탁할 수 있는 용기를 내는 데 큰 보탬이 되었다. 이렇게 서로의 욕구를 충족하는 부탁을 하다 보면 분명 사회도 달라질 것이라 믿는다.

이
은
령

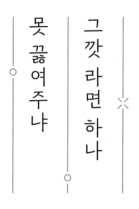

그깟 라면 하나 못 끓여주냐

강의 중에 한 참가자가 남편에게 부탁하고 싶은 것이 있다고 했다. 남편은 평소에 감정 기복이 없어 같이 있으면 마음이 편안한 사람이었는데, 최근 갱년기가 왔는지 감정이 오르락내리락해서 힘들다는 것이었다. "여보, 감정 좀 오르락내리락하지 말아줘"라고 부탁을 하고 싶단다.

나는 남편이 그 부탁을 어떻게 받아들일까 궁금해졌다. 내가 남편이라면 "누구는 이러고 싶어서 이러는 줄 알아?"라고 할 것만 같았다. 그래서 만약 남편이 이 부탁에 흔쾌히 "오케이!" 한다면 당신의 어떤 욕구가 충족되냐고 물었더니 평화, 편안함, 신뢰, 안전의 욕구가 충족된다고 했다. 그 욕구가 채워지면 몸과 마음이 어떨지 상상해보라고 제안했다. 잠시 눈을 감고 침묵하는 참가자의 얼굴을 바라보고 있으니 표정이 점점 편안하고 부드럽게 바뀌는 것이 보였다. 참가자는 이윽고 미소 띤 얼굴로 눈을 떴다. 그리고는 자신의 부탁이 바뀌었단다.

"여보, 요즘 감정이 오르락내리락하니까 당신도 힘들지? 그럴 땐 나한테 말해. 내가 당신 이야기 들어줄게"라고 말하겠다는 것이었다. 욕구가 충족된다고 상상하니까 마음이 편안하고 여유가 생기면서 남편이 힘들어하는 것이 보이더란다. 안쓰러운 마음이 들어 처음에 부탁하고 싶었던 말이 쏙 들어갔다고 했다.

이 말을 들으며 가슴이 뭉클해졌다. 자신의 욕구를 의식하고, 욕구의 긍정적인 에너지가 차오르면 이렇게 부탁의 내용이 바뀔 수 있다는 것이 참 놀라웠다. 따뜻한 말을 전하는 아내와 가만히 귀 기울여 듣고 있을 남편, 이 부부의 모습이 아름답고 훈훈하게 그려졌다.

비폭력대화를 배우면서 "비폭력대화를 사용하는 목적이 상대를 변화시키는 것에 있지 않습니다"라는 캐서린 선생님의 말을 듣고 많이 놀랐다.

'아이도 변화시키고, 남편도 변화시키고 싶은데, 그게 목적이 아니라고?'

"연결이 목적입니다. 그리고 연결이 일어나면 우리가 원하는 것이 이뤄지기도 합니다."

이제는 캐서린 선생님의 멘트를 내가 강의에서 하고 있다. 십수 년 전의 나처럼 이 말을 듣는 수강생들은 놀라는 표정으로 내 이야기를 듣는다. 그리고 그 말이 참 인상적이었다는 피드백도 종종 듣는다.

성장하고 변화하는 것은 자기 자신만이 할 수 있다. 다른 사람이 영향을 줄 수는 있지만 변화하겠다는 선택은 스스로 하는 것이다. 혈기왕성하고 멋모르던 젊은 날에는 '내가 저 사람을 변화시키겠어!'라는 생각을 하기도 했다. 이제는 내가 누군가를 변화시키겠다는 생각 대신 연결의 아름다운 선물을 경험하며 살고 있다. 상대를 비난하는 마음으로 부탁을 가장한 강요의 말을 하려다가도 욕구의 긍정적인 에너지가 가득 차면 연민의 마음으로 상대를 바라보게 된다. 그리고 이 상태에서 흘러나오는 말은 향기로운 꽃냄새가 난다. 참 마법 같다.

며칠째 승용차로 장거리를 오가며 하루에 6시간씩 강의가 이어졌던 날이었다. 완전히 지친 상태로 집에 돌아와보니 주방에는 그릇들이 잔뜩 쌓여 있었고, 빨래건조대에는 며칠 동안 개지 않은 빨래들이 걸려 있었다. 밀린 집안일을 돌보는 것은 고사하고 저녁 준비할 기운조차 남지 않았다. 그래도 다음 날 강의 준비가 우선이라 책상머리에 앉아 있는데, 배에서는 밥 달라고 꼬르륵 소리가 요동을 쳤다. 제 방에 들어앉아 있는 중 1 딸이 들을 수 있게 큰소리로 말했다.

"지우야, 우리 저녁으로 라면 끓여 먹자. 네가 좀 끓여줄래?"
"아! 싫어. 나 귀찮아."
"지우야! 엄마가 지금 너무 피곤하고 지쳐 있어. 게다가 내

일 강의 준비 때문에 엄청나게 바쁘거든. 네 도움이 필요해.”

“나는 지금 아무것도 하기 싫단 말이야.”

“아! 지우야아아, 제발 좀 해줘라. 엄마 힘들고 배고파아아.”

이렇게 소리를 치면서도 내 눈은 노트북을 벗어나지 않았다.

'맨날 부탁하는 것도 아니고 그깟 라면 하나 못 끓여주겠어?'

이런 생각을 하며 다시 집중하고 있는데, 몇 분이 흘렀을까? 아이가 방에서 나와 주방으로 가는 게 보였고, 이어 라면 봉지 바스락거리는 소리, 냄비에 물을 담아 가스렌지 위에 올리는 소리가 났다. '10분 후엔 라면을 먹을 수 있겠구나' 안심했다. 이윽고 라면이 완성되어 아이가 라면 냄비를 들고 식탁에 앉았다. 나도 하던 일을 멈추고 벌떡 일어나 식탁으로 갔다. 그런데 아이가 나를 보며 하는 말이 “내 것만 끓였는데?”였다. '어? 뭐라고?' 그 말을 듣는 순간 배고픔, 서운함, 서러움이 단숨에 폭발하듯 눈물이 왈칵 쏟아졌다.

“지우야. 너 정말 너무해. 어떻게 한 개만 끓일 수가 있어? 엉엉엉.”

아이는 이런 일로 엄마가 우는 걸 보고 당황스러워하는 눈치였다. 당황스럽기는 울고 있는 나도 마찬가지였다. 민망해진 아이는 “엄마한테 라면 먹을 거냐고 물었는데, 대답이 없길래 내 것만 끓인 거야”라고 변명처럼 말했다. 나는 그 말을 들은 기억이 없다. 집중하며 일하느라 듣지 못했을 수도 있다. 설사 내가 대답하지 않았더라도 엄마가 배고파했다는 것을 알면서 자기 것만 끓인 아이가 얄미웠다.

나는 그때 알아차렸다. 내 욕구와 아이의 욕구를 똑같이 존중하지 않았다는 것을. 또한 욕구를 충족하기 위한 수단과 방법을 유연하게 쓰지 못하고 있었다는 것도. 아이에게 부탁하는 그 순간에 내 욕구를 온전히 알아차리고 아이의 욕구를 똑같이 존중했다면 배달음식을 시켜 먹어도 될 일이었다.

'그깟 라면 하나 못 끓여주냐? 지금까지 엄마가 너한테 해준 게 얼만데?'라고 생각하며 당연히 아이가 라면을 끓여야 한다고 강요했고, 나는 강요한 대가를 치렀다. 오래전 일어난 일이지만 부끄럽고 민망한 삶의 한 장면이다.

나는 코로나 백신을 4차까지 맞았다.

남편이 나보다 먼저 백신을 맞기 시작했는데, 맞고 나서 열이 나고 목도 아픈 것이 마치 코로나에 걸린 것처럼 많이 힘들어하는 것을 지켜보면서 백신 맞는 게 겁이 났다. 하지만 그렇다고 백신을 거부할 수도 없었다. 강의 나가는 학교나 기관에서 백신 접종 서류를 요청하기도 하고, 혹시라도 나로 인해 코로나가 전파되어 다른 사람에게 피해를 주는 것은 원치 않았기 때문이다.

1차 접종 예약을 하고 병원에 앉아 있는데, 몸이 긴장하고 있음을 알 수 있었다. 숨의 깊이가 얇고 목과 어깨가 굳어졌다. 의도적으로 숨을 깊이 쉬며 긴장을 풀어보려고 애썼다.

그렇게 숨을 쉬고 있는데, 간호사가 내 이름을 부르며 혈압을 재라고 했다. 혈압 재는 기계에 팔을 집어넣고 수치가 나오기를 기다렸다. 그런데 이게 웬일, 혈압이 너무 높게 나와서 간호사가 잠시 기다렸다가 다시 수동으로 검사해보자고 하는 게 아닌가. 나는 속으로 '이 기계 고장 난 거 아니야?' 하고 중얼거렸다. 평상시 내 혈압은 이완기에는 50~60mmHg 사이, 수축기에는 90mmHg 내외로 낮은 편이었다. 내 기억으로는 수축기 혈압이 100mmHg 이상 나온 적이 단 한 번도 없었다. 잠시 후 간호사가 수동으로 다시 혈압을 재보았으나 여전히 수축기 혈압이 130mmHg 이상 나왔다. 간호사는 나에게 평소 혈압이 이렇게 높은지 확인했고, 그렇지 않다고 했더니 아마도 긴장이 돼서 그런 것 같다며 그냥 주사를 맞아도 되겠다고 했다.

흥미로운 건 나만 이렇게 평소보다 혈압이 높게 나온 게 아니라는 거다. 그곳에 있던 몇몇 사람들도 혈압이 높아 재검해야 한다는 말에 나처럼 고개를 갸우뚱하는 것이 보였다. '내 몸이 두려워하고 있구나. 그리고 여기 있는 우리 모두 불안하고 걱정스러워하는구나'라는 생각이 들었다.

나는 오른손을 들어 왼쪽 가슴 위에 부드럽게 얹었다. 그리고 연민과 사랑의 마음을 담아 내 몸을 토닥였다. 그러자 자연스럽게 깊은숨이 쉬어졌다. 어깨에 힘이 빠지고, 목 뒤의 긴장도 부드럽게 풀리는 것이 느껴졌다.

이윽고 내 이름이 불렸고, 주사를 맞기 위해 진료실로 들어갔다. 몸의 긴장이 풀려서인지, 의사 선생님이 주사를 잘 놓아서인지는 모르겠지만 그닥 아프지 않았다. 주사 맞고 15분간 경과를 지켜본 후 아무 이상이 없으면 귀가해도 된다는 의사의 설명이 이어졌다. 주의사항을 들은 후 대기실로 나와 소파에 앉았다. 지금 내 몸에 코로나균이 들어와 면역세포들이 분주하게 일하기 시작했겠다는 생각이 들었다. 눈을 감고 고요히 앉아 백신에게 말을 걸었다.

'백신아! 네가 지금 내 몸에 코로나균이 들어올 때를 대비해 면역세포들이 잘 대처해나갈 수 있도록 튼튼하게 단련시키는 역할을 하고 있다는 걸 알고 있어. 정말 고마워.'

이어서 이렇게 말했다.

'부탁이 있는데, 내 몸과 조화롭게 있어 줄래?'

이 부탁이 추상적이어서 백신이 알아들었을까 싶었지만, 구체적으로 표현하는 게 오히려 어려웠다. 백신의 부작용을 하나하나 열거하며 이런 증상이 나타나지 않게 해달라고 하기보다 그저 백신이 할 수 있는 걸 하도록 믿고 내 몸을 내어주겠다는 마음이었다.

그런데 감사 표현과 부탁을 하는 순간 백신을 바라볼 때의 긴장감과 두려움이 어느새 흘러가고, 내 안에 따뜻하고 부드러운 에너지가 감돌았다. 또한 백신에 대한 신뢰로 든든하고 편안해졌다. 15분이 지나고 병원을 나서는 내 몸과 마음이 그지없이 평화로웠다. 그리고 4차 백신을 접종할 때까지 후유증 없이 편안하게 지나갔다.

나는 지금 나의 부탁을 백신이 찰떡같이 알아들어서 후유증이 없었다는 이야기를 하려는 것이 아니다. 누군가에게 무엇을 부탁할 때에는 '반드시 꼭 들어주어야 한다'는 강요하는 마음이 아니라는 것, 결과에 집착하지 않고 그저 '백신에게 내 몸을 내어주는 마음'처럼 가볍게 부탁할 때 나에게 평화와 편안함이라는 선물이 찾아온다는 것을 말하고 싶다.

정희영

부탁으로 달라지는 삶

집중해서 글을 쓸 장소가 필요해 카페에 갔다. 적당한 자리를 찾아 노트북을 펼쳤는데 이런, 쓰던 글을 저장해둔 USB를 안 가져왔다. 순간 당황스럽고 잦은 나의 건망증을 걱정하는 마음이 훅 올라오며 미간이 찡그려진다.

'아, 카카오톡에 올려놨지! 휴, 다행이다.'

안도의 숨을 내쉰다.

이전에도 USB를 집에 두고 와서 집에 다녀온 적이 있었다. 그래서 USB가 없어도 쓰던 글을 이어서 쓸 수 있는 방법을 찾아 나에게 한 부탁이 있다. 컴퓨터를 끌 때는 카카오톡 '나와의 채팅창'에 작업 중이던 문서 올려두기.

나를 비난하는 대신 카톡에 올려둔 파일을 다운받았다. 자기부탁의 선물이다.

아들이 중학교에 다니던 어느 날이었다. 학교에서 비폭력 대화에 대해 들었는데 궁금한 게 있다고 했다.

"엄마! 느낌 찾고 욕구를 찾아. 그러면 그다음에는 어떻게 되는 거야? 욕구를 찾는다고 뭐가 달라져?"

부탁을 설명할 수 있는 중요한 질문이다.

NVC에서 부탁이란 자신의 욕구를 의식한 다음 자신이 원하는 삶을 구현하기 위해 구체적인 행동을 요청하는 것이다. 부탁을 해야 내 삶도 세상도 바뀐다. 욕구 에너지와 충분히 연결된 다음에는 스스로에게 부탁할 수도 있고 상대방이나 제3자에게 부탁할 수도 있다.

어릴 때부터 나는 내가 원하는 것을 솔직하게 말하는 것이 힘들었다. 상대가 거절할까 봐, 거절당하면 민망할까 봐 망설였다. 나에게 안전한, 하지만 자주 부대끼는 가족에게 먼저 부탁을 시도하기로 했다.

남편은 평일에 야근이 많고 토요일에도 출근할 때가 있었다. 일요일만이라도 남편이 쉴 수 있게 해주고 싶어 혼자 집안일을 도맡아 하다 보니 점점 지치고 힘이 들었다. 어느 날 가족회의를 열어 집안일을 분담하자고 제안했다. 나의 자기 돌봄을 위해 가족들의 도움이 필요하다는 부탁에 남편은 주말 청소와 일요일 점심으로 라면을 끓이기로 하고, 아이들은 신발 빨기, 재활용 쓰레기 분리배출을 하기로 했다.

우리가 사는 아파트는 동별로 정해진 요일에 밤 10시까지 재활용 쓰레기를 내놓을 수 있었다. 한동안은 아이 둘이 함께 우리 동의 재활용 쓰레기 배출일인 목요일 저녁에 쓰레기를 가지고 나가 분리했다. 그러다 큰아이가 고 3이 되면서 문제가 생겼다. 학교에서 자율학습을 마치고 돌아오면 밤 10시가 넘었다. 쓰레기를 내놓을 수 없는 시간이 되는 것이다. 나는 아들에게 누나가 고 3이라 어쩔 수 없으니 한 해만 혼자 해달라고 말했다.

아들은 왜 자기만 하냐고 짜증을 냈다. 베란다에 재활용 쓰레기들이 쌓이기 시작했다. 몇 주를 참다가 다시 돌아온 목요일 밤 9시 40분쯤 귀찮다는 아들을 질질 끌다시피 데리고 가서 분리배출을 했다. 쓰레기 분리배출로 인해 반복되는 아들과의 실랑이가 힘들었다.

내 마음을 찬찬히 들여다보았다.

아들이 "귀찮아"라고 말할 때 나는 불편하고 지치고 신경이 쓰였다. 편안하고 여유롭게 쉬고 싶었다. 그리고 무엇보다 간절히 원했던 건 집안일을 혼자 해야만 하는 부담감에서 벗어나 홀가분해지고 싶었다. '홀가분함'이라는 욕구를 찾고 나니 몸에서 느껴지던 불편함이 사라졌다. 아들의 욕구도 들여다볼 마음이 내 안에 생겼다.

아들은 귀찮고 억울하고 피곤하고 짜증이 났을 것 같았다. 집에 오면 편안하게 쉬고 싶기도 할 것이고, 그런 마음을 엄마가 이해하고 수용해주기를 바랐을 것이다. 또 누나와 공평하게 일하는 것도 중요했을 거라 추측이 되었다.

다음 주 분리배출 하는 날 저녁. 학원에 다녀온 아들은 소

파에 거의 눕다시피 기대어 앉아 있었다. 아들 옆에 가서 앉
았다.

"오늘 분리배출 하는 날이네."

"아! 귀찮아."

아들이 얼굴을 찡그리고 몸을 소파에 더 깊숙이 기대며 대
답했다.

"피곤해? 쉬고 싶어?"

"피곤하기도 하고, 왜 나만 계속하라고 해?"

"너만 해서 억울해?"

"당연히 억울하지."

"처음 약속한 대로 누나랑 공평하게 나누어서 했으면 좋
겠어?"

"응. 누나랑 둘이 할 때는 괜찮았는데, 혼자 하려니까 종류
별로 다 구분하는 게 귀찮아. 어디에 넣어야 하는지 헷갈리는
것도 있어. 나는 차라리 요리하고 밥 차려 먹는 게 쉬운데, 엄
마가 분리배출 하고 내가 저녁 차려 먹으면 안 돼?"

"아. 쓰레기 분류하는 게 어렵고 귀찮아? 너는 저녁 차려
먹는 게 더 편해?"

"나는 원래 요리하는 거 좋아하잖아!"

"엄마도 좋아! 그런데 누나는 집안일을 아무것도 안 하게
되는데, 그건 괜찮아?"

"누나가 올해는 고 3이니까 어쩔 수 없지. 나 고 3 때는 누
나가 하면 되니까."

"네 마음을 솔직하게 이야기해줘서 고마워. 누나 상황 이해하고 배려해준 것도 고맙구."

나는 사실 '아들의 분리배출'이라는 한 가지 수단 방법만을 원한 건 아니었다. 내가 집안일을 모두 챙겨야 하는 부담으로부터 홀가분해진다면 어떤 것도 상관없었다. 아들도 자율성과 선택의 욕구가 중요했기에 우리의 대화는 평화롭게 서로 만족하는 방법을 찾아 마무리되었다.

쓰레기 분리배출로 인한 갈등을 풀어낸 후 나에게는 조금 더 큰 힘이 생겼다. 그렇게 또 한 발자국 변화가 일어난 것이었다. 다른 사람의 말이나 행동으로 화가 나거나 짜증이 날 때, 내가 바라는 것을 찾으면 자연스럽게 상대의 마음도 헤아리게 되었다. 욕구와 연결되면 처음에는 전혀 생각지도 못했던 창의적인 새로운 제안으로 대화가 진행되는 것도 신기했다.

이렇게 내가 원하는 것을 솔직하게 표현해도 안전하게 수용받는 경험들이 하나둘 쌓이면서 부탁할 용기가 나기 시작했다. 이전에는 어려워하던 분께 밥을 사달라며 찾아가기도 하고 강원도에서 진행되는 워크숍에 갈 때 같이 차를 타고 갈 수 있느냐고 부탁도 했다. 워크숍에서 트레이너에게 공감을 요청하기도 했다.

물론 모든 부탁에 대한 대답이 'Yes'로만 돌아온 건 아니다. 여전히 나의 부탁을 들어주었을 때 내 마음이 더 편안하긴 하지만 상대방의 'No'를 듣는 것도 서서히 편안해지기 시작했다. 상대방의 'No'가 나라는 존재 자체에 대한 'No'가 아니라 그 사람의 욕구에 대한 'Yes'라는 걸 믿게 되었다. 그러니 나도 상대방의 부탁을 거절하기가 쉬워졌다.

내 삶의 선택지가 넓어지면서 내 일상은 더 안전하고 다채로워졌고 생동감이 넘친다.

하
미
애

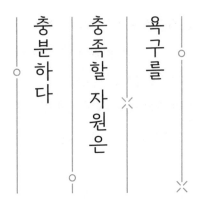

욕구를

충족할 자원은

충분하다

우리 동네에는 작은 뒷산이 있다.

큰아이와 작은아이 손을 한쪽씩 잡고 오르곤 했던 '한새봉' 가는 길에는 미끄러지지 않도록 두툼한 야자매트를 깔아놓은 길이 있다. 그 길을 따라 의심 없이 걷다 보면 어느새 꼭대기에 도착해 있다.

나는 인생도 이렇듯 정해진 길을 따라 살다 보면 자연스럽게 꼭대기에 설 수 있을 줄 알았다. 그런데 점점 힘이 들어 중간에 넘어지고 주저앉아버렸다. 상처도 받았고 누군가의 비난이 두렵기도 했다.

시간이 지날수록 주변 사람들이 싫어졌다. 가까운 가족을 싫어하고 자신을 미워하며 스스로에게 상처를 냈다. 어쩌면 숲으로 가는 길은 매트를 따라가는 길 말고도 여러 갈래가 있을지도 모른다는 생각이 들었다.

우리 가족은 7명이다. 부모님과 언니 둘, 오빠 둘로 나누어 방 한 칸씩을 차지하고 지냈다. 여자방, 남자방, 부모님방이 었다. 부족하지만 불행하다고 생각하지는 않았다.

여자방에 큰언니, 작은언니 나 이렇게 셋이 나란히 누워 자도 비좁기보다 엄마 대신 팔을 내어주는 큰언니가 있어 따뜻했다. 두 살 차이 나는 작은언니와는 틈만 나면 싸웠다. 그 좁은 공간에서 넘어오지 말라는 화난 목소리를 듣고 잠이 들지만, 아침이면 서로 마주 보고 일어나 어제 일은 잊어버리고 옆에 누워 나와 눈 마주쳐 주는 작은언니가 좋았다.

자식 다섯을 키우느라 바쁘고 지친 부모님 대신 형제들은 서로를 챙기는 것에 익숙했다. 부모님과 밥을 먹었어도 언니 오빠가 야간자율학습을 하고 돌아오면 밥을 차려주고 옆에 앉아 이야기를 나눴다.

결혼하고 아이를 낳아 키우면서도 남편이 아프면 배운 대로 밥을 챙기거나 병원에 함께 가서 약을 처방 받아와 시간 맞춰 먹을 수 있도록 챙겨주었다. 또 남편이 아이 걱정 안 하고 쉴 수 있도록 아이들을 데리고 바깥으로 나가주기도 했다. 이 방법은 어릴 때 가족들에게 배우고 익힌 돌봄을 충족하기 위한 나만의 방법이었다. 하지만 나는 그 사람도 나처럼 해주는 것이 당연하다 생각했다.

어느 날 목에 먼지가 낀 것처럼 간질간질하더니 재채기가 나오기 시작하면서 한기가 느껴졌다.

점점 몸이 처지고 열이 오르더니 입 안은 땡감을 먹은 듯

텁텁했다. 바로 약 먹고 땀 내면서 잠을 자면 좀 좋아질 것 같지만 호기심 많은 어린아이를 두고 그냥 자버릴 수는 없었다.

이때 간절히 필요한 사람이 남편이다.

나는 남편이 나를 위해 내 방식으로 돌봐줄 것을 기대했다. 아니 그게 당연하다고 생각했다. 남편이 퇴근해 들어오자마자 '나 너무 아파서 아이 못 챙기겠어'라고 말한 뒤 방으로 들어가 잠이 들었다.

아침이 되었다. 눈을 뜨자마자 새벽에 출근하는 남편이 떠오르며 '밤새 잠도 못 잤겠구나' 싶은 걱정스러운 마음에 퍼뜩 정신이 들었다. 내 귓가에 세 살 된 아이 목소리가 들렸다. 벌써 일어나 꼬물거리며 놀잇감을 찾아 거실에서 놀고 있었다. 이불 밖으로 얼굴을 내밀고 주변을 둘러봤다.

침대 아래에 아이 기저귀, 젖병이 널부러져 있었다. 이때까지도 밤새 아이 돌보다가 미처 정리하지 못했을 거라고 믿고 방문을 열어 집 안을 둘러봤다. 저녁 먹은 밥그릇은 싱크대에 그대로 있고 식탁에는 반찬들이 떨어져 있었다.

나는 다시 이불 속으로 들어가 누웠다. 서운함이 밀려왔다.

'난 아프면 자기를 얼마나 챙기는데 밤새 뭘 한거야?'

'어제 나한테 얼마나 아픈지 물어나 봤나? 아프다고 말했는데 내가 잠자러 들어갔다고 생각한 거야?'

'나한테 받은 만큼은 해줘야 하는 거 아니야?'

생각은 꼬리에 꼬리를 물고 점점 살을 찌워서 옴짝달싹못하게 섬이 되어 한자리를 차지해버렸다. 생각의 섬에서 나오는 방법은 종이에 생각을 적어보는 것이다. 종이를 한 장 꺼내 펜을 잡았다.

떠오르는 생각을 한 줄 한 줄 적었다. 처음에는 머릿속을 떠다니는 수많은 생각이 글씨가 되어 나오지 않았다. 펜을 종이에 딱 붙였다. 낚시할 때 물고기가 미끼를 물어주기를 기다리듯 그렇게 기다렸다.

생각을 잡아 한 줄 적었더니 그다음부터는 줄줄 나오기 시작했다. 종이에 적히는 생각이 많아질수록 머릿속은 고요해졌다. 점점 생각과 거리를 두는 것이 느껴졌다.

나에게 중요했던 돌봄을 찾을 수 있었다. 이제는 남편에게 나의 마음을 잘 말할 수 있을 것 같았다. 퇴근해 들어온 남편은 내 얼굴을 보자마자 '좀 괜찮아?'라고 물어왔다.

마음의 공간을 잘 마련했는데 저 말을 듣자, 예전의 방식으로 확 물어서 '내가 괜찮아 보여?'라고 비난으로 돌려주려는 마음에 경보기가 울리는 것을 알았다. 큰 숨을 한 번 내뱉어 다시 마음에 집중했다.

멈추기를 선택한 후 한 걸음 물러나자 마음에도 거리가 생겼다. 이어서 내 이야기를 시작했다.

"아침에 아이 소리 듣고 눈을 떴는데, 당신이 출근한 것을 알고 맥이 탁 풀리면서 서운했어. 나갈 때 말이라도 해주지. 나는 아이들을 안전하게 돌보는 것이 중요하단 말이야. 그리고 그동안 내가 해왔던 것처럼 당신이 나를 돌봐줄 거라는 기대가 있었나 봐."

남편은 내 이야기를 듣고 솔직하게 마음을 표현해주었다.

"나는 아플 때 그냥 가만히 두면 회복이 되더라고. 결혼 전에도 우리 집은 아프면 혼자 병원 가고, 배고프면 스스로 챙겨 먹고 정리하곤 했거든. 나 아플 때 당신이 돌봐주던 것도 좋긴 했지. 그런데 막상 내가 돌봐야 하는 상황이 되니 익숙한 방법만 떠올랐어. 그리고 집은 안전하니까 아이도 별일 없을 거라고 생각했어. 당신 좀 더 쉬게 하고 싶은 마음도 있었고."

듣고 보니 서로를 돌보는 방식이 달랐다는 것을 알게 되었다. 내 방법만 맞고 다른 방법은 틀렸다고 생각하면 그 방법으로 충족하려는 욕구가 보이지 않는다는 것도 배웠다.

비폭력대화를 배우며 들었던 말 중에 "지구상에는 욕구를 충족할 자원이 충분하다"는 말을 다시 되새겨본다. 나는 욕구를 찾고 모두의 욕구를 충족할 방법이 떠오르지 않을 때 잠시 눈을 감고 밤하늘의 수많은 별을 떠올려본다. 그 별들이 충분한 자원처럼 느껴져서 마음이 충만해진다.

이후 몸이 아플 때에는 돌봄의 욕구를 충족하기 위해 다양한 방법을 선택하는 즐거움을 경험하고 있다. 편안한 사람을 찾아 공감받거나, 친정에 가서 내가 좋아하는 음식을 먹으며 몸과 마음을 돌보거나, 병원에 가서 진료를 받거나, 남편에게 구체적으로 부탁하는 방법을 떠올리다 보면 이것만으로도 돌봄의 욕구가 채워지는 경험을 한다.

욕구를 충족하기 위한 방법을 하루에 하나씩 추가해보자.

방법이 많아지면 욕구를 채울 수 있는 기회도 많아져서 우리의 삶이 점점 풍요로워진다. 산을 오르는 것처럼 삶을 살아갈 때에도 이제는 좁은 길, 낙엽 쌓인 길, 아무도 가보지 않은 길을 선택할 수 있다.

자유로움이 선물처럼 왔다.

홍
상
미

6부

연민으로
연결하다

서핑해본 적 있으세요?
지금 보드를 타고 나가서 큰 파도가 오기를
기다리고 있다고 상상해보십시오.
자, 그 에너지에 휩쓸려 갈 준비를 하세요.
여기 옵니다!
지금 그 에너지와 함께하고 있습니까?
그것이 공감입니다.
말이 필요 없고,
그냥 그 에너지와 함께하는 것입니다.
다른 사람 안에 생동하고 있는 것과
연결되는 순간입니다.

- 마셜 로젠버그

안가도돼 회사

남편에게 물었다.

"당신 이야기 글로 써도 돼?"

내 이야기의 많은 부분은 가족의 내밀한 이야기이기도 해서 강의할 때에도 허락과 동의를 구한 사례만 언급한다. 가족 안에서 어떤 일이 일어났는지, 어떻게 다르게 반응했는지를 나누는 것이 참여자에게 도움이 될 것 같아 부탁해보지만 어떤 이야기는 5년 뒤에나 허락을 받기도 했다.

남편은 생각보다 금세 고개를 끄덕여주었다.

이제 50대 초반인 그는 그 시절의 다른 많은 사람이 그러했듯 취업이 쉬울 것 같은 컴퓨터 관련 학과를 졸업하고 아이티 업계의 중소기업에서 직장생활을 시작했다.

날고 기는 능력까지는 없었지만 성실했고, 가끔 조금 더 나은 조건을 찾아 이직했다. 어느 때엔 새로 맡은 업무들로 새벽에 출근하여 다음날 새벽에 퇴근했고, 또 어느 때엔 지방으로 출근해서 주말이나 되어야 집으로 돌아오기도 했다. 잦은 업무 스트레스 탓인지 안 그래도 진했던 미간의 주름골이 날로 깊어지는 것 같았다.

40대 초반 즈음에는 한쪽 팔을 들어올리지도 못하더니 아이가 놀다가 건드리기라도 하면 버럭 화를 냈다. 뒤돌아서 후회하고 '영영 이런 팔로 사는 건 아닐까' 두려워했다. 늦은 밤 돌아와 아무리 피곤해도 아이와 이불 놀이를 즐기곤 했는데 그 시간도 사라졌다. 남편의 두려움, 아이의 실망, 아내이고 엄마인 나의 불안과 속상함이 우리 사이를 메워갔다.

틈날 때마다 병원을 갔지만 팔은 나아지지 않았다. 먹고 사는 것에 매여 직장의 속도를 따라잡느라 정성껏 치료를 챙길 여력도 없었고, 팔의 불편함에 익숙해지면서 마치 처음부터 그랬던 것처럼 우리는 그 상태를 받아들였다. 그의 팔과 어깨는 더 굳어갔고, 몸만큼이나 그의 마음도 무너져갔다.

어느 날 한밤중 인기척 소리에 잠이 깼다. 캄캄해서 아무것도 보이지 않았지만 땀에 젖은 듯한 축축함과 후끈함, 작고 여린 신음들로 그의 상태가 느껴졌다.

"왜? 잠이 안 와?"

"어… 어."

"언제부터 깨어 있었던 거야?"

"그냥 계속. 아무리 잠들려고 해도 잠을 잘 수가 없어."

"잠 안 오면 안 자면 되지."

"내일 회사 가야 하는데 잠을 못 자면 어떻게 해."

"회사야 내일 안 가면 되구."

"어떻게 회사를 안 가니?"

내 말이 철없게 들렸는지 그가 헛웃음을 웃었다.

그가 잠들지 못한 시간이 꽤 오래였다는 것, 그저 잠깐 잠들지 못한 것이 아니라 공포와 두려움, 그리고 외로움으로 식은 땀에 젖어들고 있었다는 것을 그 밤부터 조금씩 알게 되었다.

내가 공감할 줄 몰랐다면, 공감이란 것이 있는 줄도 몰랐다면 어땠을까. 지금도 그 시간을 되돌아보면서 가슴을 쓸어내린다. 따뜻함과 연민을 담은 질문을 보내면 그의 이야기가 돌아왔다.

"잠은 안 오고 내일 회사 가야 한다고 생각하면 어때?"

"점점 초조해져. 회사를 안 갈 수도 없고, 빨리 자야 되는데 잠은 안 오니까. 그러다 보면 갑자기 숨이 막히고, 식은땀도 막 나. 그럴 때 무서워."

"회사를 꼭 가야 한다고 생각하는 거야?"

"그럼 당연하지. 그래야 우리가 먹고 살지."

"우리 가족이 먹고 살도록 지키고 보호하는 것이 당신에게는 정말 중요해?"

그의 말에서 한 집안의 생계를 책임지며 애쓰고 있는 그의 역할이 보였고, 그 너머에 있는 여린 생명의 취약함이 들려서 애달프고 마음이 아팠다.

치과 치료할 때 입 안에 물이 가득 차면 호흡이 힘들어지는

데 치료를 멈추게 할 수 없을까 봐 공포스럽다는 이야기, 잠들려는 순간 스스로가 통제에서 풀려나는 것 같아 갑자기 못견디게 두려워져 눈을 번쩍 뜨게 된다는 이야기, 회사에 가야하는데 오늘도 잠들지 못할까 봐 새로운 두려움이 몰려온다는 이야기, 어릴 적 수두에 걸렸을 때 너무 가려웠는데 엄마가 긁지 못하게 팔을 묶어놓았다는 이야기들까지.

'해야만 한다'의 세상 속에서 오랫동안 살아왔던 그의 몸이 이제 그 명령을 감당하기 어렵다고 보내는 소리들을 정성스럽게 경청하면서 우리는 까만 밤들을 꽤나 많이 보냈다. 여린 마음들이 그와 나 사이에서 흘러갔다.

밤이 지나면 매일 동이 터왔고 그의 몸은 어김 없이 집을 나섰다.

'어떻게 회사를 안 가. 회사는 가야지'라는 마음의 소리에 뿌리내린 몸은 숨도, 잠도, 움직임도, 통증과 가려움도 통제하는 그 세상 속으로 다시 걸어 들어갔다. "회사 안 가도 돼"라고 했던 나의 말이 진심이 되는 속도도 생각보다 많이 느렸다.

몸의 어려움을 보살피기 위한 작은 행동들을 하면서 그렇게 하루하루를 견뎌나갔다. '호흡이 힘들어지면 한쪽 손을 들어올릴게요. 그때 하시던 걸 멈춰주세요'라고 치과의사에게 요청하기. 잠들지 못할 때 '잠들어도 안전하고 괜찮아'라고 스스로에게 말해주기. 가려울 때는 참기보다 따뜻하게 쓰다듬고 어루만지기. 잠이 오지 않는 날은 '자지 않아도 되는 자

유가 있다'는 것을 기억하기. 우리 가족의 생계를 돌볼 아이
디어와 방법을 함께 고민하기.

그러던 중 그가 다니던 회사의 사정이 나빠졌고, 자의 반
타의 반 직장을 나올 수 있게 되었다.

'빨리 직장을 구해야지. 일해야 해' 하면서 올라타야 할 또
다른 기차를 찾기보다 긴 들숨의 시간을 살아왔으니 이제 무
언가 내보내는 날숨의 시간을 살아보자고, 그래도 괜찮음을
믿어보자고 했다. 쉬어감의 시간, 멈춤의 시간이었다.

그는 꽤 오랫동안 한의원을 다녔다. 움직이지 않는 팔과 몸
의 가려움, 아래쪽 눈꺼풀이 심하게 떨리는 증상이 더해져 시
작된 치료를 매일매일 성실하게 챙겼다.

"스트레스 많이 받는 일을 하시나요?"

"아니요. 요즘은 아닌데요. 예전에는 그런 일을 했지만, 지
금은 쉬고 있어요."

"예전의 일이라도 그 스트레스들이 나가지 못하고 심장에
모여 열을 담고 있기도 해요."

꾸준히 침을 맞고 약을 먹으면서 몸 여기저기에 울긋불긋
꽃도 피었다. 한의사로부터 몸의 독성들이 빠져나가고 있는
명현 현상이라는 설명도 들었고, 밤마다 가려움으로 괴로울
때 뜨거운 물에 샤워를 하고, 오일을 바르고, 때때로 쓰다듬
고 긁어가며 그 시간을 보냈다.

어느 저녁 밥상 앞에서는 손가락 마디를 재어가며 영웅담
처럼 말했다.

"이만한 침을 내 배에 놓는 거야. 쑤우욱 들어가는데 진짜 아프더라. 무서워서 이제 아예 눈을 감고 맞아."

그의 팔은 정말 어느 날 나았다.

"어, 이제 팔이 다 올라가네."

조금씩 조금씩 나아지고 있었겠지만 마치 우리에게는 마법 같았다.

2년, 몸을 돌보는 휴식의 시간들을 지나면서 잠 못 드는 밤도 서서히 줄어들었다. 여유로워진 아빠는 아이와 다시 이불 놀이를 즐겼고, 놀이공원 연간 회원권을 끊어 부자의 우정을 만들어갔다. 목공을 배우기 시작했고, 아이들을 좋아하는 그의 성질에 어울리는 마을교사도 잠시 맡았다. 그리고 그런 경험들이 이어져서 이전의 직장과는 전혀 다른 새로운 일을 선물처럼 만났다. 지금 그는 어릴 적 꿈이었던 문구점 사장님이나 만화가게 주인 같은, 자기가 정말 그리워했던 의미들을 살고 있는 중이라고 생각한다.

며칠 전 시아버지와 통화하면서 '작은눈'이라는 별칭을 가진 두근두근 방과후의 교사, 당신의 아들이 어떤 시간을 보내는지 알려드렸다.

"아버지, 요즘 작은눈은 더할 나위 없이 행복하대요. 그 사람은 놀아주는 게 아니라 아이들이랑 정말 같이 놀아요. 그런 시간들이 너무 재미있대요. 아이들이 졸라서 눈썰매 태워주다가 가위바위보 놀이로 이긴 사람 태워주기 했다고, 자기가 이겨서 아이들이 눈썰매 끌어줬다네요. 그날 공원의 가로등

불빛이 너무 예뻐서 사진을 찍었노라고, 그 사진 보여주면서 자랑하더라구요. 팽이를 열심히 가르쳐주어도 제대로 되지 않는 아이가 있어서 마음이 쓰였는데, 혼자 연습해서 마침내 해내더라고, 그 아이가 너무 기특하고 대견해서 눈물이 났다는 이야기도 해요. 1학년 꼬맹이가 하수구에 빠뜨린 인형을 꺼내줬더니, 꼬맹이들이 쪼르르 다가와 '작은눈은 못하는 게 뭐예요?' 했다며 기분 좋게 껄껄 웃어요."

공감은 어느 날의 그를 살렸고 '해야만 하는 삶'에서 '살아 있음과 존재감이 느껴지는 삶'으로 초대했다. 그리고 '살아 있음과 존재감이 느껴지는 그의 삶'이 그가 만나는 아이들에게도 선하고 멋진 영향을 미치고 있을 거라고 믿는다.

나는 지금도 계속 공감을 연습하고, 공감이 얼마나 강력한 행동인지 놀란다.

그래서 공감이 내가 자신에게, 가족에게, 친구와 이웃에게 줄 수 있는 최고의 선물일 수 있다는 것을 매 순간 잘 기억하려고 한다.

김숙희

그저 그 사람의 경험과 함께

일상에서 우리는 공감에 대해 참 많이 듣고 살아간다. 교육학, 심리상담에서도 공감을 배우는 것은 기본이다. 그래서인지 공감을 잘 안다고 생각했고, 공감하며 살고 있다고 생각하며 살았다. 그런데 NVC의 여러 과정을 꾸준히 공부하면서 공감에 대해 알고 공감했노라 했던 일들이 대부분 공감을 방해하는 일들이었음을 알고, 시간을 되돌리고 싶은 아쉬운 날들이 떠올랐다.

공감은 언제나 현재에서만 일어난다는 말이 낯설고 새롭게 들렸다. 누군가의 고통을 공감으로 듣는 것은 그의 과거에 풍덩 빠져 함께 허우적대는 것이 아니라 그의 과거를 현재로 가져오는 것이라고 했다.

"그때 그 일이 떠오르면 지금도 마음이 힘드세요? 아무것도 모르고 막막하던 어린 시절 누군가가 나를 따뜻하게 지지

216

해주고, 있는 그대로 수용해주길 바라셨을까요?"

과거를 지금 여기로 가져오는 방식의 대화다. 마치 과거의 상처받은 어린 나에게 들려주는 말인 듯 가슴이 푸근해진다.

캐서린 선생님은 부모님들이 오래된 과거의 고통을 반복해서 이야기하는 것이 누군가에게 이해받고 싶은데 흡족한 이해를 받지 못해서 그런 거라고 했다. 한 번이라도 흡족하게 공감을 받으면 말을 그칠 가능성이 있다는 것이다.

이 말에 어머니가 딱 떠올랐다. 어머니는 시집살이하던 때의 고통이 떠오르면 며느리건 어린 손자들이건 가릴 것 없이 하소연하셨다. 아이들은 반복되는 할머니 이야기로 귀에 딱지가 생길 것 같다고 했다. 아이들 말이 신경 쓰이기도 하고 안타깝기도 하여 언제든 한 번은 어머니가 흡족하게 이해받았다 느낄 만큼 공감해드리고 싶었다. 그러나 마음과 달리 실행은 요원하기만 했다. 시댁에 가면 나 공감하기 바빠서 어머님 공감은 생각도 할 수 없었다. NVC를 배우고도 한참이 지나서야 어머님이 공감이 필요해서, 자기 마음 좀 알아달라고 하는 부탁임을 가슴으로 느낄 수 있었다.

어머님은 오래전에 구강암 수술을 받으신 적이 있다. 수술 후 단식원에서 열흘 단식을 하고, 이후 3개월간 생채식을 하는 등 정성과 노력을 기울였고 다행히 회복되었다. 이후 정기 검진할 때마다 이상이 없었는데 10여 년 후에 재발하고 말았다. 의사는 심각하게 진행된 상태가 아니니 간단한 수술로 치료가 가능하다고 했고, 어머님도 그렇게 어려운 일 아니니 내려오지 말라고 하셔서서 안심한 터였다. 그런데 어머님 마음은 그게 아니었던 것 같다. 수술을 받고 충격이 크셨는지 잠을 못 주무시면서 섬망 증세가 나타났다. 어머님의 다양한 섬망 증세에 아버님뿐만 아니라 사위, 자식들도 모두 지치고 힘들어 누구도 어머님을 돌보기가 힘든 상태였다.

병원에서도 하루를 못 견디셨다. 병원에 입원하면 집에 가겠다고 버텨서 어떤 병원도 감당할 수 없었고, 간병인도 잠깐 왔다가 떠났다.

어머님을 위해 아무것도 할 수 없는 상황에서 내가 할 수 있는 것은 무조건 어머님을 수용하고 공감해드리는 것밖에 없었다. 몇 시간이라도 좋으니 공감만 해드리자, 남편에게 부탁했다.

마음을 굳게 먹고 어머님 댁에 도착했는데, 입구에는 부서진 물건들이 굴러다니고 집 안에 성수를 뿌려 곳곳이 젖어 있었다. 옷이며 양말이며 수건, 커튼 등은 둘둘 말리고 묶인 채 여기저기 굴러다녔다.

남편이랑 어머님 방에 들어갔다.

어머님은 꽁꽁 숨겨두었던 어린 시절 겪은 수모들을 이야기했다. 엄마가 두부 장사하러 다닌 일, 집이 가난해 힘들었던 이야기, 학교에 다니지 못해서 억울한 이야기, 열아홉 어린 나이에 시집 와서 무서운 시어머니와 남편에게 겪은 시집살이 등 끝없이 이야기가 이어졌다.

어머님이 들려주시는 이야기를 판단하지 않고 그저 있는

그대로 들었다. 무의식중에 혼돈의 상태에서 떠오르는 대로 말하고 또 말하는 어머니의 모습에서 무한한 연민이 느껴졌다. 가냘픈 한 사람, 자신도 자신을 어찌할 수 없는 한 사람이었다.

어머님은 말을 하면서도 손에 잡히는 것을 계속 묶었다. 왜 그러시냐고 하니 무언가 보인다고 했다. 손으로는 연신 묶으면서도 어릴 적 이야기가 떠오르면 중얼거리듯 혼잣말하는 어머님의 이야기를 따뜻한 호기심으로 들었다.

"어머니, 그때를 생각하면 지금도 마음이 아프세요? 힘들고? 어린 나이에 시집 와서 아무것도 모르는 어머님을 시어머니가 따뜻하게 대해주고 모르는 것이 있으면 친절하게 알려주길 바라셨어요?"

"응응."

그렇게 공감으로 듣기를 두세 시간 정도 했다. 휴 숨을 쉬시고 말을 멈추시면서 어머님의 눈빛이 편안해졌다. 표정도 밝아지고 웃음도 보였다. 어머님에게 병원에 가셔야 한다고 말씀드렸다. 병원에 안 가신다고 버텨서 자식들이 모두 지쳐 있는 상태였는데 순한 어린아이처럼 고개를 끄덕이셨다.

남편이 잘 아는 대학병원 의사의 도움으로 응급실에서 안정제를 맞고, 아들 며느리의 간병을 받으며 참으로 오랜만에 편안하게 주무셨다. 한 달가량 입원하셨다가 퇴원하시고 그 이후로도 여러 일이 많았으나 공감하고 부탁해가면서 차츰 안정을 찾고 회복되었다.

내 생애에서 공감의 힘을 이토록 강력하게 경험한 적이 있었나. 아마 이후로도 이토록 마법 같은 경험을 다시 할까 싶다. 당시 어머님과 보냈던 시간을 떠올리면 지금도 따뜻해진다. 내가 어머님 딸이었으면 어려웠을지도 모르겠다. 며느리여서 오히려 가능하지 않았나 싶다.

요즘도 어머님은 어렸을 적 일이 문득 떠오르면 혼잣말을 하시곤 한다. 그럴 때 나는 어머님과 공감의 에너지로 연결된 경험이 있어 어머님 이야기를 들으려고 말을 건네본다.

"어머니, 이곳에 오니 어렸을 적 일이 떠오르세요? 무슨 일이 있었는지 들려주세요."

어머님은 기다렸다는 듯 어린아이처럼 배시시 웃으면서 이야기꽃을 피운다.

공감은 현재에서만 일어난다는 말을 어머님의 과거와 마주하면서 확인한다. 과거의 고통을 지금 여기로 가져와서 이야기꽃을 피운 이후 한 많았던 과거의 시간 한 조각이 막을 내렸다.

마셜은 그의 글에서 "공감으로 다른 사람의 말을 들어주기 위해 가장 중요한 것은 상대방의 마음속에서 실제로 일어나는 것, 즉 그 순간에 그 사람이 경험하고 있는 특정한 느낌과 욕구와 함께 있어주는 능력"이라고 말했다.

상대를 위해 뭔가를 하려고 애쓰며 사는 삶이 몸에 배어 뭔가를 하지 않고 그냥 '있어주는 것'이 참 어렵다. 특히 사랑하는 가족이 고통스러워할 때는 저절로 그의 어려움을 바꾸거나 해결해줘야 한다고 생각하곤 한다.

"일도 힘들고, 내가 잘 살고 있나 싶어요."

더운 여름날 농사를 짓는 막내가 하소연을 한다.

"무슨 소리야. 네 나이에 너처럼 잘 사는 사람이 어디 있다고."

나도 모르게 말을 뱉어놓고 아차! 한다. 오랜 시간 연습을 해오고 있는 요즘도 아이의 고통을 없애주고 싶은 오래된 습관이 수시로 발동한다. 엄마와 아들이라는 꼬리표를 떼어내고 존재와 존재로 만나기가 얼마나 어려운지.

"엄마, 도움이 안 돼요. 공감이요 공감."

아이는 도움이 안 된다며 실망스러워한다. 놓쳤던 현존을 금세 알아차리고 공감 모드로 전환한다. 가슴을 쓸어내린다. 아들이 아닌 공감받고 싶어 도움을 요청하는 한 존재를 처음 본 듯 바라보며 충고하고 조언했던 말을 주워 담는다. 그리고 존재로 곁을 내어준다. 그럴 때 공감의 에너지가 흐른다. 얼마나 다행인지.

"요즘 사는 게 좀 힘들어? 진짜로 삶을 잘 살아가고 싶다고 들리는데. 잘 살아가고 있다는 확신이 중요한 것 같기도 하고. 어때?"

공감할 때 많은 말이 필요한 것은 아니다. 곁을 따뜻하게 내어주면서 그저 아이의 가슴 안에 생동하는 몇 마디면 충분하다.

"맞아요. 정말 잘 살고 싶어요. 내가 잘 살고 있다는 확신
이 중요해요."

진심이 담긴 공감에 방금까지 힘들다 했던 아이가 함빡 웃
으며 편안하고 자연스럽게 자기 욕구를 향해 나아간다. 공감
받기 전과 후가 달라진 아이의 표정, 밖으로 향하는 씩씩한
뒷모습을 바라보며 혼자 감동한다. 가정이라는 울타리에서
날마다 공감의 힘을 경험하며 배우고 성장해간다.

김
순
임

현존으로
공감하기

2008년부터 몇 년 동안 비폭력대화 워크숍에 참여하기 위해 새벽부터 서울로 향하던 내 모습이 떠오른다. 설렘으로 한껏 상기되어 KTX 열차 도착 시간보다 훨씬 일찍 플랫폼에 도착해 기차를 기다렸다. 시울역에 내려서도 조금이라도 일찍 워크숍 장소에 가 있고 싶어 총총거리며 빠르게 걷곤 했다.

그런 나와 달리 내가 없는 동안 아이를 돌봐야 하는 남편은 가끔 볼멘소리로 "서울을 옆집보다 더 자주 가냐"고 투덜거렸고 그럴 때마다 나는 "거기 가면 아무것도 안 해도 그냥 마음이 편해"라고 말했다.

워크숍을 마치고 돌아오는 날은 몸과 마음이 깃털처럼 가벼웠다. 매일 걷던 길인데도 그동안 느껴보지 못한 부드러운 공기의 흐름이 느껴졌다. 그 심리적 안정감 때문에 왕복 5시간 이상이 걸리는 거리임에도 피곤하지 않았다. 오히려 살아

있음을 생생하게 느낄 수 있었다. 비폭력대화 워크숍은 자연스럽게 공감이 일어나는 공간이었다.

공감을 주고받을 때 몸과 마음의 변화를 경험하면서 '멀리까지 가지 않더라도 나를 포함한 내 주변이 매 순간 공감하는 에너지로 가득하면 얼마나 평화로울까?' 꿈꿔보기도 하고, '내가 어릴 때부터 공감을 받으며 성장했더라면 지금 어떤 모습일까? 날 선 모습 대신 폭신폭신하고 부드러움 가득한 사람이 되었을까?' 혼자 중얼거리며 상상하기도 했다. 그러다 문득 어릴 때의 한 장면이 떠올랐다.

어느 겨울밤, 바닥에만 겨우 온기가 도는 외풍 가득한 방에 열한 살쯤 된 나와 엄마, 그리고 오빠가 누워 장난을 치며 놀고 있었다. 엄마와 오빠가 무슨 말을 했는지는 기억나지 않는데 나는 두 사람 말에 토라져 있었다. 우리 세 사람이 함께 누워 놀 수 있는 기회는 흔치 않았다. 장사하면서 생계를 책임지던 엄마는 늘 늦은 시간까지 일하느라 바빴고, 오빠는 경제적 어려움으로 할머니와 살다가 방학 때나 만날 수 있었다. 오랜만에 세 사람이 함께하는 시간이 소중했던 기억이 있다.

그래서 나는 두 사람이 내 마음을 빨리 알아주기만 하면 두 사람의 놀이에 얼른 함께하고 싶었다. 그 마음이 얼마나 서운하고 외로웠는지 몸의 기억이 뚜렷하다. 그런데 두 사람은 토라져 있는 나를 잊은 듯 둘이서만 계속 이야기를 하고 놀았다. 나는 화가 났다는 표시를 하고 싶어서 이불을 끌어당기면서 방 한구석으로 가 벽 쪽으로 몸을 바짝 붙이고 있었다. '내가 여기 토라져 있어'라는 신호를 온몸으로 보냈다.

당시 보일러 선이 방구석까지 이어지지 않아 내 몸과 닿아 있는 바닥은 아주 차가웠다. 나는 마음속으로 차가운 바닥에 있는 나를 엄마가 발견하면 얼른 끌어당겨 안아주고 삐친 내 마음도 달래줄 거라 생각하고 있었다. 그런데 두 사람은 나를 모른 척했다. 그때 엄마가 나에게 "속상해? 얼마나 속상한지 엄마가 그 마음 알아줬으면 좋겠어?" 하고 물었다면 나는 토라진 마음을 얼른 회복하고 두 사람과 도란도란 이야기를 이어갔을 텐데. 그 밤이 얼마나 따뜻하고 풍성했을까.

지금은 이런 상상을 하면서 피식 웃는 여유도 생겼다. 이후 공감을 배워가고 알아가는 과정에서 새로운 습관이 생기기도 했다. 외로워하고 슬퍼하는 어릴 때의 한 장면이 떠올랐고, 그럴 때마다 어른이 된 내가 어린 나를 찾아가 마음을 알아주는 상상을 했다. 어떤 날은 손수건 한 장을 다 적실만큼 눈물이 났다. 그러고 나면 몸과 마음이 깃털처럼 가벼워졌다. 자기공감은 단연코 내가 비폭력대화를 포기할 수 없는 이유 가운데 하나이기도 하다.

딸아이와 공감으로 만났던 소중한 경험도 있다. 마치 마셜이 말했던 마술쇼와 같았고, 공감을 더 잘 배우고 싶고 삶에 적용하고 싶은 이유가 되었다.

윤진이가 초등학교 2학년을 맞아 등교한 지 사흘째 되던 날의 일이다.

학교에서 돌아온 윤진이는 "엄마, 나 학교를 끊어야겠어"

라고 말했다. 나는 얼른 존재로 있기를 떠올렸다. '도대체 무슨 일이 있었던 거야?'라는 과거로부터 오는 생각을 내려놓고 '학교생활을 어떻게 하려고 벌써 저래?'라는 미래로 가는 생각도 내려놓고 윤진이 말을 따뜻한 호기심과 침묵으로 들었다. 나의 따뜻한 마음이 우리가 있는 공간에 퍼지고 있다는 것을 직감했다. 윤진이는 내가 묻지 않았는데도 왜 학교에 가기 싫은지 말하기 시작했다. 선생님이 너무 자주 손을 머리에 올리라고 말하고 눈도 감으라고 해서 학교 다니는 것이 너무 싫다는 것이었다. 눈을 뜨고 있어야 친구들을 볼 수 있고, 어떤 친구와 놀지 찾을 수 있고, 친구를 찾아야 놀 수 있는데, 눈을 감으라고 하니까 답답할 뿐만 아니라 친구들을 찾을 수도 없고, 팔도 아파서 힘들다고 했다.

윤진이 말이 끝날 때까지 기다렸다가 "머리에 손을 올리고 눈 감고 있는 게 너무 힘들고 불편해?"라고 물었다. 윤진이는 "응, 엄청 힘들었어!"라고 했고, 이어서 "친구와 재미있게 노는 것이 너에게는 정말 중요해?"라고 욕구를 추측해 물었다. 윤진이는 "당연하지, 학교에는 친구가 많아. 그래서 나랑 놀 수 있는 친구를 빨리 찾아야 하는데"라고 말했다.

"너와 잘 맞는 친구와 학교생활을 즐겁게 하고 싶어?"

우리의 대화가 흘러갔고 윤진이는 이어 10분 남짓 이야기하다가 "엄마 나 놀다 올게"라고 말하고는 놀이터로 나갔다. 다음 날 윤진이는 등교를 하고, 또 다른 자극을 들고 와 "학교를 끊어야겠어"라고 말했다. 나는 역시나 따뜻한 호기심과 침묵으로 윤진이 이야기를 듣고 느낌. 욕구 언어로 반영했다. 그렇게 약 한 달쯤 지나자 윤진이는 학교에서 있었던 재미난 일들을 주로 이야기했다. 즐거운 마음으로 등교하는 윤진이를 보면서 마음이 놓였고, 한편으로 궁금하기도 했다. 그래서 물었다.

"윤진아, 요즘에는 학교 다니는 거 어때?"

윤진이가 아주 밝게 웃으며 대답했다.

"엄마, 나 학교 다니는 요령을 알았어!"

윤진이는 자기가 학교생활을 하면서 얼마나 요령 있게 규칙을 지키면서도 자유로운지 알려주었다. 그리고 담임선생님이 얼마나 아름다운 사람인지, 친절하면서 재미있게 가르쳐주는지에 대해 한참을 이야기했다. 이후에도 새 학년이 되면 비슷한 방식으로 학교생활의 어려움을 이야기했고, 나는 그때마다 같은 방식으로 윤진이와 함께 했다.

공감을 받은 윤진이는 힘들거나 아팠던 마음을 빠르게 회복할 수 있었고, 안정된 상태에서는 어떻게 생활해야 할지 스스로 방법을 찾기도 했다. 안정된 마음은 새로운 것에 대한 호기심을 불러일으켜 배우는 것을 즐기기도 했다. 아이의 안정을 지원하는 공감의 경험으로 이후 나는 공감을 내 삶과 일치시키고 싶었다.

공감은 현존이 가능할 때 일어난다. 그래서 나를 생생하게 느낄 수 있도록 내 몸에 주의를 기울이는 연습을 하고 있다. 이 연습은 일상을 공감으로 살아가는 데 꽤 효과적이다.

나는 틈날 때마다 돌봄이 필요한 이들을 만나 공감으로 지원하는 일을 한다. 그렇게 할 수 있는 것은 비폭력대화의 공감이 상대뿐만 아니라 나의 삶도 더 풍성하게 해주기 때문이다. 그리고 무엇보다 나 자신이 신체적, 정서적으로 힘들어 상대를 공감하기 힘들 때는 모든 걸 멈추고 나에게 따뜻한 목소리로 말을 건넨다. 그 일로 내 몸과 마음이 얼마나 지쳤는지 혹은 슬픈지 충분히 느껴보고, 서로 신뢰하고 따뜻한 방식으로 배우고 싶어하는 나를 인식한다. 이런 자기공감 과정은 상대에게 다시 사랑과 도움을 줄 수 있는 여력을 만들어준다. 나의 회복이 곧 세상을 풍요롭게 할 수 있는 힘인 이유다.

이
은
령

코난이
자꾸 생각나?

    여섯 살이었던 딸은 원하는 것이 잘 이뤄지지 않을 때 종종 울음을 터뜨리곤 했다. 처음에는 달래기도 하고 다른 데로 주의를 돌려보기도 하지만 아무 소용이 없어 나를 지치게 했다. 비폭력대화를 배우기 전에는 지친 마음에 결국 "도대체 왜 우는 거야? 뭐가 속상한지 말해야 알 거 아니야!" "울지 말고, 왜 우는지 말하라고!" "뚝! 그쳐. 왜 이렇게 엄마 말을 안 들어?" 하고 소리를 지르거나 협박하기도 했다. 그러면 아이는 야단치는 엄마가 무서워 억지로 울음을 그치려 애를 쓰지만 새어 나오는 울음은 어쩔 수 없었다.

    나는 아이가 울 때 차분하게 아이를 공감하며 "지우야, 슬퍼? 슬프면 울어도 돼"라는 말을 하지 못했다. 왜냐하면 불안함과 초조함이 나를 휘감았기 때문이다. 사실 그때는 이 감정이 불안함이나 초조함이라는 것을 몰랐다. 그냥 짜증스럽고 화가 난다고만 생각했다.

어느 날 혼자 길을 걷고 있는데 어디선가 어린아이 울음소리가 들렸다. 그 소리를 듣자 내 아랫배가 반응하는 것이 느껴졌다. 싸르르 흔들리는 불편한 이 감각은 분명 불안할 때 느껴지는 것이었다. 딸이 울 때에야 내가 짜증이 나고 화나는 것이 자연스러운 반응이라 생각했다. 그런데 전혀 모르는 아이의 울음소리를 들으면서 불안한 감정이 올라오는 건 도대체 왜 그럴까? 혼란스러웠다.

그때 떠오르는 한 장면이 있었다. 어렸을 적 세 살 터울 여동생의 우는 모습이었다. 무슨 일이 있었는지 기억나지는 않았지만, 동생은 울고 있고 엄마는 얼굴이 일그러진 채 화를 내며 동생을 야단치고 있었다. 내가 혼나는 것도 아니었는데 어린 나는 화내는 엄마가 너무 무섭고 두려워 온몸이 쪼그라드는 것 같았다.

어린아이의 울음소리를 들을 때면 몸이 기억하고 있던 불안과 두려움이 자동반사적으로 찾아온 모양이다. 그런데 이 느낌을 섬세하게 알아차리지 못한 채 화나고 짜증나는 거라고만 여겼다. 내가 화가 나는 건 저 아이가 울기 때문이라 생각했기에 어떻게든 저 울음소리를 멈추게 하려고 애썼다. 혼내고 야단치는 방법으로. 내 불안한 마음을 돌보기 위해서 말이다. 내가 자랄 때 엄마가 우리 자매에게 했던 익숙한 방식, 그러나 내가 싫어하는 방식으로 나 역시 행동하고 있었던 거다.

비폭력대화를 배우고 가장 먼저 어린 딸과의 관계에서 변화가 일어나기 시작했다. 아이가 울던 어느 날 밤의 장면이 생생하게 기억이 난다. 그날 아이는 안방 문 앞에 서서 울고 있었고 나는 바닥에 맥없이 털썩 주저앉아 침대에 기대어 있었다. 온몸의 에너지와 영혼이 다 빠져나가서 마치 껍데기만 있는 것 같았다. 그렇지만 예전처럼 아이를 혼내는 방식이 아니라 다른 선택을 하고 싶었다. 다른 방법으로 나를 돌보고 싶었다. 나는 기운 없이 앉아 있는 나 자신을 공감하기 시작했다.

'지금 지치고 힘들어? 맥 빠지고 기운도 없네. 막막하기도 하지? 아이가 왜 우는지 이해하고 싶어? 따뜻하게 아이를 공감해주면서 아이도 돌보고 너도 편안하고 싶어?'

이렇게 토닥토닥 나에게 말을 걸면서 깊은숨을 쉬었다.

그런데 갑자기 놀라운 일이 일어났다. 아이가 스스로 울음을 그치더니 나에게 다가와 자기가 지금 왜 슬픈지 말하기 시작했다. 그 말을 들으니 가슴 속에 불빛이 환하게 켜지는 것 같았고, 아이의 말이 정말 반가워서 기운이 솟았다.

"아! 지우가 그래서 슬펐구나. 이해할 수 있게 엄마에게 말해줘서 정말 고마워."

나는 아이의 마음을 알아주며 따뜻하게 안아주었다. 지금도 그때를 생각하면 감격스러움으로 눈가가 촉촉해진다. 그 뒤로도 비슷한 일이 몇 번 반복되었다. 어쩌다 한 번 일어난 일이 아니라 여러 번 반복되자 나는 그때부터 궁금해지기 시작했다.

나는 어떤 말로도 아이를 공감하지 않았는데, 왜 갑자기 달라졌을까? 그 해답은 바로 내 안의 공감 에너지였다. 아이들은 엄마가 화가 나 있는지(아이를 비난하는 에너지), 그렇지 않은지(공감하는 에너지) 감각적으로 아는 것 같다. 엄마가 혼내지 않는 것도 새로운 변화였을 것이다. 아이는 엄마에게 설명하기 어려운 어떤 변화가 일어난 것을 감지하고는 용기 내어 자신의 슬픔을 이야기할 수 있었던 것이 아닐까?

NVC는 아이도 나도 더불어 조금씩 성장하도록 도와주었다. 내 마음을 공감할 수 있게 되자 상대방을 공감하는 힘이 생겨나고 있었다. 그러던 어느 날 작은 성공이 찾아왔다.

당시 나는 내가 어릴 때 재미있게 봤던 추억의 애니메이션 〈미래 소년 코난〉을 하루에 한두 편씩 다운받아 아이에게 보여주고 있었다. 다시 봐도 정말 재미있어서 아이가 볼 때면 나도 아이 옆에서 함께 보고 컴퓨터를 정리하곤 했다.

그날은 나의 저녁 일정으로 귀가가 늦어지는 바람에 시청 시간이 좀 늦어졌다. 한 편을 보고 나니 10시 30분이 넘었다. 서둘러 컴퓨터를 정리하려고 하니 아이의 표정이 어두워졌다. 마음속에서는 벌써 비난의 목소리가 날뛰기 시작했다.

'이 녀석, 엄마랑 약속한 건 다 잊었어? 오늘은 밤이 늦었으니 한 편만 보기로 해놓구선 자꾸 이렇게 약속을 어기려 드네. 지금 시계를 봐. 이미 잠자리에 들었어야 할 시간이라구. 저 생각해서 한 편이라도 보여줬으면 감사하게 생각해야지.'

아이를 비난하고 있는 내가 보였다. 일단 크게 숨을 쉬었다. 깊은숨이 나의 마음에 공간을 선물했다. 나를 토닥토닥하며 공감을 시작했다.

'지치고 피곤하다. 이제는 쉬고 싶어. 피곤하고 늦은 시간이지만 아이와의 약속을 지키기 위해 한 편이라도 보여주었다는 것을 이해받고 싶어. 그리고 불편하고 걱정스럽기도 해. 내일 아침 우리 모두 건강하게 하루를 시작하고 싶어.'

이렇게 자기공감을 하고 나니 내 안에 상대의 마음을 볼 수 있는 여유와 에너지가 차올랐다. 그래서 아이의 마음을 공감하기로 선택하고 말을 걸었다.

"지우야, 아쉬워? 다음 편이 궁금해?"

"응."

고개를 숙인 채 대답하는 목소리가 시무룩하니 기운이 없다.

"지우야, 시간이 늦었다는 것은 알지만, 그래도 자꾸 궁금하고 계속 보고 싶은 거야?"

"응."

엄마의 공감에 희망의 빛이 보였는지 대답하는 목소리가 조금 밝아졌다.

"얼마나 보고 싶은지 지우의 마음은 알겠어. 그런데 지금은 10시 30분이야. 잘 시간이 이미 넘었고, 엄마는 지우가 충분히 잤으면 좋겠어. 그래서 다음 편은 내일 봤으면 하는데, 엄마 얘기 들으니 어때?"

혹시나 하는 한 줄기 희망이 사라진 듯 아이는 대꾸도 없이 조용히 의자에서 일어나 거실 소파에 앉았다. 컴퓨터 전원을 끄고 거실로 나가니 아이의 어깨는 축 늘어져 있고 입은 삐죽이 나와 있다. 나는 아이 옆에 가만히 다가갔다.

"지우야, 코난이 자꾸 생각나?"

다시 한 번 힘을 내서 아이 마음을 공감했다.

"응, 엄마⋯. 그런데 코난이 죽어?"

코난이 죽냐고 묻는 아이의 말에 '아하! 그거였구나!' 싶었다. 주인공 코난이 두 손 두 발 모두 묶인 채 바다에 던져지면서 끝났는데, 아이는 그게 너무 걱정되었던 것이다.

"지우야, 걱정돼? 코난이 죽을까 봐?"

"응."

아이가 눈에 불안과 걱정을 한가득 담고서 나를 보았다.

"코난 안 죽어."

"정말? 엄마 봤어? 휴우, 다행이다."

엄마의 스포일러에도 아이는 밝은 얼굴로 벌떡 일어나 잠자리로 갔다. 그리고 편안하게 잠이 들었다.

공감으로 반응할 수 있었던 내가 기특해서 머리를 쓰다듬었다.

'와, 대박! 내가 해냈어.'

나도 피곤하고 아이도 피곤한 이 시간은 보통 에너지가 남아 있지 않아 종종 실랑이가 일어나곤 하는데, 습관적인 반응을 멈추고 다른 행동을 선택할 수 있어서 정말 감사했다.

만약 내가 예전처럼 '엄마랑 한 개만 보기로 약속했잖아.

하나 봤으면 됐지. 왜 짜증을 내고 그래?'라고 다그쳤다면,
아이는 마음속에 품은 말을 하지 못하고 또 울었을 것이다.

우는 아이한테 한마디를 더 보탰을까?

'왜 울어? 네가 뭘 잘했다고 울어! 뚝 그치고 얼른 자!'

이날 밤 공감이 나를 살리고 아이도 살렸다.

정희영

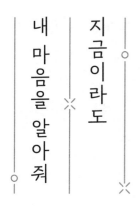

지금이라도
내 마음을 알아줘

비폭력대화를 배우고 내 삶에는 어떤 변화가 있었을까?
요즘 자주 떠올리는 질문이다.

"우리 회사 사람들 다 한국 갔어. 흑흑. 부럽….."

올해부터 해외에서 일하고 있는 딸이 카톡을 보냈다. 카톡을 읽으며 '과장이 심하네. 너네 회사 직원이 100명도 넘는데 다 가지는 않았을 거 아냐!'라는 반응이 훅 일어난다.

순간, 딸이 보낸 글자들만 보고 분석하는 내가 보인다. 숨을 천천히 들이쉬고 내쉬며 스스로에게 말을 걸어본다.

'참나, 아직도 딸 마음보다 "다" 한국 갔다는 글자가 먼저 눈에 들어오네? 그래도 답장 보내기 전에 알아차렸으니 다행이지.'

이런 나를 쓰담쓰담 먼저 토닥여준 후 한국에 오고 싶은 딸의 마음을 알아주며 대화를 이어간다.

"부러워? 너도 한국 오고 싶어?"

습관적으로 반응하려는 나를 멈추고 딸의 마음을 공감할 수 있게 된 일상의 변화가 반갑고 감사한 순간이다.

한 번이라도 제대로 공감받아 본 사람은 다른 사람을 공감할 수 있다고 한다.

나는 비폭력대화 워크숍과 연습모임에 참여하면서 참 많이 공감 받았다. 쪼그라들고 긴장하며 살던 나는 공감의 따뜻한 에너지로 편안하고 여유로워진 부분이 많아졌다. 공감을 주고받으며 가슴에서 가슴으로 공명하며 깊이 연결되는 달달함을 맛보기도 했다.

하지만 가족을 공감하는 건 여전히 쉽지 않았다. 특히 딸을 공감하기가 어려웠다.

내가 가장 괴롭고 공감하기 힘든 상황은 딸이 "엄마가 나한테 관심이나 있었어? 맨날 동생만 신경 쓰고"라고 말할 때였다. 이 말을 들을 때마다 되돌릴 수 없는 과거로 돌아가 좌절스럽고 죄책감이 들었다.

'그때 내가 힘들어도 딸을 좀 더 잘 챙겼어야 해.'

'어릴 때는 엄마가 무조건적인 사랑을 줬어야 하는데 내가 너무 부족한 엄마였어.'

'NVC를 배워도 정작 딸 마음을 풀어주지 못하니, 이게 다 무슨 소용이야?'

'도대체 얼마나 더 배워야 내 문제를 해결할 수 있는 거야?'

자기 비난의 말이 가시가 되어 나를 콕콕 찌르며 공격했다. 동시에 딸을 공격하며 나를 방어하는 말도 내 속에서 바글거렸다.

'또 그 말이야? 또 시작이군.'

'그때로 돌아갈 수도 없는데 나보고 도대체 어쩌라구?'

'동생 수술하고 아토피, 천식 있어서 계속 병원 데리고 다니고 돌보느라 내가 얼마나 지치고 힘들었는지 네가 알기나 해?'

'나도 할 만큼 했어! 이제 그만 좀 해!'

내 안에 뒤섞여 반복되는 비명의 휘오리 속에서 지치고 고달프고 절망스러웠다.

딸은 서운하거나 속상한 일이 있을 때마다 반복해서 말했고, 나는 그때마다 막막하고 무기력했다. 돌이켜보면 '내가 잘못했다'는 죄책감에 사로잡혀 누군가에게 공감받을 시도조차 하지 않았다. 고통을 꽁꽁 싸매어 끌어안고 끙끙대고 있었다.

딸을 공감하기 전에 나를 먼저 돌보고 공감하며 회복하는 시간이 필요했다.

둘째 아이를 돌보느라 지쳤던 나를 위로하고 애도하는 시간.

잠시도 엄마에게서 떨어지지 않으려고 하고 자주 아프고 잘 울고 잘 안 먹던 둘째 아이. 생후 5개월에 예방접종하러 갔다가 심장 수술을 해야 한다는 이야기를 들은 후 팽팽한 긴장감 속에서 지낸 시간들.

혹시라도 갑작스럽게 떠나간 엄마처럼 아이를 잃을까 불

안하던, 나보다 더 불안해할 시어머니와 걱정하실 아버지께는 차마 이야기할 수 없었던, 지치고 힘들고 무섭고 조마조마하고 외로웠던 시간들. 누군가의 도움과 지지가 간절했던, 아이가 건강하게 자랄 수 있으리라는 희망이 필요했던 순간들….

아이를 여유롭고 따뜻하게 돌보는 모습을 상상했다. 둘째 아이를 여유 있게 돌보았더라면 딸도 상처받지 않게 돌볼 수 있었을 것 같다.

딸도 엄마의 사랑을 받고 있다고 믿으면서 자라는 게 나에게 중요했구나 싶다. 나의 두 아이들이 모두 몸도 마음도 건강하게 자라는 것이 나에게는 그 무엇보다 중요했구나 알아주었다.

두 아이가 모두 건강하게 살아가는 모습을 상상해본다. 안심이 되고 자유롭고 편안하고 홀가분하다. 어깨가 가볍고 숨 쉬는 게 편안하다.

딸에게 엄마는 너를 돌보는 것도 너무나 중요했다고, 다만 그때는 그럴 여유가 없었다고, 사랑한다고 말하고 싶다. 딸에게 이런 마음을 전하고 충분히 이해받았다고 상상해보았다.

죄책감 없이 가볍다. 내가 어떤 행동을 해야 딸이 나를 받아줄까 하는 불안감이 없다. 아이에게 편안하게 이야기할 수 있을 것 같다.

그때의 나에게 연민의 마음이 들면서 죄책감이 사라지니 비로소 딸의 말이 들렸다. 나를 비난하고 딸을 비난하던 가시가 빠지면서 딸의 마음 속 이야기를 들을 수 있었다.

'엄마! 난 억울하고 서럽고 외롭고 슬프고 절망스러워. 나도 엄마의 사랑과 돌봄과 관심이 필요해. 지금이라도 내 마음을 알아줘.'

딸의 간절한 바람이, 절절함이 내 가슴 속으로 파고들었다.

마음이 먹먹해지면서 딸이 안쓰러웠다. 그동안 딸이 원하는 것을 정확하게 알지 못하고 지치고 힘들고 안타까워하며 보낸 시간들이 아쉽고 속상했다. 깊은 한숨과 눈물이 났다.

딸에게 편안하게 내 마음을 전하고 싶었다.

"엄마가 아픈 동생 돌보느라 너를 외롭게 해서 미안해. 엄마에게는 너도 너무나 귀하고 소중한 딸인데, 힘들었지?"

내 말을 듣고 펑펑 울며 딸이 했던 말이 지금도 생생하고 아프게 남아 있다.

"내가 동생보다 더 아팠으면 했었어."

딸의 말에 가슴이 무너져내렸다. 어떤 말도 할 수 없었다. 딸과 함께 한참 동안 눈물을 쏟았다.

이후 딸과 오붓하게 둘만의 시간을 보냈고 딸은 더 이상 그 말을 하지 않았다. 소소한 일상을 나누어주는 딸이 고맙다. 자기가 가고 싶은 길을 위해 준비하고 뚜벅뚜벅 그 길을 가고 있는 딸이 대견하고 기특하다.

친구에게 농담처럼 "이 세상에서 딸이 제일 무섭다"고 한 적이 있는데 이제는 딸이, 딸의 말이 더 이상 무섭지 않다. 주변에서 엄마랑 딸이 친구 같다는 이야기를 한다. 간절히 바라던 딸과의 편안하고 재미있는 연결이 반갑고 소중하다. 가장 공감을 주고받으며 지내고 싶었던 나의 딸, 하지만 그 누구보다 어려웠던 딸과의 연결은 나를 더 자유롭게 만들어주었다.

하
미
애

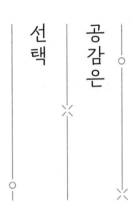

공감은

선택

사회초년생 시절 가까운 선배에게 "뭘 하고 살아야 할지 모르겠어요"라고 말한 적이 있다. 그 선배는 밥집과 술집에서 시간과 돈을 써가며 인생 이야기를 해주었다.

"나도 지금 뭘 해야 할지 모르겠어. 그래도 하루하루 열심히 살다 보니 길을 가고 있더라. 그 나이 때는 누구나 하는 고민이야. 넌 다른 사람들보다 더 잘 살아가고 있는 거야."

선배의 말 한마디 한마디에 고개를 끄덕였다. 헤어진 후 집에 들어가면서는 참 좋은 선배라 생각하기도 했던 것 같다. 그렇지만 그때의 답답한 마음이 뻥 뚫린 것 같지는 않았다. 선배는 힘들어하는 나를 충분히 이해해주는 것 같았지만 사실은 자기 인생 이야기를 했을 뿐이다.

조언과 충고는 상대가 스스로 자신의 내면으로 들어가는 것을 막는다.

우리는 공감을 잘하는 사람을 좋은 사람. 괜찮은 사람, 심지어는 큰사람이라고도 한다. 어느 순간부터 공감을 잘하고 못하는 것으로 사람 됨됨이를 평가하기까지 한다.

비폭력대화를 배우기 전에 나에게 공감은 필수 조건이었다. 다른 사람 이야기를 잘 들어주고 이해해주어야 좋은 사람이라고 생각했다. 그래서 다른 사람과 이야기할 때면 긴장되고 온몸이 기진맥진해졌다. 공감은 좋지만 힘들고 피곤했다.

캐서린 선생님이 "공감은 선택"이라는 말을 하셨을 때 나는 비로소 어깨에서 무거운 짐을 내려놓을 수 있었다. 그동안 공감은 나에게 '해야만 한다'였다. 선택이 아닌 꼭 해야 하는 것이기에 자유롭지 못했고, 공감을 하기 위해 내 가슴을 쥐어짜내야 하기도 했다. 상대에게도 나에게도 얼마나 힘들고 끔찍한 연결이었던가?

상대를 공감하기에 앞서 내 상태를 점검했다면 그렇게 쥐어짜면서 공감하지 않을 수 있었을 것이다. 내가 온전히 호기심을 갖고 상대에게 초점을 둘 수 있는 상태인지 확인한 후 그렇지 않다면 나를 공감하는 선택도 얼마든지 할 수 있었던 것이다.

교육이 있던 날 침묵 공감 시연을 하는 시간이었다. 시연을 위해 참가자 한 분을 초대했고 우리는 서로 마주 앉았다. 마음을 비우고 준비가 되었다는 신호가 오간 뒤 참가자가 이야기를 시작했다.

"며칠 전 갑상선암 진단을 받았어요. 그런데 아이가 지금 고 3이라서 마음 편하게 치료를 받을 수 없을 것 같아요. 신랑에게 말했더니 갑상선암은 병도 아니라고 해서… 그냥 조용히 치료 받으려구요."

머릿속에서 판단이 올라왔다.

'아니, 왜 이렇게 답답하게 사실까? 자기 몸이 먼저지, 다른 게 다 무슨 의미야?'

사실 이때 나는 강의 중이었고 아닌 척 넘어가도 될 일이었다. 명치에서 답답함이 신호를 보냈다. 3초간 호흡을 했다. 하나, 둘, 셋. 아무래도 지금은 내가 공감이 필요한 순간이다. 말은 하지 않지만, 침묵 공감 역시 존재로 연결되는 것이기 때문에 공감할 수 있는 상태가 아님을 참가자에게 솔직하게 말하기로 선택했다.

"선생님! 이 자리에 나오셔서 이야기해주신 것 감사드려요. 제가 잘 듣고 침묵으로 공감하고 싶은데, 지금은 저도 공감이 필요한 것 같아요. 잠시 멈추고 싶은데, 괜찮으신가요?"

"네?(어리둥절) 네."

"마음을 비우고 듣다가 선생님의 이야기에 판단이 일어났어요. 저 역시 몸이 아팠던 경험이 있거든요. 제 생각을 알아차리고 다시 집중하고 싶었는데 잘 연결이 안 되네요. 지금은 저도 공감이 필요하다는 것을 알게 되었어요. 수업 중에 앞에 나와 시연해주는 모든 순간이 배움의 시간이기에 그냥 넘어가기보다는 솔직하게 말함으로써 배움을 나누고도 싶어요."

"선생님 감사합니다. 저의 아픈 이야기를 이렇게 귀하게 여겨주는 것만으로도 공감받은 것 같아요."

이 말을 꺼내기까지 나에게도 용기가 필요했다. 나의 여림을 드러낼 때 스스로를 안아줄 용기가 생기고, 그 과정에서 성장하며 새로운 관계가 만들어진다는 것을 알 수 있었다.

서로 공감을 주고받았던 소중한 시간이었다.

비폭력대화 강사로 살아가면서 쉽게 갈 수 있는 거리의 교육 장소는 없었다. 보통 왕복 2시간 이상이 걸리고 하루에 6시간 교육이 있는 날이기라도 하면 이동 시간과 교육 시간을 포함해 10시간은 밖에 있다 집에 들어가야 했다.

아직 손이 많이 가는 아이들을 친정 언니나 시부모님 등 주변에 부탁해야 하는 날이면 더욱 마음의 여유가 없다. 늦은 밤 교육이 끝나고 현관문 앞에 겨우 도착해서야 안도의 한숨을 쉰다.

그날도 집에 도착하니 남편과 아이들은 벌써 잠이 든 것 같았다. 조심스럽게 집 안으로 한 발 내딛는 순간 '악' 하고 소리를 지를 뻔했다. 발바닥에 아이의 레고 블럭이 밟힌 것이다. 순간 방에서 자고 있는 남편에게 짜증이 확 났다.

식탁 위에는 저녁 먹은 흔적이 고스란히 남아 있었다. 주방에 불을 켜니 개수대 안에 말라비틀어진 밥알이 붙어 있는 그릇들이 쌓여 있었다. 내 두 발이 잠들어 있는 남편에게 가려는 것을 막을 수 있었던 것은 순간 눈을 감고 호흡에 집중했기 때문이다.

자기공감을 해야 하는 순간이다. 이 상태로 남편에게 말을 건넸다가는 연결이 끊어질 것이고 남편을 공감하려니 화가 치밀었다.

호흡 한 번에 목이 열리고 호흡 두 번에 가슴으로 내려간다. 호흡 세 번에 피곤이 머리끝까지 차 있음을 알았다.

지금은 설거지를 하거나 거실에 늘어놓은 레고를 줍는 것보다 내가 쉬는 것이 더 중요했다. 욕구를 찾고는 바로 화장실에 들어가 정성스럽게 화장을 지우고 '고생했다, 고생했다' 나에게 위로의 말을 해주었다. 씻고 밖으로 나왔더니 거실과 식탁이 그다지 거슬리지 않았다. 잠자는 남편을 깨울 만큼의 일도 아니고 지금 설거지를 하거나 정리를 해야 하는 것도 아닌 것 같았다. 편안하게 들어가 잘 수 있는 여유가 생겼다.

내 안으로 초점을 가져오는 가장 쉽고도 빠른 방법은 호흡이다. 호흡은 그렇게 나를 온전한 존재로 되돌려줄 수 있기 때문이다. 들숨과 날숨을 지켜보며 그 리듬을 따라가본다. 서서히 숨이 쉬어지듯 올라왔다 사라지는 생각을 지켜볼 수 있을 만큼 마음의 공간이 넓어진다.

문득문득 '강사라면서 아직도 시행착오를 겪는 거야?'라는 생각이 들어도 이제는 생각으로 바라볼 힘이 나에게 있다. 나를 돌보고 보듬어줌으로써 다시 연결의 끈이 생긴다.

홍
상
미

7부

함께
기뻐하는
삶

우리가 고마운 마음을 표현하는 것은
무엇인가 보답을 원해서가 아니라
순수한 마음으로 기쁨을 나누기 위함이다.
우리가 다른 사람에게 고마워하는 의도는
오로지 그들 덕분에 충만해진 삶을
함께 기뻐하는 데 있다.

- 마셜 로젠버그

이제 또 한 놈 내려보내라

아파트 단지 상가건물 앞에 돗자리를 펼쳐놓고 여럿이 앉아 음식으로 수를 놓고 있었다. 한낮의 볕에 살갗이 타들어가는 듯 뜨거웠던 기억이 생생한 20년 전의 꿈이다.

그 당시 아토피를 앓던 아이를 데리고 공동육아를 매개로 처음 만난 사람들과 한살림생활협동조합에서 마련한 교육을 듣고 돌아오던 중 불현듯 이 꿈이 떠올랐다.

건강한 먹거리로 아이를 키우려 했던 마음이 한살림 활동으로까지 이어졌다는 것이 강연의 주된 내용이었지만, 강사의 이야기에는 아이를 키우면서 시댁 식구들과 친구들에게, 때로는 남편에게까지 유난스럽다는 눈총을 받던 나의 모습이 있었다.

'정말 뜨거웠구나. 나는 수를 놓고 있었구나. 음식으로 수를 놓았구나.'

그 꿈은 내가 외로웠음을, 지쳤음을, 그러함에도 생명을 살리는 음식으로 한 땀 한 땀 수를 놓듯 정성을 들이고 있었음을, 나에게 가족의 안전, 아이의 건강이 얼마나 소중한지, 그게 내 삶을 얼마나 가슴 두근거리게 하는지, 그 시절 나의 선택들을 이해하는 어떤 의미로 받아들여졌고 위로가 되었다.

꿈만이 아니다. 내게는 대체 왜 그런 일이 일어났는지 이해할 수 없어서 헤맨 인생의 시간들이 있었다. 다 끝난 일이었고 시간도 한참 지났지만 비폭력대화를 통해 다시 그 시간들을 돌아보게 되었다. 충분한 애도와 함께 '그런 거였구나' 이해함으로써 내 안쪽 어딘가도 치유되었다.

충분히 애도하고 나니 의식하지 못하고 놓쳤던 다른 측면도 볼 수 있었다. 내가 경험한 삶 속에는 늘 다른 조각이 있었고, 그 조각을 보았을 때야 더욱 온전해진다는 느낌이 들었다. 잃은 것들, 그리고 그 순간에도 늘 곁을 지켜주었던 소중한 것들.

내 삶에 담겨 있는 감사를 돌아보는 일은 잃어버린 나머지 구슬을 찾는 일이었고, 그 모든 구슬을 꿰어 목걸이를 만드는 일이었으며 삶의 질서를 새롭게 형성하는 일이었다. 삶은 늘 나에게 좋은 것들도 주고 있다는 것을 이제는 진심으로 믿게 되었다.

감사는 나에게 온전함으로 향하는 삶의 나머지 조각이다.

비폭력대화 강의에서 마지막은 늘 감사를 다루는데, 강의 중에 내가 자주 사용하는 사례는 시아버지에 관한 것이다. 같은 내용을 사례로 드는데도 그때마다 눈가가 촉촉해져서 당황스럽기도 하지만 그분이 내게 주신 것이 얼마나 소중한지 그렇게 몸이 알려주는 것이라 생각한다.

아이를 키우는 동안 다른 사람 손에 맡겨보겠다고 생각한 적이 없었다. 친정 부모는 다 돌아가셨고, 혹여 계신다고 해도 내가 믿고 의지할 만하지는 않아서 내 아이는 내가 키워야만 한다고 생각하며 아이를 돌봤다.

아이의 마음이 편안하고 평화롭기를 바랐다. 정서적 물리적으로 안정감을 주려고 육아에 많은 공을 들이던 시절이었다. 동네 이웃들과 아이들을 함께 키우면서 일주일에 한 번씩 산에 가는 모임도 만들고, 계절 따라 진달래 화전을 만들고, 꽃놀이를 하고, 비놀이, 물놀이, 낙엽놀이, 눈놀이를 챙겨가며 자연에서 아이들끼리 어울릴 수 있도록 보살폈다. 정월 대보름, 어린이날, 생일날, 크리스마스 같은 기념일에도 함께 추억을 쌓아갔다. 아이의 관계를 함께 일구어가며 헌신하는 데 한마디로 '열심'이었다.

아이가 네다섯 살 되던 해 동네에 같이 살던 또래 아이들을 데리고 서울 도심을 떠나 시아버지가 살고 계시는 시골로 여름 여행을 떠났다.

물놀이 생각에 마냥 들떠 있던 아이들과 젖먹이 둘째까지 보살피느라 지친 엄마들이 법석이며 목적지에 도착했을 때에는 안타깝게도 비가 내리기 시작했다. 아버지는 가마솥에

옥수수를 찌고 장작불을 피워 감자를 구웠다. 부슬비가 내려도 아이들은 옥수수와 감자를 받아먹으며 앞마당 뒷마당에서 마냥 뛰어놀았다. 그렇게 잠시 평화로운 듯싶었지만 빗줄기는 이내 굵어졌고 꼬맹이들은 집 안으로 모여들었다. 머지않아 떼쓰는 소리, 싸우는 소리, 우는 소리, 이르는 소리, 조르는 소리 사이에서 일곱 집 아이와 어른 스무 명이 복작거리며 그 시간을 견뎌야 했다. 다음날 1박 2일 내리던 비는 그쳤지만, 계곡의 물이 불어나 물놀이는 엄두도 낼 수 없었다.

"아버지, 애들이 물놀이 너무 하고 싶어하는데 방법이 없을까요?"

아버지는 잠시 고민하는 듯싶더니 트럭을 몰고 오셨다.

"애들 태워봐라. 동네 아래쪽으로 가면 여기보다 물이 낮을 것도 같으니까 내려가보자. 튜브랑 구명조끼랑 잘 챙기고."

트럭을 타는 것만으로 아이들은 신이 났지만, 희망과 기대를 품고 갔다가 실망하면 그 원성을 어찌 달랠까 걱정도 되었다. 역시나, 윗동네만큼은 아니었어도 어른 허벅지까지 차오른 물은 네다섯 살 아이들끼리 물놀이를 하기에 너무 깊었다. 물가로 나온 꼬맹이들의 움직임과 목소리는 벌써 통통거렸다.

"안 되겠지요 아버지? 애들 실망하겠네."

아버지는 주위를 둘러보더니 곧 바짓단을 둥둥 걷어 올리셨다.

"내가 저 밑으로 내려가서 신호를 보낼 테니까 애들 튜브 태워 한 명씩 내려보내라."

계곡 아래쪽으로 내려가신 아버지는 물속으로 첨벙첨벙 걸어 들어가서는 이내 손짓과 함께 큰 목소리로 신호를 보냈다.

"이제 내려보내라."

구명조끼를 입히며 설명을 하고 아이들을 튜브에 태워 떠내려 보냈다.

"저기 할아버지 보이지? 밑에서 맞아주실 거야."

아이들이 흘러오는 방향을 향해 천천히 움직이는 아버지가 보였고, 도착한 아이들의 튜브를 잡고 "이놈 왔구나" 하며 크게 웃는 모습도 보였다. 그리고 튜브를 끌고는 길 쪽으로 안전하게 돌려보내주셨다. 땅에 도착한 아이는 튜브에서 발딱 일어나 까르르 환하게 웃으며 위쪽으로 뛰어 올라왔다.

아버지의 신호는 계속 이어졌다.

"이제 또 한 놈 내려보내라."

아이들은 신나게 달려오고 다시 줄지어 선다. 발을 동동거리며 저들끼리 재잘거린다. 내가 보고 싶던, 아이들에게 주고 싶었던 그 모습이 미소와 생기로 피어나고 있었다.

NVC를 배우면서 감사를 떠올려보라고 할 때 이 모습이 자주 기억났다. 바짓단을 걸어 올리고 계곡 한복판에 서서 나를 향해 손짓하던 아버지의 모습. 이제 내려보내라….

늘 불안한 가슴으로 살아왔던 내 어린 시절의 고통을 내 아이와 우리 아이들은 겪지 않길 바랐고, 아이들 가슴에 평화와 안전을 잘 채워주고 싶었다. 아이를 키우며 아이 얼굴에 미소와 생기가 저절로 피어나는 모습을 보고 싶어 나는 나의 전부를 주고 있었다.

그때 아버지는 '뭣하러 동네 애들까지 데리고 와서 이 고생이냐. 비가 이렇게 많이 왔는데 무슨 물놀이냐'가 아니라 '그러고 싶냐? 데리고 와라, 그러고 싶냐? 내려가보자, 그러고 싶냐? 태워 보내라' 해주셨다. 내 욕구와 원하는 방식을 귀 기울여 들어주셨고 진심 어린 관심과 애정 어린 지원으로 응답해주셨다. 이 장면을 떠올릴 때마다 흐르는 눈물은 내가 원하고 바라는 것들을 향한 그런 응답이 얼마나 절실했는지 알려주고 있다.

그렇게 혼자 감사를 음미하다가 몇 해 뒤 아버지에게 이 마음을 전하리라 마음을 먹었다. 표현은 삶을 풍요롭게 한다는 걸 경험해가고 있었고, 내가 받은 아버지의 사랑을 직접 전함으로써 함께 축하하고 싶었다. 어느 날 딱 좋은 타이밍이 생겼고 그분과 나 사이에 다시 특별한 순간이 만들어졌다. 볼일 중인 시어머니와 남편을 기다리며 시골 읍내의 작은 음식점에서 아버지와 소주잔을 기울이고 있었다.

"아버지, 기억나세요? 이은이 네다섯 살 때 동네 애들 우르르 데리고 횡성 갔었잖아요."

"그래. 그래. 그랬었지."

"그때 비가 많이 와서 계곡에 물이 불어가지고 애들이 물놀이 못하게 돼서 풀이 죽어 있었는데, 아버지가 아랫동네 계곡으로 내려가보자고 트럭 태워주셨어요. 트럭 타는 것만으로도 애들은 신이 났고."

"허허, 그랬나?"

"가서도 계곡에 물이 어른 허벅지만큼 차서 애들 물놀이하기는 어려웠잖아요."

"그래. 그랬다. 그랬다."

"제가 어쩔까 고민하는 거 보시더니 아버지가 바지를 걷으시고는 계곡 중간으로 첨벙첨벙 들어가서 애들 튜브 태워 내려보내라고 그러셨어요."

"맞다. 그랬었지."

"저는 아직도 그 모습이 가끔 생각나요. 아버지가 그 계곡 중간에서 저를 향해 손짓하시던 모습 말이에요."

그 말을 하면서 벌써 목이 메고 코끝도 시큰해지고 눈이 촉촉해졌다.

"그 시절에 제가 이은이랑 애들한테 정말 주고 싶었던 것들이 있었는데 그런 제 마음을 아버지가 응원하고 지원해주셨어요. 제게는 깊은 사랑이었어요. 그래서 지금도 아버지가 손짓하면서 애들 내려보내라고 하던 모습을 떠올리면 이렇게 눈물이 나요. 너무 따뜻하고 고맙고 감사해서요."

아버지와 나 사이에 눈물과 작은 침묵이 머물고 이내 다시 아버지에게 물었다.

"제 이야기 들으니 어떠세요?"

"그게 그만큼이나 그랬어? 뭐 그럴 만큼이나 싶었는데, 네가 이렇게 말해주니까 나도 기분이 너무 좋고 기운 난다."

아버지의 부드러운 웃음소리가 터져 나올 때 남편과 시어머니가 도착했다.

아버지에게 감사했던 장면을 떠올리고, 내가 받은 영향을 분명하게 알게 되면서 내 곁에 이런 사랑이 있다는 것을 음미하게 되었다. 가슴이 풍성해졌다. 아버지에게 감사를 전한 그날도 더욱 특별해졌다. 초겨울 해거름의 이른 저녁 시간, 보글보글 끓고 있던 곱창전골과 투명한 소주, 작고 왜소한 아버지의 허허하는 웃음소리가 아직도 생생하게 떠오른다. 아버지와 나 사이에 다시 둘만의 소중한 추억이 생긴 것이다.

아버지와 나는 지금도 깊은 사이가 되어가고 있다고 생각한다. 녹내장으로 눈이 잘 안 보여 우울한 시간을 지날 때에도, 이런저런 몸의 기능이 상실되면서 죽음에 대한 두려움이 찾아왔을 때에도 아버지와 나는 평화롭게 대화했다.

치료를 위해 우리 집에 한 달간 와 계시는 동안 가끔 공원을 산책하면서 아버지는 자신이 잃어가고 있는 것들에 대해 있는 그대로 표현하고 슬퍼하셨다. 그리고 상실의 과정에서도 우리에게 이미 있는 것들, 당신과 나 사이의 애정, 신뢰, 당신이 지금껏 누려오셨던 것들에 대해 함께 나누었다.

감사를 통해 나는 삶의 새로운 방식을 익혀가고 있다고 생각한다. '나는 부족하다' '삶은 어렵고 각박하고 힘겹다'는 신념과 함께 늘 잃은 것, 더 나아지고 고쳐야 할 것에만 주의와 관심을 보내던 오랜 습관이 있었다. 그러나 이제는 무언가를 잃고 있는 그 순간에도 내가 누리고 있는 것, 나를 받쳐주고 지켜주고 있는 것들을 향해서도 주의를 보내려고 한다.

감사는 이미 있는 것들을 더욱 귀히 대하게 했고, 천천히 보게 했고, 많은 순간을 축하할 수 있게 했다. 사는 것이 더 반짝거렸다.

'나는 충분하고 삶은 풍요롭다'는 생각을 믿어보고 싶어도 잘 안 될 때가 있다. 그럴 때 나는 감사를 떠올린다. 나에게 이미 있는 것들을 떠올리다 보면 어느새 '나는 충분하고 삶은 풍요롭다'는 생각에 저절로 도착해 있었다. 뱃속이 든든해지는 이 느낌이 마음에 든다. 지금도, 아니 죽을 때까지 이미 있는 것을 볼 줄 아는 능력, 감사의 자질을 계속해서 기르고 싶다.

김
숙
희

자신이 빛나면

서로가 빛난다

지난해 엄마 생신을 맞아 집에 내려가면서 주머니에 토킹 스틱을 챙겼다. 언니, 오빠들과 꼭 감사 표현을 해야지 다짐하면서.

한해 한해 나이 들어가는 엄마의 모습을 보면서 생신날 어렵게 모여 식사만 하고 헤어지는 것이 못내 아쉬웠다. 그 아쉬움의 정체가 감사 표현이었음을 알고 이번에는 꼭 시도하리라 마음먹었다.

각자 가져온 음식을 푸짐하게 차려 먹고 생신 축하 노래 후 케이크를 자르는 연례 행사가 진행되는 동안 어느 타임에 감사를 나누자고 제안을 할까 가슴이 콩닥콩닥 뛰었다. 케이크를 먹고 마침내 용기를 내 토킹스틱을 꺼냈다.

"엄마 생신인데 돌아가면서 각자 감사했던 것들을 전하면 어떨까요?"

"나 먼저."

말이 끝나기가 무섭게 큰오빠가 기다렸다는 듯이 말했다.

엄마에게 감사를 전하고 싶은 마음은 나뿐이 아니었구나 싶어 안심이 되고 뭉클했다. 오빠는 일말의 망설임도 없이 감사한 것을 말했다.

"학창 시절 새벽에 캄캄한데 일어나서 도시락 다섯 개를 싸주셨던 것 감사해요. 한 번도 힘들다 하지 않고 어떻게 그렇게 오랜 세월을 기꺼이 도시락을 싸주셨는지 지금 생각해도 놀라워요. 엄마, 어떻게 그 일을 한 번도 거르지 않고 하셨어요?"

돌이켜보니 엄마에게서 도시락 싸느라 힘들다는 말을 들은 기억이 없다. 컴컴한 새벽에 홀로 일어나 도시락을 싸기가 어찌 힘들지 않았으랴. 그저 고통을 묵묵히 견딘 젊은 엄마가 안쓰럽다. 감사와 애도가 동시에 올라온다.

"큰아이 임신했을 때 아무것도 못 먹어서 비쩍 말라 있을 때 아버지랑 엄마가 새우를 가져와서 쪄주셨어. 새우가 어찌나 맛있었는지 남편 먹을 것을 하나도 안 남겨놓고 그 많은 새우를 혼자 다 먹었어."

언니가 그때 일을 떠올리며 울먹인다. 처음 듣는 얘기다.

언니가 큰아이를 임신했을 때 입덧이 심해 아무것도 먹지 못했었다. 저러다 죽는 게 아닐까 염려될 정도로 말랐던 기억이 난다. 아무것도 못 먹어 비쩍 마른 딸이 새우를 맛있게 먹는 모습을 보고 얼마나 짠했을까. 언니는 새우를 먹은 게 아니라 부모님 사랑을 먹고 돌봄을 먹은 거겠지. 우리에게 자식들을 돌보시던 젊은 엄마 아버지가 계셨다는 것만으로 눈물 나게 감사하다.

"새벽에 일어나 정화수를 떠놓고 비시고 물 항아리마다 물을 가득가득 채우셨던 모습, 설날이면 뱃일 하시는 아버지 안전이랑 풍요를 빌던 모습이 떠올라요. 미신이라고 엄마를 구박했는데 지금 생각하면 참 아름답다. 엄마가 그렇게 정성을 다해 빌어줘서 우리가 지금 잘 사는 것 같아요."

섬이라 전깃불도 안 들어오고 수도도 없어 호롱불, 등잔불을 켜놓고 살던 때, 동네 공동 우물에서 물을 떠다 먹던 시절이었다. 부지런한 엄마는 누구보다 일찍 일어나 캄캄한 새벽에 조용히 물동이를 이고 동네 우물에서 물을 길어 항아리마다 가득 채워놓으셨고, 가족들은 그 물로 편하게 씻고 먹었다.

"아이 낳을 때마다 바쁜 농사일 다 제쳐두고 오셔서 산바라지를 해주셨던 일 감사해요. 엄마가 끓여주셨던 미역국, 젖이 잘 나오지 않아 노심초사하시며 족발을 고아주셨던 일, 국물 먹기 힘들어하니 냄새나지 않게 갖은 야채를 넣어 맛있게 해주셨어요. 넘치는 돌봄을 받은 것 감사해요."

엄마는 언니와 내가 아이를 낳을 때마다 열 일 제쳐두고 올라오셔서 돌봐주셨다. 기저귀를 빨고 삶던 모습, 종일 부엌에서 분주하게 움직이셨던 모습, 갓난아기를 돌봐주셨던 모습들을 생각하면 언제나 눈시울이 촉촉해진다.

아흔을 목전에 둔 엄마 생신날. 돌아가신 아버지와의 추억,

엄마의 지난 삶에 대한 예찬, 아쉬웠던 일 등으로 이야기꽃을 피웠다. 지난 삶을 가만히 돌아보면 도움과 지원이 가장 필요했던 순간에 늘 부모님이 함께하셨다.

처음으로 자식들의 구체적인 감사를 들은 엄마는 어색해하며 잠잠히 계시다가 자식들이 잘 살아줘서 고맙다고 하셨다.

그 충만함을 어떻게 말로 표현할 수 있을까. 자식들이 엄마에게 전한 감사는 마셜의 말처럼 여든 후반의 삶을 홀로 살아가는 엄마에게 보답을 주기 위해서가 아니었다. 엄마가 살아오신 삶이 자식들에게 얼마나 큰 힘이 되었는지, 엄마가 주신 사랑이 자식들에게 지금뿐 아니라 이후의 삶을 얼마나 풍요롭게 해줄 것인지 확인하고 기쁨을 나누는 시간이었다.

NVC를 배운 이후 해마다 해온 우리 가족 행사 가운데 하나가 한 해를 보내며 감사 표현하기다. 1년을 돌아보며 '서로에 대한 감사'와 '자기감사'를 나누고 새해 계획을 세운다.

먼저 가족이나 주변의 누군가가 나에게 영향을 준 일을 떠올려 말하며 충족된 욕구를 찾고 몸과 마음이 어떤지 말한다. 이어서 자신의 1년을 돌아보며 충족된 욕구와 몸과 마음이 어떤지 말한다. 따뜻하게 연결되는 이 시간을 모두 소중하게 여기고 기다린다. 지방에 흩어져 살고 있어 모일 상황이 안되면 줌으로 연결해서 만나기도 한다.

꽃을 놓고 촛불을 밝혀 센터피스를 꾸미고 센터피스를 중심으로 동그랗게 앉는다. 한 사람이 토킹스틱을 들고 이야기를 시작하면 자연스럽게 돌아가며 이야기를 한다.

재하가 먼저 이야기를 시작했다. 고등학교를 마치고 인도 여행한 이야기, 연애 이야기 등 다양한 인생 경험을 나누었다.

"나에 대한 발견이 있었고, 사랑에 대해 깨달은 것에 감사해요. 깨달음, 성장, 희망이 충족되었어요. 그리고 청년 NVC 연습모임이 만들어진 것에 감사해요. 수용의 욕구가 충족되어 감사하고 따뜻해요."

남편의 감사가 이어졌다. 수년 동안 직장생활 하랴 논문 쓰랴 몸과 마음에 여유가 없었는데 아주 홀가분해 보였다.

"논문을 마친 것, 땅을 마련한 것, 치유농업 관련된 강의를 한 것이 감사해요. 홍순명 선생님, 오인탁 교수님, 평민 성서 모임을 꾸준히 아카이브 할 수 있어 감사해요. 영적 성장, 나눔, 성장, 기여, 희망이 충족되어 뿌듯하고 감사해요."

풀무고를 나와 삶에 대한 호기심과 농사일에 대한 희망으로 가득한 꿈꾸는 새내기 농부 막내의 감사다.

"7개월 동안 '채소생활'에서 농사를 배우고 어떤 길로 나아갈지 배움이 있었고, 청년 NVC 연습모임을 하면서 깨달음이 생겼어요. 체크인하고 체크아웃하면서 마을에서 농업 소모임을 만들 수 있겠다 상상하고 발견한 것에 감사하고, 아카펠라 공연을 마친 것에 감사해요. 발견, 배움, 깨달음, 성장, 성취, 연결의 욕구가 충족되었고 기본기를 닦은 느낌이에요."

광주에서 독립 큐레이터와 작가로 살고 있는 딸의 감사다.

"예술을 하면서 자립하여 먹고 살 수 있었음에 감사하고,

생존에 대한 감사와 나를 책임지고 산 것에 감사하고, 자신을 신뢰하게 되어 감사해요. 친구와 일을 잘 마무리해서 홀가분하고 편안해요. 제주도 전시를 통해 작가들과 뭔가를 진심으로 함께한다는 생각이랑 수평적으로 연결되는 느낌에 용기와 자신감이 생겨서 감사해요."

가족들의 감사를 들으며 따뜻하고 충만한 가슴으로 나의 감사를 나누었다.

"마셜의 노래를 발굴해서 기린음악대를 만들어 친구들과 노래 부를 수 있었던 것이 감사하고, 금평리 마을분들과 NVC로 연결되어 연습모임까지 이어진 것에 감사해요. 꿈꾸던 청년 연습모임이 꾸려진 것에 감사하고, 홍동초에서 친구들이랑 스마일 키퍼스에 기반한 평화수업을 한 것 감사해요. 퇴직 후 건강을 돌보며 하고 싶은 일을 마음껏 할 수 있는 꿈과 희망의 실현에 감사해요. 기여, 희망이 충족되어 기쁘고 행복합니다."

삶에서 끊임없이 NVC를 포기하지 않고 공부하며 연습하는 동기가 되어준 가족들이다. 가장 사랑하는 가족들의 말과 행동에 상처받고, 상처 주는 삶이 싫어 찾고 두드렸던 NVC였다. 이제는 상처라고 생각했던 것들이 실은 부탁이고 사랑임을 안다. 가족들은 저마다 있는 곳에서 NVC를 연습하며 살아간다. 부모와 자녀의 관계이면서 동시에 영적인 도반으로 나아가는 중이다. 나아가는 과정에서 각자 다른 색깔과 모양으로 살아가기에 여전히 서로 부딪친다. 그러나 그 부딪침이 오히려 단단하고 굳건하게 연결되는 기회가 되기도 한다. 감사 표현을 함으로써 그 기회가 앞당겨지고, 언제나 따뜻한 분위기로 전환된다. 감사하는 순간은 자신을 빛나게 하고 더불어 서로의 삶을 빛나게 하는 순간이다.

메리안 윌리암슨의 시 한 구절이다.

"우리가 자신을 비추어 빛나도록 하면, 다른 사람들도 저절로 그들을 비추어 빛나게 할 것이다."

김
순
임

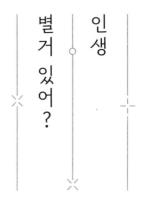

인생
별거있어?

아침에 이불 속 온기를 느끼며 잠에서 깨고 가볍게 하루를 시작할 수 있음에 감사하다. 스트레칭을 하고 나서는 천천히 숨을 들이쉴 때와 밖으로 숨을 내쉴 때의 미세한 온도 차를 느끼는 코끝에서 현존을 맞이한다. 마음은 고요히고 몸은 평안하다. '감사합니다'라는 말을 머리로 떠올릴 틈 없이 마음으로 흐른다.

창문을 열면 상쾌한 공기가 얼굴을 간지럽히고 연두빛과 초록빛 잎이 바람에 나부끼는 아름다운 풍광을 볼 수 있어 온몸에 생기가 가득해진다. 제각각 다른 소리를 내며 존재를 드러내는 새소리가 마치 오케스트라 연주처럼 들린다. 새들과 미세하게 느껴지는 에너지로 교감할 수 있음이 경이롭다.

이렇게 순간순간 감사가 끊이지 않고 일어나고 있음을 알아차릴 수 있었던 데는 '나의 어떤 면에 대해 감사하는가?'라는 질문으로 시작하는 자기감사 프로세스를 경험한 것이 시작이었다.

처음에는 나 자신의 어떤 면을 감사해야 할지 당최 떠오르지 않았다. 내가 하는 일은 당연히 해야 하는 일이고 그 일에 의미를 두지 않았으므로 생각나지 않는 것은 자연스러운 현상이기도 했다.

약간 씁쓸한 마음이 들었지만 나는 답을 달듯 천천히 나에게 어떤 면이 있는지 써내려갔다. 나는 사람을 좋아하고 새로운 배움을 좋아한다. 그래서 사람들이 하는 행동과 말을 유심히 듣고, 존경하는 지점이 있거나 내가 배우고 싶은 삶을 살아가는 사람을 자주 만나는 것을 선택한다. 그 과정에서 노인요양원을 건립했고 사회복지 방향에 대해 고민하면서 봉사하는 삶을 살아가는 부부를 만났고 그분들의 삶의 방식을 듣고 배울 수 있었다.

그리고 영적인 성장을 위해 책을 읽고 공부하는 분들을 만나 그들의 삶의 이야기를 들었다. 그때 나는 희망, 꿈, 삶의 의미, 성장, 깨달음, 인생 예찬 욕구가 채워지는 경험을 했고, 그 가치로 삶을 살고 싶은 열망이 생겼다.

이렇게 내가 한 행동에 담겨 있는 욕구와 느낌에 주의를 기울이면서 '나의 어떤 면에 대해 감사하는가?'라는 질문을 천천히 읽으면 그런 열정을 가진 나 자신이 뿌듯하고 든든하며 희망에 차 두근거리는 마음이 들었다. 그리고 마음의 공간이 끝없는 지평선처럼 넓게 넓게 펼쳐졌다.

나는 남편을 만나 결혼한 이후에도 나의 미래에 대한 확신이 있었고 분명한 목표가 있었다. 가르치는 직업이 좋아 대학 교수가 되고 싶었고 개인적으로 명예로운 직업이라 여기며 선망했기에 목표를 이루기 위해 최선을 다했다. 그러다 비폭력대화를 만나고, 내가 공부를 계속하는 이유가 전공 공부가 재미있어서가 아닌 가족이나 주변 사람들로부터 인정과 사랑을 얻고 싶기 때문임을 알았다.

나에 대해 깊이 이해하는 기회가 되었지만 오랜 시간 해왔던 공부를 계속 할지 말지 고민하는 과정은 혼란스러웠다. 그때 남편이 건네준 말이 있다.

"인생 별거 있어? 너 하고 싶은 거 다 하고 살아!"

자존감이 바닥이었던 나는 남편이 나의 직업이나 내가 가지고 있는 어느 한 부분의 능력을 더 사랑하는 줄 알았다. 공부를 그만두고 싶어도 멈추지 못하고 고민했던 이유 중 하나는 공부를 멈추면 남편이 나를 싫어할 수도 있겠다는 생각이었다.

이런 생각들이 옅어진 건 단연코 남편에게 감사 표현을 함으로써 서로의 마음을 나누었기 때문이라 생각한다.

"당신이 너 하고 싶은 거 다 하고 살아! 하고 말했을 때 내 모습 그대로 수용받고 충분히 사랑받는 것 같았어. 내가 어떤 선택을 해도 지지와 지원을 받을 수 있다는 확신이 생겨서 든든하고 용기도 나! 그리고 자신감도 생겨서 앞으로의 내 모습이 더 기대돼. 고마워!"

노트에 적는 동안 감사한 마음이 감동으로 이어지고 뭉클해져서 한참이나 눈물을 흘렸다.

바로 말하고 싶었지만 어색하고 부끄러운 마음이 가로막고 있어서 며칠을 묵혀두고 혼자 읽고 말하는 연습을 몇 번이나 했다. 떨리는 마음으로 감사를 표현했을 때 남편의 미소가 아직도 기억이 난다. 어색한 표정과 함께 마음을 감추기 어려워 저절로 번지는 미소가 서로의 마음에 닿는 것을 느낄 수 있었다.

작년 4월에 시아버님이 돌아가셨다.

아버님의 몸에 깃든 병으로 인해 급격하게 상태가 나빠져서 언제까지 살 수 있을지 알 수 없다고 전해 들었을 때 슬프고 막막해서 깊은 한숨이 연신 나왔다.

아버님과의 남은 시간 동안 내가 할 수 있는 것을 하고 싶었다. 그때 떠오른 생각이 아버님에게 감사의 마음을 전해보자는 것이었다.

병원에서는 더 이상 할 수 있는 게 없어 3일 내에 집으로 모실 예정이었고, 아버님의 몸의 변화는 예측하기 어려운 상황이었다. 집에 돌아오시기를 기다리기보다 아버님 기력이 조금이라도 있을 때 전화로 먼저 감사를 전해야겠다 싶었다. 최대한 밝은 목소리를 내려고 애쓰는 아버님의 목소리를 듣는 순간 목이 메고 눈물을 참을 수 없어 말이 나오지 않았다.

"이렇게 전화해주고 걱정해주는 네가 참 고맙다."

천천히 긴 호흡을 하고 난 후 비로소 이야기를 꺼냈다.

"아버님, 저도 아버님께 고마운 게 정말 많아요. 제가 윤진이 낳고 다음 해 여름까지도 손발이 차가웠던 기억이 있어요. 발이 찬데도 한여름이라 양말 챙겨 신는 걸 깜빡하고 윤진이 안고 아버님 찾아뵈러 갔는데요. 점심 먹으며 저도 모르게 발이 시리다고 말했는데, 차 마시고 이야기 나누는 동안 아버님께서 잠시 나가시더니 가까운 백화점에서 양말을 사다 저에게 건네주었던 기억이 있어요. 그때 그냥 아버님 고마워요, 하고 지나갔는데요. 시간이 지날수록 그 장면이 제 마음에 따뜻하게 남아 있어요. 양말을 신으면서 아버님의 돌봄과 사랑이 충분히 느껴져서 푸근했어요. 그 장면을 떠올리면 여전히 마음이 따뜻해져요. 감사합니다."

아버님은 "나는 기억도 안 나는데 별걸 다 기억한다. 고맙다 말해줘서 고맙고 매일 매일 전화해줘서 내가 더 고맙다"고 말씀하셨다. 그러고 보니 아버님은 고맙다는 말을 아낀 적이 없다.

하루하루 작아지는 아버님의 목소리로 이별이 얼마 남지 않았음을 직감했다. 나는 흐르는 눈물을 숨기지 않은 채 고마웠던 순간들을 계속 이어갔다. 아버님의 의식이 남아 있을 때까지 서로에게 보내는 감사가 있어 담담하게 이별을 받아들일 수 있었던 것 같기도 하다.

감사 표현은 내가 얼마나 많은 것을 누리고 살고 있는지 매 순간 확인하게 해준다. 더 많은 것을 갖추지 않아도 '지금 이 순간 충분하다'는 것을 알게 해준다. 받은 게 넘치고 넘쳐서 받은 것을 나누고 싶어지게 만든다. 감사가 기여로 이어지는 내 삶의 방향성이 분명해지는 순간이다.

기꺼이 주고받는 삶을 위해 한 걸음씩 나의 속도로 가고 싶다.

엄마의 도시락

10년 전쯤 겨울날이다. 아침에 눈을 뜨니 밤새 눈이 소복이 쌓여 온 세상이 하얗게 변했다. 아침부터 집을 나서야 했기에 경치를 감상하는 것도 잠시, 걱정이 앞섰다.

조심스럽게 차를 몰아 아파트 정문을 나섰는데, 놀랍게도 집 앞 큰길은 이미 눈이 다 치워져 있었다. 대설주의보가 있었고 밤새도록 눈이 왔기 때문에 이렇게나 빨리 제설작업이 이뤄질 거라 예상하지 못했다. 마침 반대편으로 제설차 한 대가 지나가는 것이 보였다. '아! 저 제설차 기사님은 밤새 잠 한숨 못 자고 쏟아지는 눈을 치웠겠구나' 생각이 들었다. 마음 깊은 곳에서 절로 감사하는 마음이 흘러나왔다. 비록 마음으로만 건네는 감사지만 진심으로 고개 숙여 감사함을 전했다. 긴긴 겨울밤, 졸린 눈을 비벼가며 제설작업을 했을 기사님의 무거운 어깨가 잠시나마 가벼워지길 바라면서 말이다.

신기하게도 내가 이렇게 진심으로 감사를 전할 때면 목구멍에서부터 뜨끈한 것이 차오르고, 가슴이 넓어지며, 저절로 깊은숨이 쉬어지고 마음이 따뜻해졌다. 이후로 나는 길을 가며 마음으로 혹은 눈빛으로 감사를 전하는 일이 잦아졌다. 버스에 오르며 기사님에게 감사의 마음을 전하기도 하고, 학교 앞 건널목에서 노란 조끼를 입고 안전 깃발을 들고 계신 어르신에게, 밥을 먹다가도 얼굴 모르는 농부에게, 고장 난 신호등 앞에서 수신호를 하는 교통경찰에게 따뜻한 감사의 마음을 전하곤 했다. 고속도로 톨게이트 수납원에게는 이따금 간식으로 챙겨간 귤 하나를 환한 미소와 함께 건네기도 했다.

감사를 전하며 나는 감사를 받는 사람보다도 전하는 사람이 먼저 감사의 에너지로 온몸이 진동한다는 사실을 배웠다. 이 에너지는 내가 살아있음을 느끼게 하고 감동을 준다. 이것이 감사가 알려준 삶의 선물이다.

이렇게 감사가 삶의 중요한 에너지라는 사실은 비폭력대화를 만난 후 비로소 알게 되었다. 그전에는 감사일기는 종교인들이나 적는 것으로 생각했다. 그만큼 나는 감사 표현을 하지 않고 살았다. 아니, 감사한 줄 모르고 살았다는 것이 더 정확한 표현이 아닐까 싶다.

고맙다는 말을 듣는 것도 부담스럽고 어색했다. 그래서 상대방이 나에게 고맙다고 말하면 "아이고, 뭘요" 혹은 "제가 당연히 해야 하는 일인데요"라고 말하며 온 마음으로 받지 못했다.

NVC를 배우고 아이에게 먼저 감사를 말하기 시작했다. 그래서일까? 어린 딸도 나에게 고맙다는 말을 참 많이 했다. 간식을 챙겨주거나 맛있는 음식을 해줄 때, 아이가 청한 도움이나 부탁을 들어줄 때 "엄마, 고마워!" 하고 말했다. 나는 이 말을 들을 때마다 왠지 낯설고 어색했다. 아이의 감사 표현이 왜 이렇게 낯설고 어색한지 곰곰이 생각해보니 내가 아이에게 밥을 해주고, 간식을 챙겨주고, 도와주는 것은 부모로서 당연히 해야 하는 일이라 여겼던 것 같다. 어린 딸이 나의 돌봄을 당연한 것으로 받아들이지 않고 고맙다고 말해주는 것이 정말 고마웠다.

그러면서 우리 엄마가 나에게 주신 그 많은 돌봄에 여태껏 감사를 표현하지 않았다는 것도 깨달았다.

나는 중학교 3학년 때부터 고등학교 3학년 때까지 4년 동안 야간 자율학습을 했나. 우리 엄마는 내가 야간 자율학습을 했던 4년 동안 비가 오나 눈이 오나 저녁 도시락을 싸다 주셨다. 그때 친구들 대부분은 도시락을 2개씩 싸와 점심과 저녁 시간에 먹었다. 날이 따뜻한 봄가을이나 여름에는 식은 저녁 도시락도 먹을 만했지만, 겨울에는 차갑게 식어버렸다. 그러면 난로 위에 올려놓았던 물 주전자의 뜨거운 물을 부어 먹기도 하고, 아예 난로 위에 노란색 알루미늄 양은도시락을 켜켜이 쌓아놓기도 했다. 이때 난로 가까이에 있는 아이들은 수업 중간에 위에 있는 도시락과 아래에 있는 도시락의 위치를 바꾸는 역할을 맡았다. 학교 급식을 하는 요즘은 생각도 못하는 추억의 '라떼 이야기'들이다. 암튼 이 시절 우리 엄마는 딸의 저녁 식사를 위해 갓 지은 따끈한 밥에 딸이 좋아하는 반찬을 담아 매일 저녁 교실 앞 복도에서 저녁 시간 종이 울리기를 기다리셨다.

지난해 나는 수험생 엄마가 되어 딸의 저녁 도시락을 들고 집 앞 스터디카페에 갖다준 적이 몇 번 있다. 우리 엄마처럼 몇 년은 못해도 수능까지 몇 달은 해볼 요량으로 시작했으나 보통 일이 아니라는 것을 금방 알게 됐다. 엄마는 어떻게 4년 동안 날마다 이 일을 할 수 있었을까? 얼마나 귀찮고 힘드셨을까? 그때 그 윤기 흐르는 밥과 새로 만들어 따뜻한 기운이 도는 반찬들이 정말 맛있었다. 엄마의 정성과 사랑이 담긴 도시락을 나는 밥 한 톨, 반찬 하나 안 남기고 싹싹 먹는 것으로 보답했다. 그런데 이런 보답 말고, 나는 지금껏 이렇게 키워준 엄마에게 제대로 감사를 전했나? 내가 전하는 감사는 고작해야 어버이날, 생신, 명절에 얇은 돈 봉투를 삐죽이 내미는 것이 다였던 것 같다. 오가는 돈 봉투 속에 사랑과 감사가 담겨 있기나 한 걸까? 이제는 진심이 담긴 따뜻한 말로 내 가슴을 전해야겠다고 다짐해본다.

딸의 초등학교 졸업식 날, 식이 모두 끝나고 기념사진을 찍고 있는데 갑자기 아이가 담임선생님과 사진을 찍겠다며 두리번거리기 시작했다. 저 멀리 서 계신 담임선생님을 발견한 아이는 "선생니임" 하고 큰 목소리로 부르며 한달음에 달려가 선생님을 와락 끌어안았다. 그리고는 울기 시작했다. 그것도 엉엉 소리 내어. 담임선생님은 울고 있는 아이의 등을 토닥토닥 해주며 웃으셨다. 그 광경을 보고 있자니 아이가 1년 동안 어떻게 지냈을지 안 봐도 알 것 같았다. '선생님의 따뜻한 사랑과 돌봄으로 정말 잘 지냈구나'라는 생각이 들어 안심이 되었다. 감사한 마음에 눈시울이 뜨거워졌다.

몇 년 후 선생님을 다시 만날 기회가 생겼고, 그때의 감사함을 전할 수 있었다.

"선생님, 졸업식에서 우리 지우가 선생님을 안고 엉엉 우는 모습을 보고 선생님께 진심으로 감사하는 마음이 들었어요. 1년 동안 선생님의 사랑과 돌봄의 울타리에서 지우가 안전하고 즐겁게 잘 지냈구나 하는 생각이 들었거든요. 그래서 안심되고, 마음이 훈훈하고, 선생님께 정말 감사했어요."

"무슨 말씀을요. 오히려 제가 지우에게 넘치는 사랑을 받아서 고마웠습니다."

돌아오는 선생님의 대답이 참 따뜻했다. 졸업식의 한 장면으로 행복한 연결이 일어나는 순간이었다. 소리 내어 감사를 표현하면 이렇게 우리를 따뜻한 연결의 세상으로 안내한다.

정희영

아버지에게 보내는 첫 편지

얼마 전, 근무가 없는 오후 시간 틈을 내 진공청소기로 집 안 구석구석에 있는 먼지를 빨아들이고 있었다. 위이잉 거실에서 식탁 옆을 지나 부엌으로 넘어가려는 순간 식탁 위에 있던 물병이 쓰러지면서 청소기 위로 물이 튀었다. 진공청소기호스가 식탁 가장자리에 있던 물병을 건드린 모양이다. 당황스럽고 놀라서 돌아보니 뚜껑은 벌써 바닥에 떨어졌고 유리로 된 몸통이 막 떨어지고 있었다. 잽싸게 손을 내밀어 잡아보려 했으나 물병은 이미 바닥으로 떨어지고 말았다. 병이 박살 나면서 유리 조각이 흩어지면 어쩌나 마음을 졸였는데 다행히 물만 쏟아지고 병은 온전하다.

순식간에 벌어진 상황으로 인해 놀랐던 마음도 잠시, 안도의 한숨과 함께 감사한 마음이 든다. 물병이 무사한 것도 유리 조각으로부터 안전한 것도 감사하다. 또 실수한 나를 비난하지 않은 나에게도 감사한 마음이 든다.

실수할 때마다 자동으로 따라오던 '조심했어야지!' '좀 더 잘했어야지!'를 멈출 수 있도록 해주고 내 일상에 평온함을 가져다준 NVC에 대한 감사도 함께 일어난다.

비폭력대화를 배우고 내가 일상에서 가장 편안하게 적용할 수 있었던 것은 감사 표현이다. 그동안은 "감사합니다!" 한마디로만 감사를 전했다면 지금은 내 삶에 기여한 그 사람의 구체적인 행동과 그 행동으로 충족된 욕구를 포함해서 말한다. 그럴 때면 내 안에 깊은 울렁거림과 뭉클함이 가득 채워지고 이런 나의 에너지가 상대방에게도 울림을 일으키며 진정성 있게 감사의 마음이 전해진다. 감사를 받은 사람의 감동까지 함께 전해지며 삶이 더 기쁘고 풍요롭다.

10년 전 아버지 생신을 맞아 감사 편지를 썼다.

돌이켜보니 아버지께 편지를 써본 기억이 없었다. 학교 다닐 때에도 매년 국군장병에게 보내는 위문편지는 꼬박꼬박 썼으면서도 부모님께 감사의 마음을 글로 표현한 적은 없었던 것 같다.

지금의 내가 있기까지 묵묵히 정성스럽게 사랑으로 돌봐준 아버지였다. 갑자기 세상을 떠난 엄마나 큰오빠에게는 '사랑해!' '고마워!' '나의 엄마, 오빠여서 행복했어'라고 전할 수 없어 아쉽고 안타깝고 슬펐다. 아버지가 살아계실 때 감사와 사랑의 마음을 충분히 전하고 싶었다.

편지를 쓰고 아버지의 사랑과 관심, 지원, 돌봄을 떠올렸다.

눈을 감으니 환하고 따뜻한 빛이 나를 감싸안는 듯 온몸에 열감이 퍼지며 에너지가 차오른다.

'아, 아버지는 내가 살아가는 힘의 근원이구나!'

눈물이 왈칵 쏟아지며 온몸이 점점 더 뜨거워졌다.

내 삶을 지탱해주는 아버지에 대한 감사로 가슴이 벅차고 충만했다.

그해 아버지 생신 때는 아버지가 계신 시골로 형제들이 내려가는 대신 아버지가 수원의 큰오빠 집으로 올라오셨다. 그간 각자의 사정들 때문에 형제들이 다 모인 것도 오랜만이었다. 서로의 안부를 물으며 왁자지껄하게 밥을 먹고 케이크에 초를 꽂아 생일축하 노래도 불렀다.

거실에 둘러앉아 과일을 먹고 있는 가족들 앞에서 나는 아버지에게 편지를 썼다고 말했다.

아버지가 담담한 표정으로 편지를 받으시자 큰올케언니가 모두 들을 수 있게 소리 내어 읽어보자고 제안했다. 아버지는 말없이 편지를 큰올케언니에게 건넸다. 큰올케언니는 편지를 읽으며 눈물을 훔쳤고, 아버지도 눈가에 몇 번 손이 오르락내리락했다. 아버지와 큰올케언니가 일찍 하늘나라로 간 큰오빠를 떠올리며 눈물짓는 듯해 가슴이 먹먹해졌다.

딸의 감사 편지를 받고 아버지 마음이 어떤지 물어보지는 않았지만 큰올케언니가 눈물을 닦으며 편지를 봉투에 넣자 슬쩍 집어 벗어둔 자켓 안주머니에 넣으시는 걸 보았다. 오빠네서 자고 갈 예정인 아버지가 편지를 미리 챙기던 모습은 나에게 아버지와의 소중한 한 장면으로 선명하게 남아 있다.

딸의 마음을 잘 간직하고 싶은 아버지의 손길. 내 마음 깊은 곳에 고이고이 간직하고 가끔씩 꺼내 보는 보물 같은 기억이다. 나의 감사하는 마음을 귀하게 받아 간직하는 따뜻하고 뭉클한 연결의 순간이다. 그 장면을 떠올리니 지금도 목이 메고 눈에 눈물이 고이면서 가슴이 일렁인다.

아버지에게 보낸 감사 편지는 오랫동안 살아갈 힘을 채워 주는 나만의 소중한 에너지 충전소가 되었다. 비폭력대화를 배우고 그 배움이 내 일상에 스며들어 받은 귀한 선물이다. 내 삶을 더 행복하고 풍요롭게 만들어준 감사가 나에게 소중한 이유이기도 하다.

아버지!
태어나서 처음으로 아버지께 편지를 쓰는 것 같네예.
먼저 생신을 축하하는 날이니 아버지께서 이 세상에 오시어 나누신 사랑과 지혜, 존재하심 그 자체에 축하와 감사를 전합니데이~♥
생일 축하합니당~ ♫ 생일 축하합니당~ ♫
사랑하는 울 아부지! 생일 축하합니당~ ♫ 짝짝짝
생전 안 하던 거 하려니 쑥스럽기도 하고 뭐라 써야 하나 막막하기도 하네예.

말할 때는 사투리 쓰다가 표준말로 편지 쓸라니 그것도 어색하고….

이번에 맘 묵었을 때 안 하믄 영영 더 힘들 것 같아서 기 냥 함 해보입시더.

울 아버지 어릴 때 할아버지 돌아가셔서 고생 많이 하시 며 집안 살림 모으셨는데, 저희 삼남매 돈 걱정 안 하고 편안하게 공부할 수 있게 해주셔서 감사합니다. 아버지 의 경제적 지원 덕분에 편안하고 여유롭게 대학 생활 보 낼 수 있었네요.

농사일하며 힘들게 버신 돈으로 치아 교정해주셔서 딸 의 아름다움과 자신감에 기여해주셔서 감사합니다.

등록금 부담이 적은 지방에 있는 국립대 가라고 강요하 지 않으시고, 제가 선택한 서울의 사립대학에 갈 수 있 게 해주셔서 고맙습니다. 돈이 적게 드는 자취 대신에 비 싼 하숙비 기꺼이 부담해주신 것도 감사드립니다. 제가 집안일에서 벗어나 여유롭고 홀가분하게 생활할 수 있 었습니다.

취직했을 때에도 제가 번 돈은 알아서 관리하고 편하게 쓰라고 하셔서 자유롭게 재미있는 시간들을 보내기도 했어요.

제가 결혼해서 새로 가정을 꾸릴 때 물심양면 도와주시고 결혼 후에는 쌀이며 고구마, 감자, 고춧가루 등 갖가지 부 식들 보내주시며 언제나 마음으로 함께 해주셔서 감사합니다. 아버지의 사랑과 관심, 지원으로 늘 따뜻하고 든든하답니다.

우리 가족뿐 아니라 친척들이나 동네 분들이 어려운 일 있을 때 제일 먼저 찾는, 믿고 의지할 수 있는 어른으로 존재해주셔서 감사합니다.

아버지가 나누시는 사랑과 지혜, 돌봄이 있어 늘 든든하고 안심이 된답니다.

저의 삶에 본보기와 등대가 되어주심에 감사드리고 존경의 마음 전합니다.

아버지! 사랑합니다. ♥♥♥♥ 감사합니다. ♥♥♥♥

2013년 3월 23일
아버지 생신을 축하드리며
막내 미애 올림

283

순간을
살게 하는 기쁨

출산예정일을 이틀 남겨놓고 간단한 짐을 챙겨 서울로 올라갔다. 자동차에 앉아 배를 어루만지며 창밖을 내다보다 그만 왈칵 눈물이 났다. 몸이 건강하지 않았던 내가 아이를 낳는다는 것이 경이로웠다. 또 한편으로는 출산의 위험과 수술실의 찬 공기와 기계음이 떠올라 두려움도 함께 따라왔다.

'아이를 만나지 못하면 어떡하지?' 하는 생각이 똬리를 틀면 두려움이 점점 커졌다가 아랫배에서 꾸물거림이 느껴지면 다시 두려움이 작아졌다.

8월 5일 오전 8시, 마지막 혈압 체크를 하고 분만실용 침대에 누워 남편과 눈인사를 나누며 무사히 수술을 마치고 아이와 만나기를 기도했다. 20분 후 간호사가 녹색 천으로 감싸인 아이를 내 얼굴 가까이 맞대고 "8월 5일 오전 8시 20분 태어났습니다" 하고 말했다. 안심이 되면서 '감사합니다'라는 말이 저절로 나왔다.

이 아이는 나에게 존재 자체로 충분했다. 아이의 울음소리가 내 귀에 들렸고 얼굴을 맞대자 온기가 느껴졌다. 아이를 낳으면서 존재에 대한 깊은 감사를 경험했다.

가족이 많아 먹을 것이 늘 부족하다고 느꼈던 어린 내가 가장 기다리던 날은 명절 음식 준비하는 날이었다.

숙주나물, 고사리나물, 무나물, 취나물, 시금치나물, 도라지나물 등등. 이것들만 넣어 비벼 먹어도 이미 최고의 밥상이지만, 기름 냄새 나는 명태전, 산적, 육전, 버섯전 등은 한 개 먹으면 손이 이미 두 개를 집어 들게 하는, 그 무엇과도 바꿀 수 없는 맛이었다. 명절 음식 준비하는 날은 나에게 부엌만 들락거려도 오감이 배부른 즐거운 잔칫날이었다. 하지만 엄마에게는 영 힘들고 부담스러운 날이었다. 음식을 준비하고 있자면 수시로 택배가 도착하고 손님들이 와서 선물을 주고 갔다.

생일에도 미역국이 전부였던 나는 명절 선물 보따리를 매만지며 설레는 마음을 감추지 못했다. 그런데 나의 떨림 뒤로 깊은 한숨 소리가 들린다.

"휴우, 우린 뭘 보내나?"

선물에 올린 손을 다급하게 내렸다. 때론 엄마가 내 손등을 찰싹 때리며 "가만히 둬. 다시 다른 데 보내게" 하고 말씀하시기도 했다. 내용물만 확인하고 다시 선물을 보내는 엄마의 삶도 이제는 이해할 수 있지만 어린 나의 눈에는 감사를 주고받는 것이 부담스럽고 힘겨운 것으로 보였던 것 같다.

그런 기억이 남아서일까? 누군가의 호의를 기꺼이 받지 못했다. 누군가 "너한테 잘 어울릴 것 같아서 샀어" 하고 물건을 건네면 '왜 나에게 이런 걸 주지? 뭘 바라나?' 하고 긴장했다. 그러다 보니 고마워도 고마운 마음을 잘 표현하지 못해 연결의 순간을 놓치는 경우가 있었다.

"우리는 모두 서로의 삶에 기여할 수 있는 능력이 있고 서로 기쁨을 나누는 것이야말로 감사"라는 캐서린 선생님의 말씀을 듣고, 그동안 제대로 감사를 주고받지 못한 내가 안타까웠고 진정으로 감사의 기쁨을 나누고도 싶었다.

오전 교육을 마치고 오후 교육을 준비하고 있었다.

참가자 가운데 한 분이 "선생님 식사하셨어요? 커피 드시죠?" 하며 손에 들고 있던 커피를 건네주신다. 짧은 순간 그분의 마음이 전해져 내 입가에 미소가 지어졌다. "입구에서부터 두 손에 커피를 들고 오시면서 저에게 '커피 드시죠?' 하고 말씀하시니 저도 얼른 커피를 받으려고 몸이 앞으로 나가네요. 오후 교육하기 전에 커피 한잔 마시고 정신 차리려 했는데, 저에게 꼭 필요한 걸 건네주셨어요. 감사해요. 챙겨주셔서 마음이 따뜻해졌어요."

감사를 주고받는 것은 누군가 달려와 포옹하려고 할 때 기쁘게 두 팔을 벌려 안아주는 것이다. 이것이 감사의 아름다움이다. 감사는 '지금 이 순간'을 살게 하고 나를 확장시켜 다른 사람이 되게 한다. 풍요로운 삶을 선물한다.

홍
상
미

한국NVC출판사에서 새로 나온 감사카드를 사용해보려고 남편과 마주앉아 한 장을 뒤집었다.

"진정으로 감사하는 책 한 권은 무엇인가요?"

"《비폭력대화》입니다."

그 책으로부터 출발해 지금에 도착한 나의 모습을 이야기하면서 뭉클했다.

이 책도, 활동도, 비폭력대화를 사랑하고 실패와 좌절 속에서도 계속 연습하고 공부하는 동료들이 있어서 할 수 있었다. 떠올리니 기쁘고 명랑해진다. 누구라도 읽고 싶어지는 단출한 글이길 바라서 내 글의 어떤 면은 여전히 아쉽지만, 이 모든 축하와 애도를 그대로 안아주어도 괜찮지 않을까.

이 책을 읽는 모든 분들께 우리들 삶의 한 장면들을 봐주어서 진심으로 고맙다는 말을 전하고 싶다.

김숙희

—— ○ ——

비폭력대화가 소개된 지 20년이 지난 지금, 비폭력대화를 만난 이후 삶의 이야기를 할 때가 된 것 같았다. 이런 이야기를 써보자는 동료 선생님의 제안에, 우리가 먼저 용기를 내는 마음으로 글을 쓰게 되었다.

글쓰기가 막막할 때마다 세 아이를 양육하면서 적어놓은 빛바랜 일기가 도움이 되었다. 지난 세월을 방문해 만난 젊은 엄마 아빠와 어린 세 아이의 좌충우돌 삶은 비폭력대화를 만난 것이 우연이 아니라 그들의 간절한 바람이었음을 깨달을 수 있었다. 글을 쓰면서 비폭력대화가 몸에 익지 않아 절망과 희망 사이를 오고 가는 젊은 엄마 곁에서 같이 눈물 흘리기도 하고, 연결의 끈을 부여잡으려 연습하고 또 연습하는 모습을 대견하게 바라보기도 했다. 지난날 내가 쏟아냈던 말로 상처 준 것에 대해 슬퍼하고 아쉬워하는 나에게, 지난날이 있어 지금이 행복하다고 애썼다고 토닥여준 가족들에게 감사하다. 아이들을 양육하는 동안 겪은 모든 일들로 엄마가 성장하였고, 이제는 아이들과 더불어 성장해가고 있으니 삶에 그저 감사할 뿐이다.

이번에 출판된 작은 이야기를 시작으로 비폭력대화로 살아가고자 하는 사람들의 아름다운 삶의 이야기들이 계속 이어진다면 더할 나위 없이 기쁘겠다.

김순임

—— o ——

비폭력대화를 나누는 기회가 많아질수록, 일상에서 가족과 친구와 함께, 공동체에서 진정성 있는 연결을 바탕으로 따뜻한 대화를 하고 싶었다. 그럼에도 나를 향한 직접적인 자극이 있을 때는 오래된 습관으로 자신을 미워하거나 상대에 대한 원망이 생겨 혼란스러움에 몸살을 앓는 모습이 여전히 남아 있다. 하지만 그 상황을 있는 그대로 받아들이며 흘러갈 수 있게 지켜볼 수 있는 힘이 나에게는 있다.

이 글에는 오래된 습관을 조금씩 벗겨내고 존재로 나 자신을 만날 수 있는 지금의 내가 되기까지 연습의 과정이 있었음을 스스로 알아가는 내용이 담겨 있다. 이 과정을 통해 나는 나를 치유할 수 있었고, 나에게 주의를 기울이며 사람들과 연결하는 온전한 나로 존재하는 순간들을 살아갈 수 있었다.

함께 만나 글을 나누며 감동스러운 순간으로 뭉클하기도 했고 글이 잘 써지지 않아 아쉬워할 때에는 서로 위로하며 즐거웠다. 그 기억으로 평온한 일상을 보내고 있던 찰나에 책이 출판된다는 소식이 도착했다. 내 삶 안에서 애쓰기보다 흘러가는 대로 수용하고 맞이할 때 찾아오는 선물이다.

이은령

—— ○ ——

마지막으로 에필로그를 써서 보내달라는 편집장님의 요청에 가슴에서 묵직한 돌이 '쿵!' 하고 내려앉았다. '다 끝난

게 아니었네!' 몇 줄 안 되는 글이지만 걱정부터 앞섰다. 원고 마감일이 다가오자 써야 한다는 부담감과 걱정이 가슴을 조였고, 이런 감정을 느끼지 못하도록 핸드폰과 TV 리모콘을 돌리며 재미를 찾는 나를 알아차렸다. 이 순간이 바로 내면 비판자가 고개를 드는 시점인데, 그때 나의 내면에서 따스한 온기가 느껴지는 목소리가 들려왔다.

'글 쓰는 것이 걱정돼서 이렇게 핸드폰을 부여잡고 있니? 그래도 괜찮아. 그럴 수 있어. 이렇게 미루고 있지만, 나는 할 수 있고 결국 해낼 거라는 걸 알고 있잖아. 지금까지 그래왔던 것처럼.'

내면의 목소리가 비판에서 수용과 너그러움, 신뢰로 바뀌는 것은 나에게 희망의 빛이 되어준다. 이 빛이 어떨 때는 희미하기도 하고, 잘 안 보일 때도 있지만 사라진 것이 아니라는 것을 나는 안다. 늘 그곳에서 밝게 빛나고 있고, 내가 그 빛에 다가오기를 기다리고 있다.

빛을 향해 나아가는 여정은 NVC와 함께하는 동료가 곁에 있어서 가능하다. 삶의 등불이 꺼질 듯 위태로울 때 다시 살게 해준 NVC와 캐서린 선생님, 그리고 동료들에게 깊은 감사와 사랑의 인사를 보낸다.

정희영

— o —

글감을 고르며 가슴에서 가슴으로 공명하며 깊이 연결되었던 순간에 느꼈던 충만함에 머물기도 하고, 나의 일상에 비폭력대화가 스며든 평화로운 장면들을 만날 때는 반갑고 뿌듯하고 감사했다. 지난 여정들을 되돌아보면서 충분히 슬퍼하고 애도하며 나와 상대방을 더 깊이 이해하고 연민으로 만나는 시간을 보내기도 했다. 나를 살린 그 순간에 함께했던 분들께 마음으로 감사를 전했다.

마음만큼 글이 써지지 않아 답답하고 포기하고 싶은 순간도 있었지만, 동료들의 따스한 품과 다독임, 언제나 내 편인 친구들의 응원으로 에너지를 회복하여 매듭을 지을 수 있었다. 감사하고 기쁘다. 책을 쓰는 도중에 돌아가신 시어머니를 연민의 마음으로 보내드릴 수 있게 기여하신 캐서린 선생님에게도 감사를 전한다.

하미애

— ○ —

지금 내 손에는 한 권의 책이지만 책을 함께 구상하고 각자 글을 써나가고 서로 읽어주면서 우리는 서로의 삶의 순간에 잠시 들어갈 수 있는 영광을 얻었다. 이 과정을 함께 해준 김숙희, 이은령, 정희영, 김순임, 하미애 선생님께 진심으로 감사를 전하고 싶다.

나부터 시작하자는 마음으로 배우기 시작한 비폭력대화
였다. 내 마음에 연민과 따뜻함을 스스로 넣어줄 때 가족과
타인에게도 연민과 따뜻함을 전할 수 있음을 배우며 나아가
고 있다. 지금처럼 내 심장 박동이 계속되는 한 꾸준히 NVC
를 삶에 적용하면서 살아가겠지. 나답게 살아가고 싶은 모든
분에게 부디 이 책이 위안과 도움이 되기를 바란다. 세상 모
든 사람이 스스로 주인 되는 풍요롭고 아름다운 삶을 살아가
는 세상을 꿈꿔본다.

홍상미

김숙희

서울 강서구 화곡본동에서는 '아야니'라는 별칭으로 불린다. 비폭력대화와 표현예술치료를 공부하면서 '있는 그대로 자기가 드러나도 괜찮은 안전한 공동체'를 일상에서 가꾸는 일에 관심을 두고 있다. 마을에서 커뮤니티 공간 '쨤'의 대표로 약 10년간 마을공동체사업을 진행했고, 지금은 마을기업 모나드움의 공동대표로 공감문화 확산을 위해 다양한 방식을 상상하며 구현하는 중이다.

김순임

비폭력대화를 만난 이후 일상에서 '실천하는 영성'을 중심에 두고 천천히 연습하며 나아가고 있다. 세 아이를 양육하면서 만난 부모역할훈련(PET), 마주이야기를 거쳐 지금은 비폭력대화로 아이들과 솔직하고 따뜻한 소통을 하고 있다. 초등학교 특수교사로 26년간 뜻깊은 시간을 보낸 후, 마을공동체, 생태, 채식, 교육, 영성 등에 관심을 두고 다양한 사람들과 비폭력대화를 나누며 살아가고 있다.

이은령

2013년부터 2023년까지 한국비폭력대화교육원 강사를 역임했다. 현재 비폭력대화 기반으로 기관과 대상에 맞게 의사소통 프로그램을 개발하고 강의를 진행하고 있다. 비폭력대화를 나누는 일은 내 삶에서 가장 큰 선물이라고 생각한다. 연약한 자기 자신을 수용하고 두려워하는 마음에 머무를 수 있는 용기와 타인과 연결할 수 있는 희망을 전달할 기회가 주어질 때마다 감사하다.

정희영

내 삶의 귀한 선물인 비폭력대화를 만나 치유와 성장으로 가는 길을 찾게 되었다. 현재는 몸과 마음의 통합적인 성장과 치유에 관심을 두고 트라우마해소운동(TRE), 내면가족시스템(IFS), 브레인스포팅(BSP) 등을 공부하고 있다. 특히 아이들을 만나는 교사와 부모의 삶이 행복해지는 세상을 꿈꾸며 비폭력대화를 나누고 있다. 이런 나의 배움이 다른 사람들을 돕는 데 이롭게 쓰이길 바란다.

하미애

한국비폭력대화교육원 강사 및 스마일키퍼스 강사이자 대한약사회 의약품안전사용교육 강사, 한국마약퇴치운동본부 예방교육 강사이자 국제인증죽음교육전문가(ADEC)로 활동하고 있다. 모두가 따뜻하게 서로 공감하며 사는 평화로운 세상, 누구나 일상에서 죽음을 편안하게 이야기하고 오늘을 사랑하며 사는 세상을 꿈꾸며, 치유와 회복에 관심을 기울이고 있다.

홍상미

20대에 희귀난치성질환을 진단받고 우연히 비폭력대화를 배우고 나서 삶의 전환을 맞이했다. 현재 한국비폭력대화교육원 강사, 스마일키퍼스 강사, 한국의미치료학회 의미치료심리상담사, 마음연구소 위드 대표, 사회복지사 및 학교심리전문강사, 청소년 상담사이자 세로토닌지도사로 활동하며 모든 삶에는 의미가 있다는 가르침을 나누고 실천하고 있다.

마음이 길이 된다 비폭력대화로 다시 만난 삶

펴낸날 초판 1쇄 발행 | 2024년 6월 10일

지은이 김숙희 김순임 이은령 정희영 하미애 홍상미

펴낸이 캐서린 한
펴낸곳 한국NVC출판사
편집장 김일수
편집 장현숙
디자인 정정은
마케팅 권순민, 고원열, 구름산책

인쇄 천광인쇄사
용지 페이퍼프라이스

출판등록 제312-2008-000011호 (2008. 4. 4)
주소 (03035) 서울시 종로구 자하문로 17길 12-9(옥인동) 2층
전화 02)3142-5586 팩스 | 02)325-5587

홈페이지 www.krnvcbooks.com **인스타그램** kr_nvc_book **블로그** blog.naver.com/krnvcbook
유튜브 youtube.com/@nvc **페이스북** facebook.com/krnvc **이메일** book@krnvc.org

ISBN 979-11-85121-48-2 03800